KATHARINA LUKAS

Herrschaftszeiten no amoi!

WIESN-VERSCHWÖRUNG Die Journalistin Gundi Starck recherchiert in einem ungeklärten Mordfall aus dem Jahr 1985. Ein durch seine Sperrbezirksverordnung bekannter Politiker wurde auf dem Oktoberfest erstochen – mit einem Hendlspieß. Er war gegen den gewohnheitsmäßigen Schankbetrug auf der Wiesn vorgegangen. Dann geschieht noch vor dem langersehnten »Ozapfen« ein weiterer Mord. Der »Wurstkönig von der Wiesn« wird auf der für den Oberbürgermeister vorbereiteten Bühne in einem Trog mit Saublut ertränkt. Auch diese Tat scheint mit der Kommunalpolitik zu tun zu haben. Bei ihren Recherchen lernt Gundi sowohl den attraktiven Benedikt Richter kennen, einen linken Aussteiger, der in den 1980er-Jahren in der Hausbesetzerszene aktiv war, als auch den Neonazi und ehemaligen Skinhead Markus Huber. Bald erkennt sie einen Zusammenhang zwischen den beiden Fällen und gerät in tödliche Gefahr.

© Karl Bichlmeir

Die religiös geprägten bayerischen Flüche sind ein Faible von Katharina Lukas, insbesondere deren gottesfürchtige Abwandlungen. Die gebürtige Niederbayerin studierte in München Philosophie und schrieb als Journalistin über Film, Musik und Mode. Mehrere Jahre arbeitete sie als Korrespondentin in London, später wurde sie Chefredakteurin einer Fernsehzeitschrift. Als Ghostwriterin verfasst sie Biografien von Privatpersonen und Firmengeschichten. Sie lebt mit ihrem Mann, einem Musiker, in München. »Herrschaftszeiten no amoi!« ist nach »Sacklzement!« ihr zweiter Kriminalroman um die trinkfeste Cold-Case-Reporterin Gundi Starck.

KATHARINA LUKAS

Herrschafts-zeiten no amoi!

KRIMINALROMAN

GMEINER

Personen und Handlung sind frei erfunden.
Ähnlichkeiten mit lebenden oder toten Personen
sind rein zufällig und nicht beabsichtigt.

Immer informiert

Spannung pur – mit unserem Newsletter informieren wir Sie
regelmäßig über Wissenswertes aus unserer Bücherwelt.

Gefällt mir!

Facebook: @Gmeiner.Verlag
Instagram: @gmeinerverlag
Twitter: @GmeinerVerlag

MIX
Papier | Fördert gute Waldnutzung
FSC® C083411

Besuchen Sie uns im Internet:
www.gmeiner-verlag.de

Im Ehnried 5, 88605 Meßkirch
Telefon 07575/2095-0
info@gmeiner-verlag.de

1. Auflage 2022

Lektorat: Susanne Tachlinski
Herstellung: Mirjam Hecht
Umschlaggestaltung: U.O.R.G. Lutz Eberle, Stuttgart
unter Verwendung eines Fotos von: © motointermedia / Pixabay
Druck: CPI books GmbH, Leck
Printed in Germany
ISBN 978-3-8392-0267-8

Herrschaft, die; –, -en

1. Recht und Macht, über etwas/jmdn. zu herrschen

2. Dienstherr von Hausangestellten

3. Person, die über jemanden herrscht

4. Besitztum, Landgut eines Freiherrn oder Standesherrn

5. (Plural) Damen und Herren der Gesellschaft

6. Ausruf des Unwillens (bayer. auch Herrschaftszeiten = gottesfürchtig abgemilderter Fluch »Herr, schau auf d' Seiten«); no amoi (bayer. für nochmals), bekräftigendes Adv., einem Fluch nachgestellt = die Verstärkung desselben

1. KAPITEL

Töten ist eine unvergleichliche Angelegenheit. Vorher, wenn du es dir ausmalst, ist dir durchaus klar, dass es kein Pipifax ist. Du darfst nicht patzen. Wenn es schiefgeht, bist du am Arsch, weil sich dein Opfer sogleich zur Wehr setzt. Also konzentrierst du dich und siehst zu, dass jeder Handgriff sitzt. Vor dem ersten Mal glaubst du noch, dass es ein Job ist, den man gut oder schlecht machen kann. Aber nun geschieht es. Im Moment des Tötens blickst du in die Augen deines Opfers und siehst, dass es genau weiß, was gerade passiert. Du kannst diesen Blick lesen und du verstehst voll und ganz, was es heißt, getötet zu werden. Sekunden später siehst du in denselben Augen die Leere. Oder das schwarze Nichts. Es ist bis ins Mark erschütternd. Und dann? Dann willst du es wieder.

Wie jeden Morgen geht Hacklbaur junior auch am Tag vor dem Anstich des ersten Oktoberfests nach Corona zum Joggen in die nördlichen Isarauen. Und wie immer holt er sich nach getanem Auslauf beim Riedmair eine Schnittlauchbreze zum Frühstück, bevor er zu seiner Villa in der Mauerkirchner Straße zurücktrabt.

»Wurscht gibt's erst nach dem Zwölfeläuten!«, scherzt er und zwinkert den Verkäuferinnen zu, die wissen, wen sie vor sich haben: den »Wurstkönig vom Oktoberfest«, Betreiber der größten Schweinswürstlbraterei auf der Wiesn, der ein fleischloses Frühstück kauft.

Der Septemberhimmel über München verspricht einen warmen Herbsttag und Michael Hacklbaur ist besonders gut gelaunt. Auf dem morgen beginnenden Oktoberfest wird er innerhalb von gut zwei Wochen eine halbe Million Schweinswürstl verkaufen. Deshalb gibt er heute sogar Trinkgeld.

»Für die Wurschtkasse«, schäkert er und lässt das Wechselgeld von 40 Cent auf dem Tresen liegen.

Anders als sein Vater, der unbemerkt von der Öffentlichkeit die Strippen zog, wird der Sohn und Erbe des Fleischimperiums Hacklbaur gerne von den Menschen erkannt. Die großen Augen der Bäckereifachverkäuferinnen genießt er ebenso wie die Blitzlichter der Paparazzi beim morgendlichen Verlassen eines Nachtklubs. Manchmal lässt er seine Rendezvous mit den aufgebrezelten It-Girls Münchens an die Presse durchstechen. So jung, wie das Namensanhängsel »junior« suggeriert, ist Michael Hacklbaur nicht mehr. Seine Beine stecken in modernen Lauftights und die taillierte Funktionsjacke verrät den Torso eines Endvierzigers. Dennoch legt er großen Wert auf ein jugendliches Erscheinungsbild, wofür er die Strapazen des morgendlichen Waldlaufs gerne auf sich nimmt. Nie will er so werden wie sein Fettwanst von Vater, dem man den Schlachter schon von Weitem ansieht. Den Kampf um die Oberhoheit über den elterlichen Betrieb hat der Junior für sich entschieden, wobei ihm der Schlaganfall des Alten nicht unwesentlich geholfen hat.

Dann hätte ihm Corona beinahe den Spaß verdorben. Gleich zu Beginn der Pandemie musste er seine Schlachtbetriebe vier Wochen lang schließen und alle 5.000 Mitarbeiter in Quarantäne schicken. Die Medien veranstalteten eine regelrechte Hetzjagd auf ihn und die verhassten Aktivisten suchten sogar nach Ratten in seinen Kühlhäusern. Hacklbaur junior wischt seine Empörung darüber beiseite wie die Erinnerung an einen Albtraum und tritt ins Freie.

Schon mit seiner ersten unternehmerischen Entscheidung ohne den Senior ist ihm ein Coup gelungen. Seine »Fitness-Weißwurst« ist der Renner bei ernährungsbewussten Hipstern und moppeligen Home-Office-Opfern. Wenig Fett, viel Protein und dank der genialen Werbebotschaft »Low-Carb Dinner« nicht mehr an die traditionelle Verzehrzeit vor 12 Uhr mittags gebunden. Der Junior grinst, als er an den nuschelnden Einspruch seines Vaters im Rollstuhl denkt.

Am morgigen Samstag wird es nach der pandemisch bedingten Zwangspause endlich wieder losgehen auf der Theresienwiese. Im Vorfeld hat er sich die Auszeichnung der Wurstprüfungskommission »Beste Wurst auf der Wiesn«, die während des laufenden Bierfests veröffentlicht werden wird, einiges an Netzwerkpflege kosten lassen. Den satten Gewinn aus seiner Wurstbraterei auf dem Festgelände vor Augen trabt er über die Straße zu dem kleinen Hölzl, das seine Villa von der Straße trennt. Ein gewohnheitsmäßiger Umweg für ein paar zusätzliche Fitnesseinheiten, der seinem Mörder die nötige Zeit verschafft, sich zu positionieren.

Er sitzt in einem der geparkten Autos vor der Bäckerei. Seinem Opfer spioniert er schon seit Tagen hinterher, um sicherzugehen, dass der reiche Erbe keine Variationen in die morgendliche Lauf-Routine einbaut.

»Drecksau, elendige«, murmelt er, als Hacklbaur junior mit seiner Tüte in der Hand vor seinem Auto vorbeischlendert. Zuerst wollte er ihn einfach überfahren, diesen selbstgerechten Machtmenschen, der nie nach rechts und links schaut, wenn er die Oberföhringer Straße überquert. Als ob er über den Verkehr genauso diktatorisch gebieten könnte wie über seine Arbeiter in den Schlachthöfen. Aber so einfach darf er es sich nicht machen. Er muss ein Zeichen setzen. Er ist überzeugt davon, dass der Wurstfabrikant der Feind ist. Einer, der sich alles kaufen kann. Häuser, Flugzeuge, Frauen. Er weiß aus gesicherten Quellen, dass Hacklbaur junior zur geheimen Machtelite gehört, die das Coronavirus entwickelt hat, um die Massen zu manipulieren. Er hat mit seiner Schweinemast für die Verbreitung des Virus in Bayern gesorgt. Um zusammen mit den Bierbaronen und anderen Kinderfressern seine widerlichen Ziele zu erreichen.

»Im Blut sollst verrecken!«, murmelt er wie zur Beruhigung, bevor er den Anlasser dreht. Michael Hacklbaur ist eine Sau. Und Säue müssen geschlachtet werden.

Der Angreifer versteckt sich unter den dichten Ranken, die über die mannshohe Gartenmauer rund um das Anwesen des Wurstkönigs wuchern. Michael Hacklbaur kommt nach seinem Krafttraining auf dem Fitness-Parcours im Hölzl die menschenleere Straße entlang und öffnet das Tor mit einem Pieper in der Hosentasche. Er nestelt die Breze aus seiner Frühstückstüte und bemerkt nicht, wie hinter ihm jemand durch das sich schließende elektrische Tor schlüpft. Breitbeinig wie ein Cowboy vor dem Duell bleibt der Eindringling an der Auffahrt zur Villa stehen. Das Tor hinter ihm fällt lautlos ins Schloss. Hacklbaur schlendert die Kiesstraße zu seiner Villa hoch und beißt in seine Schnittlauchbreze, als der Cowboy seine Attacke ausruft.

»Drecksau!«, donnert er und Hacklbaur fährt herum. Der Junior erkennt einen Mann in schwarzglänzender Schlachterschürze. Auf dem Grundstück, innerhalb des schützenden Gartenwalls. In einer Hand baumelt ein Kälberstrick. In der anderen Hand hält er ein Bolzenschussgerät. Eins von der Sorte, das in den Schlachthöfen des Wurstfabrikanten die größten Ochsen von den Beinen reißt. Hacklbaur erstarrt. Schlagartig wird ihm klar, dass der ungebetene Gast ihm etwas antun will, denn er hat Augen, als ob der Geist von Charles Manson in ihn gefahren sei.

Geistesgegenwärtig lässt der Junior seine Frühstücksbreze fallen, dreht sich um und rennt auf die Villa zu. Ausgerechnet heute ist niemand im Haus, schießt ihm durch den Kopf, aber er hat einen Panikraum, den er erreichen kann.

Seine Flucht endet nach wenigen Metern. Irgendetwas reißt ihn von den Füßen und er landet flach auf der Auffahrt. Er krümmt sich zusammen und bemerkt einen strammen Strick um seine Arme und seinen Körper.

»Was soll das?«, entfährt es ihm. Intuitiv beginnt der gefallene Wurstkönig, sich zu winden, um sich aus der Schlinge zu befreien. Da bemerkt er einen Schatten. Er dreht seinen Kopf hoch und blickt in ein schwabbeliges Gesicht, auf dessen Stirn eine GoPro rot blinkt.

»Nein«, fleht er. »Bitte nicht!«

»Geh ma, Chef!«, antwortet das Gesicht und grinst. »Geh ma auf a Lackerl Blut!« Der Mörder setzt das Bolzenschussgerät an Hacklbaurs Stirn.

2. KAPITEL

Gundi Starck steht zur selben Zeit vor dem vertrauten Verlagsgebäude. 20 Jahre lang ging sie hier täglich ein und aus, allerdings schaffte sie ihren Dienstbeginn als Redakteurin für Klatsch und Tratsch über die Münchner VIPs nie so früh. Das »Münchner Tagblatt« war ihr Arbeitgeber gewesen, die Kollegen ihre Familie, die Zeitung ihre Heimat. Wie viele Reporter, die abends zu Terminen unterwegs sind, ist sie eine Nachteule. Heute hat sie schon um 10 Uhr einen Termin bei ihrem ehemaligen Ressortleiter. Selbst zwei Jahre nach ihrem Rauswurf hatte Gunther sich anfangs geziert, sie zu empfangen. Als ob eine Kündigung ein Makel wäre. Man wird für die Ex-Kollegen sofort zur Unberührbaren, das hatte Gundi nach ihrem Rauswurf gespürt. Es ist, als ob man plötzlich eine ansteckende Krankheit hätte.

Gunther ist Feuilletonchef beim Tagblatt und in seinen Bereich fällt auch die leichte Unterhaltung, in der Gundi früher so gut war. Ein bitteres Gefühl macht sich in ihrem Magen breit. Vielleicht hätte sie doch etwas frühstücken sollen, anstatt eine Stunde im Bad zu verbringen, um sich die Haare hochzustecken und sich unter Jeans und T-Shirt in Spanx zu quälen. Gundi war lange Zeit die beste Society-Reporterin beim Tagblatt gewesen. In jungen Jahren hatte sie eine feste Kolumne, in der sie die Neuigkeiten aus dem Liebesleben der Münchner Stars aus Film und Fernsehen erörterte, und war Gast auf jeder Backstage-Party. Sie pflegte Beziehungen zu Promis und Möchtegern-Stars und ihre süffisanten Geschichten waren eine schöne Weile lang der Grund, warum sich die Münchner das Tagblatt kauften. In ihren letzten fünf Jahren bei der Zeitung war ihr kein großer Coup mehr gelungen. Die Romanze eines Pop-Sternchens mit einer verheirateten Ski-Legende, der sie mit heimlich gemachten Fotos auf die Spur kam, war lange her. Klatsch und Tratsch wiederholten sich, die sogenannten Stars wurden in ihren Augen immer hohler, mehr und mehr eroberten die Teppichluder und Realitystars die Schlagzeilen und Gundi verlor »ihren Biss«, wie man sagte. Als sie mit Ende 40 ihren bis dato sicher geglaubten Job verlor, stand sie zunächst vor dem großen Nichts. Sie verstand nicht, warum es ausgerechnet sie traf. Aus »Compliance-Gründen«, sagte der Chefredakteur, sie hatte nur einen Pauschalistenvertrag. Weil ihr gleichzeitig ein ungelöster Mordfall in ihrem niederbayerischen Heimatdorf in den Schoß fiel und andere Blätter für ihre exklusive Berichterstattung gutes Geld zahlten, war sie zunächst zuversichtlich gewesen, was ihre berufliche Zukunft anging. Ein »Neuer Fall für Gundi Starck« ergab sich aber nicht, auch eine neue Anstellung fand sie nicht.

»Wer stellt schon eine Frau ein, die über 50 ist«, klagt sie seither. »Männer sind dann in den besten Jahren. Frauen sind alt.«

Die Stütze vom Amt ist seit geraumer Zeit ausgelaufen und ihre Ersparnisse sind aufgebraucht. Jetzt droht Hartz IV. Sie ist mit ihrer Miete im Rückstand und braucht dringend Kohle. Und sie weiß, dass ihr ehemaliger Ressortchef zum Start des Oktoberfests in Arbeit ertrinkt. Sie schluckt die kränkenden Erinnerungen an ihren Rauswurf und den allgemeinen Groll über ihr Schicksal hinunter, betritt den Verlag durch die Drehtür und meldet sich beim Empfang an.

Der Feuilletonchef richtet seine geradlinig aufgereihten und nach Länge geordneten Bleistifte auf dem Schreibtisch zwischen ihnen millimetergenau neu aus, bevor er etwas sagt. Gundi hatte ihm angeboten, jede Nacht aus dem Käferzelt zu berichten und dem nächtlichen Chef vom Dienst exklusive Wer-mit-Wem-Fotos zu schicken, und er hatte keine Miene verzogen.

Er riecht meine Verzweiflung, fürchtet sie in Gedanken.

»Ich weiß nicht, ob dieser Job das Richtige für dich ist, Gundi«, antwortet er nach einer kurzen Denkpause, die Gundi wie minutenlange Missbilligung vorkommt.

»Wieso, ich hab es doch immer verstanden mit der Schickeria … grad zur Wiesn … Wieso nicht das Richtige? Was meinst du denn damit, Gunther?«

»Schickeria? Echt jetzt? Gibt es die noch? Die ganzen neuen Realitystars heute und die Influencer … kennst du die überhaupt?«

Gundi ahnt, dass sie gleich eine Kröte schlucken muss.

»Und außerdem müssen die jungen Redakteure heute alle SEO-optimiert schreiben und selbst republishen. Mit den Tools, mit denen wir Zielgruppen-Traffic messen«, fährt er fort.

SEO, republishen, Traffic, Tools – all das schreckt Gundi nicht. Die Kröte ist etwas anderes, das spürt sie. Ihre mangelnde Jugend. Sie ist nicht mehr jung genug.

»Das ist nichts, was ich nicht auch kann«, widerspricht sie todesmutig.

Ihr ehemaliger Ressortleiter steht auf und schließt die Tür seines Büros, die Gundi offen vorgefunden hat, als sie eintrat. Zur Begrüßung hatten sie über die guten alten Zeiten geplaudert. Sie hatten zur selben Zeit beim Tagblatt angefangen, Gunther und sie. Er mit einer akademischen Journalistenausbildung, Gundi mit nichts als ihrem schlagfertigen Mundwerk und ihrer Jugend. Er hatte einen einflussreichen Ziehvater beim Tagblatt, einen namhaften Theaterkritiker in München, sie stammte aus einer Bäckersfamilie vom Land. Und dann war sie zu einem »Gesicht« des Tagblatts geworden. Ein hübsches Gesicht, mit dunklen langen Haaren und einer Ausstrahlung, die Türen öffnete. Sie schlug sich die Nächte um die Ohren auf After-Show-Partys, auf Filmpremieren und Konzerten und hatte von vielen Prominenten die private Handynummer. Gunther blieb als Faktenfuchs hinter den Kulissen, selektierte und korrigierte in der Redaktion bis spät in die Nacht die Nachrichten, die ihm die Reporter von draußen lieferten. Er war überzeugt, dass es die schludrig formulierenden Berichterstatter draußen intellektuell mit ihm nicht aufnehmen konnten. »Korinthenkacker« nannten die Schreiber ihn, wenn er ihre Zeilen zurechtstutzte.

»Es ist nun einmal so«, widerspricht Gunther und setzt sich wieder hinter seine aufgereihten Stifte. »Wenn du mal raus bist, bist du raus.«

Gundi versteht und beginnt zu nicken. Man soll ja jeden Morgen eine Kröte schlucken, erinnert sie sich an den Spruch eines französischen Schriftstellers. Um sicherzugehen, dass dieser Tag nichts Schlimmeres mehr bringen kann.

»Du gibst mir also keinen Job?«, fragt sie, als wäre sie begriffsstutzig. Gunther schüttelt grimmig den Kopf.

Trotz einer Vorahnung hatte sie nicht erwartet, so eiskalt abzublitzen. Sie hatte damit gerechnet, dass ihr der

Ex-Kollege irgendeinen Scheißjob anbieten würde. Kleinere Sachen vielleicht, mit denen sie ihren Mietrückstand ausgleichen hätte können. Eine Filmkritik oder eine verdammte Baumarkteröffnung wenigstens. Tränen schießen ihr in die Augen, und um sie zu verbergen, steht sie auf. Wie konnte sie nur vergessen, dass Gunther schon immer ein neidischer, kleiner Wicht war. Die miese Rache des Korinthenkackers.

»Leck mich«, sagt sie. Sie will die Tür kraftvoll hinter sich zuschmeißen, als ihr Gunther noch etwas nachruft: »In deinem Alter laden die dich ohnehin nicht mehr auf die wichtigen Events ein …«

Die Tür knallt.

Gundi fühlt sich, als ob sie während des kurzen Gesprächs mit dem Feuilletonchef um weitere zehn Jahre gealtert ist. Jetzt steht sie an der Fußgängerampel vor dem Verlag und bemerkt nicht, dass längst Grün ist. Sie steht einfach da und starrt die Straße an.

»Was hast du denn geglaubt?«, schimpft sie sich aus. »Dass man auf dich gewartet hat? Journalisten, die Geschichten schreiben können, gibt es genügend. Jüngere Leute. Leute, die weniger Honorar wollen. Die besser sind als du.«

Gundi presst ihre Hände auf den Mund. Nicht genug, dass sie sich durch die Ablehnung alt und überflüssig fühlt. Jetzt zweifelt sie sogar an ihrem Können.

»Gemma, Oma!«, witzelt ein Mann hinter ihr an der erneut auf Grün gesprungenen Fußgängerampel und marschiert an ihr vorbei auf die Straße. Wütend über den frechen Lackl, noch mehr über ihre Selbstzweifel, brüllt sie ihm hinterher. »Hast du kein eigenes Leben, Depp?«

Irgendwann schafft es Gundi über die Ampel. Sie beschließt, die zwei U-Bahnstationen bis zum »Monarch« zu laufen. Die Sonne lacht wie zum Hohn über München und im Straßencafé gegenüber sitzen Leute, die die morgige Eröffnung des endlich wieder stattfindenden Oktoberfests nicht mehr erwarten können und in Lederhosen und bunten Edeldirndln heute schon vorglühen. Nach diversen Notbremsen zum Infektionsgeschehen ist die »Bierpreisbremse für die Wiesn« das beherrschende Stadtgespräch in München.

Über dem Richard-Strauss-Tunnel schlendern Einheimische und Touristen in der Vormittagssonne. Niemand beachtet Gundi. Sie ist unsichtbar. Einmal mehr wird ihr bewusst, dass sie früher auf der Straße die Blicke der Männer anzog. Heute sieht sie keiner mehr begehrlich an. Wenn überhaupt, dann schauen sie durch sie hindurch.

»Ich kann doch nichts anderes als schreiben«, klagt sie ihrem alten Freund Ferdl, dem Direktor der Promi-Absteige. Von ihm hat sie in ihren Reportertagen manchen Tipp bekommen, wenn zum Beispiel ein internationaler Star inkognito eincheckte. Das »Monarch« ist ihr zweites Zuhause. Hier hat sie ihre Knüller gefeiert und auch manchen Misserfolg ertränkt. Äußerlich grundverschieden, haben die beiden die Klatschsucht über allzu menschliche Verfehlungen und die Vorliebe für Weißbier aus der Flasche gemeinsam. Und sie stehen beide auf denselben Typ Mann. Gundi kennt Ferdinand Freudenreich, seit sie als junge Frau aus ihrer dörflichen Heimat nach München geflüchtet ist. Er kennt ihre geheimen Unzulänglichkeitsängste wegen ihrer einfachen Herkunft und ihres fehlenden Bildungsabschlusses. Bei Ferdl muss Gundi nicht schön sein. Nicht jung oder dynamisch, und ob sie »wer war«, interessiert Ferdl nicht. Er ist zehn Jahre älter als sie und sie vertraut seiner Klugheit in allen Lebenslagen.

»Der Anspruch, dass jeder erfolgreich sein muss, ist doch unmenschlich«, hatte er sie getröstet, als sie arbeitslos wurde. »Das Ideal ist der erfolgreiche Berufsweg, aber die Norm ist das Scheitern. Du musst dich also nicht zerfleischen. Du bist einfach nur ein Mensch.«

»Du hast leicht reden, mit deinem Job als Hoteldirektor«, hatte Gundi gekontert und Ferdl hatte sie, wie so oft in letzter Zeit, mit Gulaschsuppe aus der Hotelküche und Weißbier versorgt.

Hier in der unteren, renovierungsbedürftigen Bar des Hotels, die den Gästen nicht offensteht, treffen sich die Freunde seit vielen Jahren mehrmals die Woche. Es ist ihr Klubraum. »Klub der Oberschlauen«, nannten sie sich, wenn es einen beruflichen Erfolg zu feiern gab. »Klub der Kenner« oder »Klub der Glücklichen«, je nach Anlass. In letzter Zeit waren sie vermehrt der »Klub der Übriggebliebenen«. Die Wahrheit ist, dass auch Ferdl müde geworden war und der Putz des VIP-Renommees am »Monarch« zu bröckeln begann. Als angestellter Hoteldirektor konnte er jederzeit vom Inhaber ersetzt werden und manchmal wünschte er sich das. Dann wäre er gezwungen, das zu tun, wovon er träumte: ein eigenes Hotel zu führen. Aber jede weitere Saison mit Arbeit bis zur Oberkante Unterlippe im Hotelbetrieb lässt diesen Traum ein klein wenig mehr verblassen.

Gundi bekommt beim Gedanken, sich zusammen mit ihrem besten Freund Ferdl selbstständig zu machen, allerdings heimlich immer ein wenig Atemnot. Sie hatte sich beim Tagblatt nie anstellen lassen, sondern gegen Honorar gearbeitet. Ihre größte Angst war es, abhängig zu sein. Auf jemanden angewiesen zu sein. Sie hatte es nicht erwarten können, mit 18 endlich von Zuhause auszuziehen. Sich aus der Abhängigkeit von ihrem Vater zu befreien, der sie schon als Kind in seiner Landbäckerei einspannte und schuften ließ. Als Jungredakteurin mit Biss wehrte sie alle Versuche einer »Blattbindung« ab. Sie verdiente lieber ausschließlich, was sie sich erarbeitete. Nicht mehr und auch nicht weniger. Ein Ehemann, der das Geld nach Hause bringt, kam für sie nie infrage.

»Vielleicht gehe ich demnächst putzen«, resigniert sie. »Oder ich hartze bis zur Grundsicherung.«

Trotz der ungewöhnlich frühen Zeit für ein Klubtreffen macht ihr Ferdl in der Bar des Hotel Monarch eine Flasche Trostweißbier auf.

»Wie steht es denn mit deinen Recherchen zum Cold Case Strangassinger?«, fragt er, aber sie winkt nur ab.

3. KAPITEL

1985

Strangassinger war ein hoher Verwaltungsangestellter der Stadt München und federführend an der sogenannten »Skandalwiesn« beteiligt gewesen, die ein Jahr vor seiner Ermordung die Bewohner der bayerischen Landeshauptstadt bis ins Mark erschütterte.

In München gehen die Uhren bekanntlich anders. In Wahrheit gibt es eine andere Zeitrechnung als im Rest der Republik. Es gibt eine Zeit vor und eine Zeit nach der Wiesn. Es scheint, als ob die Stadt nach dem jährlichen Oktoberfest in eine Art verkaterten Winterschlaf fällt, aus dem sie zum Frühlingsfest wieder erwacht. Anlässlich dieser Generalprobe für das große Fest im Herbst hat eine weitere Gepflogenheit Tradition: die Frage nach dem Bierpreis. Was darf eine Maß Bier auf dem Oktoberfest kosten?

Inhalt, Verfügbarkeit und Bezahlbarkeit einer Maß Bier ist etwas, das die Münchner seit Jahrhunderten tief bewegt. Da Bier im Verständnis der Einheimischen als Grundnahrungsmittel gilt, steht es seit 1516 unter besonderem Schutz.

In der Geschichte der Stadt kam es immer wieder zu gewalttätigen Aufständen in der Bevölkerung, wenn die ortsansässigen Brauer den Preis für Bier anhoben. 1844 führte eine Bierpreiserhöhung von einem Pfennig pro

Liter zu Krawallen in der Münchner Innenstadt. Mehrere Tausend Menschen zogen randalierend durch die Straßen zu den Brauhäusern und demolierten dort die Einrichtungen. Schließlich musste der bayerische König höchstselbst einschreiten und die Preiserhöhung zurücknehmen. 1866 waren die siegreichen Preußen schuld an einer erneuten Preiserhöhung und die Bierkrawalle in München forderten sogar Todesopfer.

1888 kam es zu einer Massenschlägerei zwischen 4.000 empörten und in mehrerlei Hinsicht geladenen Gästen des Starkbieranstichs in der sogenannten »Salvatorschlacht«, die nur durch berittenes Militär eingedämmt werden konnte. Die Brauer wollten auf dem Nockherberg durch die Einführung einer »Drei-Quartel-Maß« unbemerkt den Preis für die Maß erhöhen. Bis heute kommt es jedes Jahr zu jähem Volkszorn, wenn die Brauereien den diesjährigen Preis der Wiesnmaß verkünden.

Seit 1899 kümmert sich der »Verein gegen betrügerisches Einschenken e. V.« mit seinen 4.000 Mitgliedern um das richtige Maß in der Maß. Der Verein wehrt sich vehement gegen die von der Stadt München konstatierte »Toleranzgrenze«, nach der in einer Maß Bier nur 0,9 Liter zu sein hat. »Behördlich gebilligter Schankbetrug« nennen die Bierwächter das.

Selbst durch den technischen Fortschritt kam der ewige Konflikt zwischen Trinkern und Brauern nicht zur Ruhe. Als der Glaskrug den traditionellen Maßkrug aus Stein ersetzte, entschärfte das den Streit, ob genügend Bier darin sei, nur bedingt. Denn zu jeder frischen Maß gehört Schaum, der sich nur teilweise zurück zu Bier verwandelt. Daher wurde auf den Krügen eine vier Zentimeter hohe Schaumzone über dem Ein-Liter-Füllstrich eingeführt.

Sogar die Technische Universität der Stadt München war in der Schicksalsfrage aktiv. Die Wissenschaftler dort fanden heraus, dass es nach der Frischzapfung einer Maß Bier 30 Sekunden dauert, bis sich Bier und Schaum voneinander trennen. Danach dauert es weitere drei Minuten, bis man die Menge des Bieres und die Menge des Schaumes in einer Maß bestimmen kann. Durchschnittlich ergeben drei bis vier Zentimeter Schaum einen Zentimeter Bier. Eine zuverlässige Bestimmung der Biermenge in einer Maß ist nach vier Minuten möglich.

Vorbote der »Skandalwiesn«, auf der Rudolf Strangassinger Berühmtheit erlangte, war der Beitrag eines jungen Moderators des Bayerischen Rundfunks im Vorjahr. Günther Jauch berichtete seinen Zuhörern, dass aus einem 200-Liter-Hirschen im Festzelt des legendären Wiesnwirts Valentin Bierbichler sagenhafte 289 Liter Bier gezapft wurden. Die ewig schwärende Wunde am Bierbauch des Münchner Volkskörpers war geöffnet.

Derart sensibilisiert, brachte sich zum Auftakt des Oktoberfests im darauffolgenden Jahr der damalige Stadtrat Rudolf Strangassinger gegen betrügerisches Einschenken auf der Wiesn frühzeitig in Stellung. Es ging um die Gunst der Wähler, in diesem Jahr stand die Wahl des Oberbürgermeisters an. Der auf Sauberkeit im weitesten Sinne bedachte regierende Bürgermeister der CSU hatte während seiner ersten Amtszeit die Münchner Innenstadt zuerst von Bettlern und Straßenmusikern und dann vom horizontalen Gewerbe gesäubert. Eine Amtshandlung, die die Spider Murphy Gang in »Skandal im Sperrbezirk« verewigte. Und weil Bier in München das erwähnte hochemotionale Thema ist und der Streit darüber, wie viel Bier eine Maß enthalten solle, nie wirklich beigelegt werden konnte, erkor der wahlkämpfende Bürgermeister zusammen mit seinem Unterstützer Rudolf Strangassinger vor der ersten ausgeschenkten Maß auf der Wiesn das korrekte Einschenken zum Wahlkampfthema Nummer eins.

Am ersten Wiesntag fanden unmittelbar nach dem »Ozapft is« um Punkt 12 Uhr die ersten Kontrollen statt. Rudolf Strangassinger und seine Helfer postierten sich mit Stückzahlmessern auf den Balkonen der Zelte und beobachteten von dort aus die Arbeit an den Schänken. Insbesondere das Festzelt des in der Kritik stehenden Wirtes Bierbichler stand im Zentrum der Ermittlungen und das skandalöse Resultat wurde auf einer Pressekonferenz am Montagmorgen der Öffentlichkeit mitgeteilt: Aus einem 152 Liter fassenden Hirschen flossen 198 Maß Bier. Die Münchner Trinker waren hell empört, die Medien prägten den Begriff der »Skandalwiesn« und der betroffene Festwirt stellte Strafanzeige wegen übler Nachrede.

Der durch diesen Erfolg euphorisierte Bürgermeister hatte aber noch nicht genug. Er wollte dem betrogenen Wahlvolk seine Tatkraft unter Beweis stellen und hatte einen Trumpf in der Hinterhand. Noch am selben Tag stürmte eine 40 Mann starke Polizeitruppe das Festzelt Bierbichlers, um die Papiere der über 300 Bedienungen, Spüler und Ordner zu prüfen. Sie stellten fest, dass 23 Hilfskräfte keine gültigen Arbeitsgenehmigungen hatten.

Es war die Stunde von Rudolf Strangassinger, der wiederum selbst um sein Fortkommen in den Amtstuben des Rathauses buhlte. Sich der Dankbarkeit des Bürgermeisters gewiss, verordnete er, dass durch die fehlenden Gesundheitszeugnisse der Beschäftigten in Bierbichlers riesigem Festzelt von einer erheblichen Gesundheitsgefährdung für die Bevölkerung auszugehen sei und dass das Zelt unverzüglich geschlossen werden müsse. Sofort kam es zu einem Massenansturm auf die Wiesn. Die Münchner wollten noch schnell ihre Hendl- und Biermarken einlösen.

Obwohl der sogenannte »Bazi«, ein Menschenschlag, der Wege am Gesetz vorbei findet, in München hohes Ansehen genießt, obwohl »a bisserl was immer geht«, hörte beim Bier der Spaß auf. Der betroffene Wirt fiel bei den Münchnern in Ungnade. Schankbetrug – eine Todsünde, für die es keine Vergebung gab. Ein Bittgesuch Bierbichlers an den Ministerpräsidenten Franz Josef Strauß verhallte ungehört. Schließlich musste er während der laufenden Wiesn seinen legendären Biertempel auf dem Oktoberfest schließen. Immerhin blieb sein reguläres Wirtshaus in der Münchner Innenstadt von weiteren Amtshandlungen verschont. Recht und Ordnung hatten in München gesiegt. Vorerst.

Im Jahr darauf feierte das Oktoberfest sein 175-jähriges Bestehen. Die Sonne strahlte seit Wochen vom Himmel und die Münchner waren sich sicher, dass es Petrus wegen des Jubiläums besonders gut mit ihnen meinte. Obwohl man vom bis heute ungeschlagenen Rekord-Besucherandrang noch nichts ahnte, sprach man nach der schändlichen Skandalwiesn im letzten Jahr schon im Vorfeld von einer »Rekordwiesn«. Rekord war auch der Bierpreis von 6 Mark 30 pro Maß, der natürlich wieder für helle Aufregung in der Bevölkerung sorgte. Allerdings kontrollierten in diesem Jahr 36 Mitarbeiter des Kreisverwaltungsreferats den Inhalt der Maßkrüge in den Festzelten und stellten kaum Beanstandungen fest. In den allermeisten

Fällen bekamen die Wiesnbesucher das, wofür sie über sechs Mark bezahlten: einen ganzen Liter Bier.

Die Brüder Zlatko und Milan waren »Gastarbeiter« der zweiten Generation. Ihr Vater war zum Bau des Olympiageländes 15 Jahre vorher nach München gekommen und betrieb jetzt den Balkan-Grill in Neuhausen, berühmt für seine monströsen Fleischplatten und die sehnsuchtsvollen Lieder, die er dort zum Besten gab und in denen er von hohen Bergen, wilden Flüssen und schönen Frauen sang. Von schönen Frauen träumten Zlatko und Milan auch. Sie waren 18 und 20 Jahre alt und um bei den Mädls Eindruck zu machen, brauchten sie Geld. Das wollten sie in möglichst kurzer Zeit verdienen. Als Spüler auf der »Rekordwiesn«.

Stundenlang hatten sie an diesem ersten Wiesntag vor knapp 40 Jahren Maßkrüge in die großen Spülbecken getaucht und Teller in die dampfenden Spülmaschinen geschichtet. Die Sonne hatte den ganzen Tag auf das Stoffdach des Festzeltes gebrannt und kurz vor Schluss war es so unerträglich heiß in der Küche, dass ihnen der Schankkellner zwei gratis Radlermaßen hingestellt hatte. Drinnen im Mittelschiff rund um das Podium mit der Blasmusi grölte die Menge »I will ham nach Fürstenfeld«.

Zlatko und Milan hatten sich den ganzen Abend lang Speed reingezogen und es mit Hochprozentigem in einer heimlich mitgebrachten Flasche abgefedert, als Zlatko die Nerven verlor.

»So a Schufterei für nix«, schrie er den Vorarbeiter an, der ihm zur Antwort eine Kopfnuss verpasste, sich umdrehte und weiterarbeitete.

Zlatko erstarrte. »Das lassen wir uns nicht gefallen«, blaffte er.

Der Kopfnussausteiler sah ihn streng an. »Brauchst morgen nimma kemma«, kommentierte er. »Warten g'nug andere auf dein' Job!«

Das war zu viel für Zlatko. Weil sein vernebeltes Hirn ihm nichts Besseres einflüsterte, fegte er eine Reihe von Maßkrügen vom Spültisch. Der Krach übertönte sogar die scheppernde Blasmusik und das gesamte Küchenpersonal fror für eine Sekunde in seinem hektischen Ablauf ein. Mit weit aufgerissenen Augen kam der Vorarbeiter auf Zlatko zu. Im Zelt stimmte die Kapelle »Sag beim Abschied leise Servus« an und wie auf Kommando nahmen Zlatko und Milan Reißaus. Sie schlüpften durch die nächstgelegene Öffnung der Zeltwand und rannten los.

»Schaut's, dass weida kemmt's!«, hörten sie ihren Ex-Chef noch rufen. Nachdem sie um die Ecke gebogen waren, brachen die Brüder in wildes Gelächter aus.

Es war Nacht, die Straßen auf der Festwiese füllten sich mit den nach dem Zapfenstreich hinauskomplimentierten Bierzeltgästen und die blinkenden Fahrgeschäfte erwarteten mit aufgedrehter Musik die angeheiterten Massen zu den letzten Runden. »Hereinspaziert! Auf geht die wilde Fahrt!« Der Dreier-Looping war, neben dem Bier natürlich, die größte Attraktion der diesjährigen Wiesn.

»Zur Krinoline«, schlug Milan vor. »Da sind die Weiber.«

Tatsächlich lehnten dort am Treppengeländer zwei Mädls, die in Netzstrümpfen und mit riesigen Kreuzen um den Hals auf »Madonna« machten. Sie posierten, als hätten sie auf Zlatko und Milan gewartet. Schnurstracks steuerte Zlatko auf eines der Mädchen zu.

»Immer fit für den nächsten Ritt, die schönen Frauen!«, lallte er und griff mit beiden Händen an Madonnas Brüste.

»Hey, du Arsch!«, wehrte die sich und schubste Zlatko weg. Einen Moment lang grinste er seinen Bruder an, dann rannte er erneut los. Milan, der eine weitere Sekunde lang blöde glotzte, fetzte hinterher. Quer über die Wirtshausstraße, durch die vielen Menschen hindurch, die »Pass doch auf, du Depp!« hinter ihnen herriefen. Irgendwann hinter den Festzelten und abseits vom Betrieb auf den Fußgängerstraßen der Theresienwiese stoppte ein grasbewachsener Hang die Flucht der Brüder. Während sie schnaufend und wild um sich blickend zu Atem kamen, bemerkten sie, dass sie nicht allein waren. Die trockengelegten Festbieropfer torkelten grölend aus den hinteren Ausgängen der Festzelte, aus denen der Lärm von Tischrücken und Gläserklirren klang. Ein einsamer Besoffener erklomm stumm auf allen vieren den Hügel am Rand des Festgeländes. Weiter oben schlief ein Ohnmächtiger lang ausgestreckt seinen Rausch aus. Unten am Hang saß ein Langhaariger auf seinem Hintern im Gras. Er hatte den Aufstieg zur Straße nicht geschafft. Sein Kopf war auf seine Brust gefallen und seine Hippiemähne verdeckte sein Gesicht. Dennoch hielt er sich, die Hand fest um einen leeren Maßkrug auf dem Boden neben sich, aufrecht. Zwei torkelnde junge Männer fühlten sich von seinem Anblick offensichtlich provoziert.

»Hey, du Gammler«, lallten sie und versuchten, ihn umzuschubsen. Es gelang ihnen nicht, ohne selbst die Balance zu verlieren. Da entdeckte Milan etwas noch Spannenderes. Oben auf dem Hang im Halbdunkel bei einem großen Busch bewegte sich was. Er stupste Zlatko an und deutete darauf.

»Da ficken zwei«, flüsterte er.

Zlatko prustete los. »Die werden sich sauber erschrecken!«, sagte er, als er sich beruhigt hatte, und legte einen Finger an die Lippen. Mit allerlei Armgefuchtel zeigte er seinem Bruder an, was er vorhatte: Er plante, seitlich den Hang hochzukriechen und sich von oben an das Paar heranzuschleichen. Die beiden grinsten sich an und krabbelten wortlos den Hügel hoch. Oben angekommen, sahen sie genauer, was vor sich ging. Er lag auf ihr, die Hose an den Knien, und war voll in Fahrt. Wie eine Katze auf Mäusejagd schlich sich Zlatko gebückt Richtung Liebeslager, obwohl ihn die Lustrauschigen auch nicht bemerkt hätten, wenn er mit Trommelwirbel heranmarschiert wäre. Milan sah ihm von oben aus zu und klatschte in der Vorfreude leise in die Hände. Da schrie Zlatko auf.

Gleichzeitig fiel er auf seinen Hintern und bewegte sich erschrocken auf allen vieren rückwärts. Weg von diesem Anblick. Das Pärchen fuhr auseinander, raffte blitzschnell die Klamotten über die Körpermitte und stolperte in unterschiedlichen Richtungen den Hang hinunter. Milan war inzwischen bei Zlatko angekommen, der immer noch auf seinem Hintern saß und bebend auf etwas deutete, was auf der anderen Seite des Buschs war. Da lag ein Mann. Auf dem Rücken, mit weit gespreizten Armen und Beinen. Sein weißes Hemd sah aus, als hätte man es mit schwarzer Lackfarbe übergossen. Und in seiner Brust steckte, aufrecht in den Nachthimmel ragend, ein dreizackiger Hendlspieß.

Zwei Stunden später war der gesamte Hügel mit den weißroten Bändern der Polizei abgesperrt. Ein paar Uniformierte standen Wache, während sich Polizisten in Zivil und Sanitäter in Weiß am künstlich ausgeleuchteten Tatort zu schaffen machten. Es war nach Mitternacht, die Zelte waren geschlossen und wirkten auf dem leer gefegten Gelände wie riesige Gespensterhäuser. Nur ein paar übrig gebliebene Neugierige standen entfernt hinter den Absperrmarkierungen.

Es war Stadtrat Strangassinger, der hier in seinem Blut lag. Der oberste Eichstrichwächter Münchens und Hüter der korrekt eingeschenkten Wiesnbiermaß lag tot auf dem sogenannten Rauschberg, einer Anhöhe am Rand der Theresienwiese, an der die Trinker des starken Oktoberfestbiers auf ihrem Nachhauseweg in Scharen scheitern. Er war mit einem der Hendlspieße, an denen die berühmten Wiesnhendl gegrillt werden, erstochen worden.

Wegen der »Tatwaffe Hendlspieß« wurden alle Mitarbeiter der Festzelte als vorläufig Tatverdächtige bis in die frühen Morgenstunden auf dem Gelände festgehalten und befragt. Es wurden Fingerabdrücke an der Mordwaffe sichergestellt, aber keine der Spuren am Leichenfundort konnte einem der Beschäftigten zugeordnet werden. Aufgrund der satten Geldbußen, die im letzten Jahr wegen illegaler Arbeitskräfte verhängt worden waren, erwähnte die abgetauchten Putzhelfer niemand. Einer der Küchenmitarbeiter des Festzeltes, hinter dem der Mord geschah, sagte aus, es wäre in der Hektik seines Berufes nicht ungewöhnlich, wenn ein paar Hendlspieße irgendwo herumlägen.

Unterhalb der Bavaria stand ein Sanka mit lautlosem Blaulicht und daneben eine grüne Minna mit offenen Türen. Darin saßen Zlatko und Milan. Kreidebleich, stocknüchtern und schweigend. Sie waren zuerst fluchtartig weggelaufen, hatten sich dann kurz beratschlagt und zwei

Männer der Wiesnpolizei angesprochen, die seit dem Bombenanschlag auf dem Festgelände vor fünf Jahren verstärkt patrouillierten. Vor einer halben Stunde hatte ein Beamter die Personalien von Zlatko und Milan aufgenommen und sie zum Warten verdonnert. Für etwaige Ermittlungen. Bisher hatte niemand weitere Fragen an sie gehabt. Aber den beiden war ohnehin nicht danach, sich ins Bett zu legen.

Am nächsten Morgen gab es in München nur ein Thema: Die schöne Rekordwiesn war nach der Skandalwiesn vom Vorjahr nun zur Mordswiesn geworden.

4. KAPITEL

»Ich komme einfach nicht weiter, Ferdl«, klagt Gundi ihrem Freund nach ihrem demütigenden Auftritt bei Gunther in ihrer ehemaligen Redaktion. Die Blöße, die sie sich heute dort gegeben hat, hat ihr Selbstbewusstsein auf Unterteppichniveau gesenkt. Und die Trostweißbiere, die sie sich in Ferdls Bar einpfeift, hellen ihre Stimmung nicht auf. Dabei hatte es so gut angefangen mit ihrer Karriere als Investigativ-Reporterin. Sie hatte eine Ausreißerin aufgespürt, die Tochter von bekannten Modemachern, nach der ganz München suchte. Kurz darauf hatte sie einen vertuschten Mord in ihrem Heimatdorf in Niederbayern gelöst und einen kriminellen Bauunternehmer zu Fall gebracht. Und jetzt? Bei Gunther zu Kreuze zu kriechen, war eine Verzweiflungstat gewesen. Weil sie mit ihren Recherchen zum Cold Case am Regierungsbeamten Strangassinger vor fast 40 Jahren auf der Wiesn keinen Schritt weiterkommt. Dass morgen wieder Wiesn ist, kommt ihr wie der Akt eines zynischen Universums vor.

Dabei hat sie sich so ins Zeug gelegt. Sie hat den inzwischen verstorbenen Wiesnwirt Valentin Bierbichler als potenziellen Mörder ins Visier genommen, denn Rache war ein naheliegendes Motiv.

Der barocke Bierbichler war ein Prachtexemplar von einem Münchner Wirt. Geschäftstüchtig und hintersinnig und mit einer gewissen kriminellen Energie ausgestattet. Er hatte seit Jahrzehnten seine Auseinandersetzungen mit der Münchner Obrigkeit, die er als lustfeindliche Bürokraten verlachte, und er hat seine »Gaunereien« öffentlichkeitswirksam inszeniert. Mit spektakulären Gratis-Fress-Aktionen auf dem Oktoberfest, anlässlich derer er schlitzohrig die Staatsmacht »derbleckte«, gewann er die Mägen der Einheimischen. Nicht zuletzt wegen seiner glamourösen Auftritte und seinen überkandidelten Charivaris haben die Münchner ihn andächtig »Bierbaron« genannt.

Die Biermessungen des Moderators vor der Skandalwiesn konterte er noch siegesgewiss auf gewohnte Bazi-Art. Was ein Wiesnwirt am Ausschank so verdiene, fragte der Bayerische Rundfunk nach.

»Rechts und links a Mords-Bockfotzen«, hat er grinsend geantwortet und München lachte mit. Noch.

Als sich die wahlkämpfende Stadtverwaltung auf den »bandenmäßigen Schankbetrug auf dem Oktoberfest« einschoss, glaubte er, gegen Strangassinger und Co. eine Chance zu haben. Ein paar Tage vor dem Start des jährlichen Besäufnisrituals lud er zur Pressekonferenz in sein Festzelt, wo er vor den anwesenden Journalisten mit großem Premierengehabe das erste Wiesnhendl aufschnitt. Sehr zur Belustigung der Zuschauer wurden aus einem ganzen Hendl drei Hälften.

»Was bin ich doch für ein Depp gewesen, nur Bier auszuschenken, wenn man mit Hendln so ein gutes Geschäft machen kann«, flachste er und die Gaudi war riesengroß.

Dass die Münchner beim Hendl durchaus, beim Bier aber keinen Spaß verstehen, hat der lustige Wirt nicht bedacht. Es ging aus, wie es die Geschichte erzählt: Er verlor sein Zelt und seine Konzession als Wiesnwirt. Wenige Tage nach dem spektakulären Hendlwunder kapitulierte er vor der geballten Staatsmacht.

Allerdings war schon Monate vor der Ermordung Strangassingers Bierbichlers Ruf als Bierbaron wiederhergestellt, fand Gundi heraus. Denn die Messungen des Stadtrats mit dem Stückzahlmesser erwiesen sich als fehlerhaft. Valentin Bierbichler wurde vom Vorwurf des Schankbetrugs freigesprochen und zahlte wegen der illegal Beschäftigten eine freiwillige Geldbuße. Zur Tatzeit, als auf dem Rauschberg hinter der Wiesn Rudolf Strangassinger mit einem Hendlspieß ermordet wurde, saß er mit einem prominenten Stammgast, dem wiedergewonnenen Freund Franz Josef Strauß, bei einer Flasche

Wein in seinem Forsthaus im Oberland, 68 Kilometer vom Tatort entfernt.

Eine Weile hat Gundi noch der These eines Auftragsmords hinterherrecherchiert, aber tatsächlich hatten die damaligen Ermittler recht: Bierbichler war als Täter auszuschließen.

Auch die beiden halbwüchsigen Entdecker der Leiche hatten keinerlei Verbindung zum Mordopfer und kein Motiv. Sogar einem möglichen Hintergrund in deren jugoslawischem Herkunftsland und einem etwaigen Bandenkrieg zwischen den illegal Beschäftigten ist Gundi nachgegangen.

Der oberste Moralapostel Strangassinger hatte sich mit seiner Law-and-Order-Politik in München aber auch andere Feinde gemacht. Insbesondere seine Sperrbezirksverordnung und deren mehrfache Verschärfung hatten immer wieder für diverse »Skandale« gesorgt. Eine grüne Politikerin der ersten Stunde, Heike Schmidt-Rielke war am Tag der Ermordung beim traditionellen »Ozapft is« mit Strangassinger öffentlich aneinandergeraten. Sie hatte sich in den 1980er-Jahren mit ihrem Verein Gefallene Engel e. V. für die Rechte von Prostituierten eingesetzt und war daher von Berufswegen auf den Ordnungsbeamten nicht gut zu sprechen. Sie hatte ihm unterstellt, er würde Beziehungen ins Münchner Rotlichtmilieu unterhalten. Allerdings lag die Gute inzwischen auf dem Ostfriedhof und niemand aus ihrem Umfeld hatte bestätigen können, dass Rudolf Strangassinger Umgang mit Prostituierten hatte. Die einst krawallig-linke Opposition von damals war über die Jahre etabliert und wortkarg geworden, wie Gundi feststellen musste.

Auch in den Reihen der noch lebenden Parteifreunde Strangassingers fand sich keiner, der mit Gundi über den Mord sprechen mochte. Als ob man die alten Geschichten endlich vergessen wollte.

Kommissar Julius Pettenkofer, der pensionierte Leiter der Münchner Mordkommission, ist Gundis nächste Anlaufstelle gewesen. Er war 1985 leitender Ermittler im Mordfall Strangassinger und hatte einem Treffen sofort zugestimmt. Die Tür zu seiner Doppelhaushälfte in Unterhaching, einem Vorort im Süden, hatte er ihr mit einem Gesicht aus Stein geöffnet. Ohne Umwege über gastfreundschaftliche Angebote hatte er sie in sein Arbeitszimmer unter dem Dach geführt, das an zwei Wänden mit mannshohen alten Rollladenschränken vollgestellt war. Hunderte alte Akten vermutete Gundi darin, ein paar Ordner daraus lagen sorgfältig vorbereitet auf einem Tisch in der Mitte des Raums.

»Der Anfangsverdacht gegen Valentin Bierbichler hat sich sofort als haltlos erwiesen«, hatte Pettenkofer ihre eigenen Recherchen bestätigt. »Er war nicht in München und hatte einen unbezweifelbaren Zeugen. Auch die beiden Jugoslawen, die den Leichenfund angezeigt haben, hatten zur Tatzeit ein Alibi. Sie waren mit 22 weiteren Helfern in der Spülküche des Hackerzeltes beschäftigt gewesen.«

Gundi erinnert sich, dass sie sich gewundert hat, mit welcher Detailtreue sich der alte Kommissar aus dem Stegreif erinnerte. Sie hatte sich vor dem Treffen über den ermittelnden Beamten schlaugemacht und wusste, dass er wenige Monate nach dem Mord vom Fall Strangassinger abgezogen worden war. Über die Gründe hat sie nur Vermutungen anstellen können.

»Ihnen ging der Mord besonders an die Nieren, oder?«

Kommissar Pettenkofer blickte sie streng an. »Natürlich. Das Mordopfer war ein hoher Beamter. Ein Staatsdiener.«

Seine Zornesfalte zwischen den Augenbrauen schien sich noch tiefer in seine Stirn zu bohren. Beinah unmerklich nahm sein Gesicht eine andere Farbe an. Er wandte sich ab und sah aus dem Fenster seines Arbeitszimmers. Gundi folgte seinen Augen. Man konnte hier in diesem südlichen Vorort von München am Horizont die Alpen erkennen. Aber Pettenkofers Blick ging nach innen.

»Es vergeht kein Tag, an dem ich nicht an diesen brutalen Mord denke«, sagte er mehr zu sich selbst.

Von der Seite erkannte Gundi, dass der ehemalige Polizist nicht vom Zorn gezeichnet war. Sondern von Verbitterung. Sie sah ihm an, dass er diesen Fall bis heute weder vergessen noch aufgegeben hatte. Sie setzte sich und nahm einen der Ordner zur Hand. »Darf ich?«

»Das sind die Protokolle der Aussagen«, erklärte der Kommissar. »Alle Zeugen, mit denen Herr Strangassinger am Tag seiner Ermordung zu tun hatte. Aussagen von Beschäftigten und Wiesnbesuchern. Hunderte.«

Gundi ließ den Ordner zu. »Welche Spuren gab es am Tatort?«

»Fingerabdrücke auf der Tatwaffe. Aber keine Zuordnung.«

»Konnten Sie ermitteln, woher die Tatwaffe stammte?«

»Der Hendlspieß hätte aus jedem Festzelt stammen können, sie wurden zu Hunderten benutzt. Die Mitarbeiter sagten aus, dass sie oft hinter den Zelten gewaschen wurden. Es konnte leider auch nicht festgestellt werden, ob irgendwo einer fehlte. Die Bestände waren nirgends erfasst. Auch die Bestellungen waren nur fernmündlich gemacht worden …«

»Herr Pettenkofer, Sie hatten doch bestimmt eine Theorie, oder?«

»Ich habe mehrere Spuren verfolgt. Auch solche, die unangenehm waren.«

»Hatte Strangassinger Feinde? Politische Gegner? Der Politiker war ja ein recht harter Hund.«

Julius Pettenkofer zuckte mit den Schultern. »Richtig ist, dass sich Rudolf Strangassinger nirgends besonders beliebt gemacht hat.«

»Wegen des Schankbetrugs? Oder der Sperrbezirksverordnung? Die Wirte waren bestimmt nicht gut auf ihn zu sprechen. Oder gab es zum Beispiel Bordellbetreiber, denen er das Geschäft verdarb?«

»Jeder, der sich in München irgendwo im halbseidenen Milieu bewegte, bekam es irgendwann mit Strangassinger zu tun. Das ganze organisierte Verbrechen«, bestätigte der Kommissar.

Gundi überlegte. Gab es zu der Zeit Clans? Vielleicht unter den jugoslawischen Gastarbeitern? Oder den illegal Beschäftigten auf der Wiesn? Oder eine Art Biermafia aus Wirten und Brauern?

Pettenkofer hatte sich ans Fenster gelehnt und Gundi mit Jagdhundaugen angesehen. Vor ihr stand ein Terrier, bemerkte Gundi. Einer von den Hartnäckigen.

»Meine aussichtsreichste Spur führte in die rechtsextreme Szene«, antwortete er schließlich überraschend offen. Gundi frohlockte innerlich. Endlich erkannte der abweisende Kommissar in ihren Ermittlungen seine Chance auf späte Rehabilitation.

»Zur Tatzeit wurde ein verdächtiger Skinhead am Tatort beobachtet. Das waren damals Rechtsradikale, die sich aus der englischen Hooligan-Szene entwickelt hatten. Ein Zeuge sagte aus, dass er einen Streit beobachtet hat. Zwischen Strangassinger und einem Skinhead. Aber ich konnte den Skinhead nicht ausfindig machen.«

Pettenkofer presste seine Lippen aufeinander. »Eine weitere Spur führte nach Hamburg. Das passte, denn die Skins in München waren ... naja, im Norden Deutschlands waren die Radikalinskis aktiv. In München waren es ein paar Jugendliche, in Hamburg gab es gut organisierte Schlägertruppen. Es gab natürlich auch Vernetzungen zwischen den einzelnen Gruppen. Und Feindschaften. Bayern gegen den HSV.«

An einen Neonazi-Hintergrund hatte Gundi bislang nicht gedacht.

»Wieso sollten Rechtsradikale einen CSUler wie Strangassinger auf dem Kieker haben?«, fragte sie. »Sind die nicht aus ähnlichem Holz geschnitzt?«

Pettenkofer sah sie an, als ob er enttäuscht wäre, erbarmte sich aber anscheinend. »Eins habe ich in meinen langen Jahren als Polizist gelernt: Es ist nicht alles schwarz oder weiß und auch nicht links oder rechts«, rang er sich als Erklärung ab. »Allerdings hatten gewisse Regierungskreise Interesse dran, den Fall als persönlichen Streit unter Betrunkenen abzutun. Deshalb sagte man Strangassinger einen unredlichen Lebenswandel nach. Die Wahrheit ist, dass man von höchster Stelle aus partout keinen Täter mit rechtsradikalem Hintergrund wollte. Deshalb bin ich kaltgestellt worden. Man wollte nicht, dass ich den Skinhead finde. Denn dann wäre vielleicht herausgekommen, dass es einen organisierten, rechten Untergrund gab. Rechtsterrorismus zu bagatellisieren, war damals Staatsräson. Ich hätte mich verrannt, sagten sie. Ich hätte mich an einer absurden Theorie festgebissen. Deswegen wurde mir der Fall entzogen.«

Gundi erinnert sich, wie elektrisiert sie gewesen war. Ein politischer Mord! Der legendäre Franz Josef Strauß war zur Tatzeit uneingeschränkter Herrscher in Bayern gewesen. Selbst wer wie Gundi keine Leuchte in der bayerischen Landesgeschichte war, wusste, wie kultisch er in seinen Reihen verehrt worden war. Wie ein Monarch. Bei den Linken war er entsprechend unbeliebt. Eine absolute Hassfigur. Sekundenschnell hatte sie ihr rudimentäres Wissen über die Politik dieser Zeit rekapituliert: Stoppt-Strauß-Aufkleber, Atomkraft-Nein-Danke-Sticker.

»Hing der Mordfall etwa mit den damaligen Protesten gegen Atomkraft zusammen? Oder der Friedensbewegung?«

Pettenkofer nickte grimmig. »Es durfte keinen Rechtsterrorismus geben. Der Feind stand links.«

»Und warum hatten Ihrer Meinung nach Rechtsradikale Strangassinger ins Visier genommen?«

»Denken Sie mal an das Oktoberfestattentat, das nur kurze Zeit zuvor stattgefunden hatte. Die bayerische Staatsregierung vertuschte die Verbindungen des Täters Köhler zu rechtsterroristischen Wehrsportgruppen jahrzehntelang. Erst vor Kurzem wurde sein rechtsextremes Motiv festgestellt. Anhaltspunkte für Hintermänner will man nach wie vor nicht sehen.«

Zwei Tage später ist Gundi von der Verdistraße, die vierspurig auf die Stuttgarter Autobahn führt, in eine unscheinbare Seitenstraße abgebogen und fand sich im Wald wieder. Alte Bäume säumten ihre Fahrt durch eine kleine einspurige Straße, Vögel sangen und von der Hektik der Großstadt war nur wenige Hundert Meter vom dicht befahrenen Autobahnzubringer nichts mehr zu spüren. Gundi stellte ihre Rostlaube schamhaft außer Sichtweite der Nummer 28 ab. Hier, hinter Hecken und Sträuchern – versteckt für die Blicke Vorbeifahrender –, lag die zweistöckige Villa Strangassinger, die nach alter Münchner Bürgerlichkeit aussah.

Die Gastgeberin begrüßte Gundi in Gummistiefeln am Gartentor und war von einer Unscheinbarkeit, wie sie nur »Altes Geld« bewirkt. Gundi hatte auch hier im Vorfeld des Besuchs recherchiert: Pauline Amalie Sophie Strangassinger führt ihren Stammbaum über viele angeheiratete Windungen zurück auf König Max von Bayern. Ihr Mann, der vor fast 40 Jahren ermordete Rudolf Strangassinger, entstammte einer bayerischen Dynastie von Staatsdienern und Regierungsbeamten. Als Gundi ihr am Telefon erklärt hatte, sie hätte eine Empfehlung von Kommissar Pettenkofer, hatte sie die Reporterin sofort zu sich eingeladen.

Die Witwe führte Gundi einen schmalen moosbewachsenen Weg entlang zur Haustür und bat sie in einen holzgetäfelten Empfangsraum mit einer Unmenge von Geweihen an der Wand. Sie verschwand kurz und kam mit Teegeschirr auf einem Tablett wieder. Gundi hatte Personal erwartet.

»Schön haben sie es hier«, log sie. Abgetrennte Schädeldecken von Wald- und Bergtieren fand sie in Wahrheit gruselig.

»Mein Mann war ein passionierter Jäger«, antwortete die Gastgeberin, die Gundis Blicke wohlwollend bemerkt hatte. Sie goss zwei Teetassen voll und stellte sie akkurat auf zwei silberne Untersetzer.

»Sie sind die einzige Journalistin, die sich in den letzten Jahrzehnten für den Fall meines Mannes interessiert hat«, begann sie das Gespräch. »Herr Pettenkofer hat Ihnen vermutlich schon gesagt, welche Kreise Interesse daran hatten, seine Ermordung zu vertuschen.«

Gundi lehnte sich zurück und balancierte die Teetasse vor ihrer Brust.

Ich hätte die Untertasse mitnehmen sollen, schoss ihr durch den Kopf. Wieder einmal genierte sie sich in diesem herrschaftlichen Umfeld wegen ihrer einfachen Herkunft.

»Bitte schildern Sie mir den Tag des Mordes einfach aus Ihrer Sicht. Was damals geschah.«

»Die Hetzjagd auf meinen Mann begann schon im Jahr davor«, holte Frau Strangassinger aus. »Nachdem das Kreisverwaltungsreferat 1984 gegen das betrügerische Einschenken auf dem Oktoberfest vorgegangen war, wurde mein Mann regelrecht an den Pranger gestellt. Wegen läppischer Messungsungenauigkeiten. Dabei hatte der Betrug auf dem Oktoberfest System. Der betroffene Wirt beschäftigte Dutzende illegale Arbeitskräfte. Leute ohne Gesundheitszeugnisse.«

»Und wie ging es für Sie und Ihren Mann weiter?«

»Das ganze folgende Jahr war der Horror. 1985 war mein Annus horribilis, wie Königin Elizabeth das später genannt hatte.«

Gundi bemerkte, dass die Witwe den Namen in akzentfreiem Englisch aussprach, mit dem »th« an der richtigen Stelle.

»Ich konnte wirklich nachvollziehen, wie es ihr damals erging. Scheidungen im Königshaus, intime Details in aller Öffentlichkeit ... Wussten Sie, dass wir über Sophie von der Pfalz mit Maria Stuart verwandt sind?«

Gundi ging nicht darauf ein. »Was genau ist im Jahr nach dem Schankskandal vorgefallen?«

Pauline Strangassinger fasste sich und Gundi registrierte die vorbildliche Sitzhaltung ihrer Gastgeberin. Instinktiv drückte sie ihr Kreuz etwas mehr durch.

»Unmittelbar nach der Schließung des betrügerischen Festzelts bekamen wir Drohanrufe. ›Du gehörst aufgehängt!‹, sagten irgendwelche Lumpen am Telefon. Unsere Gartenmauer wurde mit Schmierereien verunstaltet. Als dieser schreckliche Wirt rehabilitiert wurde, stand mein Mann plötzlich in der Boulevardpresse am Pranger. In der Oper grüßte man uns nicht mehr.«

»Also«, versuchte Gundi zusammenzufassen. »Ihr Mann stand in der Kritik nach seinem Durchgreifen auf dem Oktoberfest 1984. Wen haben Sie in Verdacht?«

»Wer meinen Mann ermordet hat?«

»Wer Sie und Ihren Mann bedroht hat.«

»Leute, denen Recht und Ordnung das liederliche Leben erschwert. Kriminelle, Halbseidene. Gegner des Maßnahmenkatalogs.«

Gundi notierte sich den Begriff.

»Kommissar Pettenkofer erwähnte einen eventuellen rechtsextremen Täter. Weswegen könnte Ihr Mann denn ins Visier von Rechtsradikalen geraten sein?«

Pauline Strangassinger nahm einen großen Schluck aus ihrer Teetasse. Sie schien nachzudenken. Dann setzte sie die Tasse geräuschlos ab.

»Sie wollen wissen, ob mein Mann Verbindungen zum rechten Pöbel hatte?«

Gundi war sich nicht sicher, ob die alte Dame eine Antwort erwartete. Ihr Schweigen war die richtige Entscheidung gewesen, denn Pauline Strangassinger fuhr fort.

»Wir haben als Kinder noch jeder ein Instrument gelernt. Mein Mann und ich stammen aus Familien, in denen sich Studienräte, Professoren und Staatsschauspieler bewegten. Gebildete Menschen, gepflegter Umgang. Rudolf hätte sich mit seinen politischen Idealen nicht in diese unfeine Gesellschaft begeben müssen. Er war ein hochbegabter Jurist, als ich ihn kennenlernte.«

»Wie, unfein?«

»Sie haben vermutlich keine Erinnerung mehr an den damaligen Ministerpräsidenten?«

»Strauß? Nicht aus persönlicher Erfahrung.«

»Ein Metzgersohn. Ein Schreihals. Ungehobelt und derb. Das Kunstsinnige, das Feinsinnige war ihm vollkommen fremd. Ein fürchterlicher Mensch. Seinesgleichen saßen auch in der Behörde meines Mannes. Mein Mann hätte es nicht nötig gehabt, sich auf deren Niveau zu begeben. Er hätte eine Karriere als Diplomat machen können. Aber er fühlte sich den Mitmenschen gegenüber verantwortlich. Deshalb ging er in die Kommunalpolitik.«

»Wollen Sie sagen, dass der Mörder Ihres Mannes aus den Reihen der eigenen Leute stammte?«

Gundi bemerkte die feuchten Augen, die die alte Dame in diesem Augenblick bekam. Sie begriff, dass sich Frau Strangassinger schämte. Die Umstände, unter denen ihr Mann ums Leben gekommen war, waren in den Augen der Witwe entwürdigend. Sie gab ihr Zeit, sich zu sammeln, bevor sie weiterfragte, und übte geräuschloses Teetrinken.

»Am Tag seiner Ermordung waren Sie und Ihr Mann beim Anstich des Oktoberfests«, nahm sie den Faden wieder auf. »Was passierte an diesem Tag, bevor Ihr Mann … bevor es zu dieser schrecklichen Tat kam?«

»Wir haben lange mit uns gerungen, ob wir der Einladung zum Anstich folgen sollten. Aber nicht hinzugehen, wäre ein Zugeständnis gewesen. An diesen Pöbel. Ich habe Rudolf sogar gedrängt hinzugehen.«

»Und was passierte dort?«

»Es kam zu einem Eklat. Wie diese Frau an einen Platz an unserem Tisch kam, ist mir bis heute schleierhaft.«

»Eine grüne Politikerin saß bei Ihnen am Tisch während des Anstichs«, ergänzte Gundi, die die Zeugenaussagen der Anwesenden gelesen hatte.

»Schmidt-Rielke hieß sie, das weiß ich noch«, sagte Pauline Strangassinger. »Sie nutzte die anwesende Presse, um gegen die Politik meines Mannes zu agitieren.«

»Was genau hatte sie gegen Ihren Mann?«

»Damals blühte die Prostitution in München«, erklärte die Gastgeberin. »Unter dem Deckmantel der sexuellen Befreiung wurde käufliche Liebe plötzlich salonfähig. Aber damit nicht genug. Männer trieben es mit Männern. Die Lustseuche breitete sich rasend schnell aus. Und diese unsägliche Schmidt-Rielke wollte die Prostitution sogar legalisieren. Als mein Mann seine Meldepflicht für Gefährder verteidigte, da schrie diese schamlose Person: ›Strangassinger, du Heuchler! Du bist den Damen von der Horizontalen doch auch nicht abgeneigt!‹«

Gundi hatte ein Lachen unterdrücken müssen. »Und was passierte weiter?«

»Die Presse stürzte sich auf meinen Mann und bedrängte ihn mit den impertinentesten Fragen. Er konnte sich der zudringlichen Fragerei nicht mehr erwehren und flüchtete aus dem Zelt. Ich dachte damals, dass ich mir meinen Platz in der Gesellschaft von so einer nicht streitig machen lassen würde, und blieb. Als Rudolf abends noch nicht zu Hause war, habe ich mich nicht gewundert. Mein Mann saß oft bis spät in die Nacht in seinem Büro und arbeitete. Am nächsten Morgen stand die Polizei vor der Tür.«

»Dieser Maßnahmenkatalog … könnte der ein Mordmotiv gewesen sein?«

»Sie können sich nicht vorstellen, was sich mein Mann alles anhören musste, nur weil er die Bevölkerung vor Aids schützen wollte. Ich habe Rudolf oft gefragt, warum er sich das antut. Warum er sich um diese liederlichen Menschen schert. Wissen Sie, was er geantwortet hat?« Pauline Strangassinger kämpfte erneut mit den Tränen. »Wegen der Kinder! Die auf dem Schulweg mit Prostitution und Promiskuität konfrontiert werden. Zum Dank dafür wurde er …«

»Was genau bezweckte Ihr Mann mit diesem … Maßnahmenkatalog?«

»Den Schutz der Bevölkerung. Vor einer Seuche aus der Gosse!«

»Maßnahmen gegen Aids? Sie vermuten, dass Nutten und Schwule Ihren Mann auf dem Gewissen haben?«

Gundi erinnert sich an den angeekelten Blick der Witwe. Sie hätte sich vornehmer ausdrücken müssen.

Nach wochenlangen Recherchen war Gundi keinen Millimeter weiter als am Anfang. Pauline Strangassingers Vermutung, dass die Ermordung ihres Mannes mit dem Maßnahmenkatalog der Staatsregierung gegen die Ausbreitung einer neuen Epidemie zu tun hatte, blieb ein Verdacht, den sie nicht erhärten konnte. Es gab keine Spuren ins Rotlichtmilieu und keine in die Gayszene. Die Vermutung von Kommissar Pettenkofer, eine rechtsradikale Terrorgruppe um einen Skinhead aus Hamburg hätte Strangassinger ermordet, blieb ihre einzige, dünne Spur.

Ein Ergebnis haben ihre ansonsten unergiebigen Ermittlungen dennoch erbracht: Die vielfältigen Verwicklungen zwischen Regierenden und der Wirtschaft in München, insbesondere die Verbindungen zwischen der Gastronomie und dem Rathaus waren geradezu ekelhaft eng. Gundi erkannte ein System und fragte sich, ob es in München vielleicht wirklich eine Art Biermafia gab. Ob dieser industrialisierte Wirtschaftszweig, der mit seinem weltberühmten Bier Millionen in die bayerische Staatskasse spülte, in Wahrheit das Sagen in der Landeshauptstadt hatte. Auf der Suche nach einem solchen Syndikat recherchierte sie die Machtstrukturen und Verflechtungen der Großbrauereien in München. Ihnen liefen nach dem Zweiten Weltkrieg die Technologiekonzerne den Rang ab. In der Folge wurden Brauereien, Bierkeller und Sudhäuser zusammengelegt und die Brauer schlossen sich mehrheitlich internationalen Bierkonsortien an. Durch illegale Preisabsprachen wurde der Bierpreis deutschlandweit nach oben getrieben, doch nach Aufdeckung des Kartells Mitte der Nullerjahre gingen einzig die Münchner Brauer als Kronzeugen straffrei aus. Man war den schlanken Fuß von jeher gewohnt.

Und noch etwas hat Gundi während ihrer Recherchen gelernt: Die Auseinandersetzung zwischen dem Wiesnwirt Bierbichler und dem Staatsdiener Strangassinger war ein Paradebeispiel für ein System von Machterhalt und Machterneuerung, das Gundi bei ihren Nachforschungen überall in Politik und Wirtschaft vorfand – das bayerische Amigo-System. Heute Freund, morgen Feind, übermorgen wieder Freund, je nachdem, wie sich gerade Vorteile ergeben. Es gibt brüchige Koalitionen und vorübergehende Feindschaften; heute gewinnt der, morgen der andere. Untereinander gibt es keine Loyalität oder Treue, aber auch keine Unversöhnlichkeit oder Rache. Jeder kämpft für sich, alle machen mit und alle sind sich über die Spielregeln einig. Bin ich heute Verlierer, brauche ich den Verursacher meiner Niederlage vielleicht, um morgen der Gewinner zu sein. Nur das gemeinsame Ziel, die persönliche Bereicherung, eint alle Spielteilnehmer. Es ist ein exklusiver Klub der Herrschenden und ein Spiel unter den Mächtigen. Nach außen wird dieses System vehement verteidigt: Mia san mia.

»Herrschaftszeiten!« Gundi wirft auf dem Nachhauseweg von Ferdls Bar hoch oben am Friedensengel einen bitteren Blick auf ihr geliebtes München und fühlt sich wie David gegen Goliath. Nur ohne Steinschleuder. Sie wird gegen die Verklüngelungen der Alteingesessenen nie ankommen. Und sie wird hier nie richtig dazugehören. Das hat ihr zuletzt Gunther wieder vor Augen geführt. Gundi hat keine gewachsenen Beziehungen in München, keinen Onkel, der ihr die Türen öffnet. Wenn du raus bist, bist du raus, erinnert sie sich. Sie beschließt, den Fall Strangassinger aufzugeben.

5. KAPITEL

Wie die meisten gebürtigen Münchner hat Ferdl selbst nach den ruinösen Absagen der vergangenen Jahre ein zwiespältiges Verhältnis zur Wiesn. Das faszinierende und heiß erwartete Oktoberfest seiner Kindheit und Jugend hat sich im Laufe der Zeit zu einem Massenevent entwickelt, das er heute meidet. Die wildbieselnden Partypeople aus aller Welt in ihren billigen Kostümen sind dem feinen Ferdl ein Graus.

Wenn da nicht gleichzeitig diese nostalgischen Erinnerungen wären. An die ersten scheuen Blickkontakte mit Jungen am Autoscooter. Die heimlichen Berührungen im »Calypso«. Eine geteilte Tüte mit gebrannten Mandeln. Das Klingeln der Fahrgeschäfte und das Raunen in den Zelten. Der magische erste Schluck aus einer frisch gezapften Wiesnmaß. Ferdl war in der Sendlinger Straße geboren und in einer Zeit aufgewachsen, in der es dort nur Hinterhöfe und noch keine Kinderbetreuung gab. Seine Familie stammte aus dem Egerland und richtig Bairisch sprechen konnte er als Kind nicht. Das Oktoberfest seiner Jugend mit dem fahrenden Volk und den bunten Lichtkegeln war wie eine Verheißung für den kleinen Buben mit dem komischen Akzent. In Fürstenfeldbruck, wohin seine Eltern ihn später zwangen, hielt er es nicht lange aus. Zu verführerisch waren die Großstadtlichter.

Für einen Münchner Hotelier ist die Wiesn natürlich von jeher eine Gelddruckmaschine und Ferdl gestattet sich dienstlich keinerlei Wiesnkritik über die heimlich genannte »Ballermannisierung des Traditionsfests«. Nach den vergangenen schweren Jahren ohne diese Umsatzspritze ist ohnehin alles anders. Die kommenden Wochen werden für Ferdls pandemiegebeuteltes Hotel die Rettung sein. Deswegen ist er am Vorabend des »Ozapft is« für den Empfang der Gäste in seinen hirschledernen Kilt gestiegen, den er sich für seine beruflichen Repräsentationszwecke hat anfertigen lassen. Während der Wiesn gibt Ferdl sich rustikal bajuwarisch, obwohl er im Herzen ein Bohemien ist. Was Outfits angeht, ist Ferdl schon immer eigen gewesen. Sobald etwas »in Mode« ist, mag er es nicht mehr. Trotzdem hat er als Gastgeber in einem Münchner Hotel während des Oktoberfests gewisse Pflichten. Ein Kilt im Trachtenlook ist ein Kompromiss nach Ferdls Geschmack. Ohnehin würde eine traditionelle »männliche« Lederhose zu dem zarten Ferdl passen wie ein Blaumann zu einem südfranzösischen Adeligen.

»Grüß Gott in München!« Ferdl begrüßt die eintreffenden Gäste des Viersternehotels Monarch am Abend vor dem lang erwarteten Oktoberfestauftakt alle persönlich. Zufrieden blickt er sich in seiner Lobby um, in der jeder Sessel, jedes Blumengesteck und sogar die Auswahl der ausliegenden Zeitschriften sein Werk sind. Genau wie der neue, blaugraue Perserteppich, der von der schweren Eingangstür mit den Ätzglasfenstern zur Rezeption führt. Ein bisschen dekadent ist es schon, Gäste bei jeder Art von Wetter über einen handgeknüpften Nain laufen zu lassen, das weiß er. Aber Ferdl hasst den Lärm von Rollkoffern.

»Früher hat man die Bauern vom Land auf der Wiesn an der Tracht erkannt«, grantelt Benz, als zwei aufgekratzte Damen in Designerdirndln außer Hörweite sind.

Benz lehnt neben Ferdl am Empfangsdesk, trägt Lederjacke und Schiebermütze, wie der allgemeinen Stimmung zum Trotz, und ist sich seiner Wirkung auf die beiden Damen nicht bewusst. Benedikt Richter, genannt Benz, sieht immer noch aus wie George Clooney in der Maske von Che Guevara, findet Ferdl. Er hat etwas Rebellisches im Blick, auf das die Damen abfahren. Die beiden Jugendfreunde haben sich seit Jahrzehnten nicht mehr gesehen. Nach vielen Jahren auf der englischen Insel Guernsey ist Benz wegen des Brexits nach München zurückgekehrt und genauso pleite wie vor seinem Weggang. Daher hatte er, eigentlich Musiker, sich auf seinen Brotjob aus Studententagen besonnen. Und weil Kontakte zu Hoteliers für einen Taxler in München während der Wiesn lukrativ sind, hat er sich bei seinem alten Spezi gemeldet. Ferdl ist hocherfreut, seinen einstigen Freund und Weggefährten nach so langer Zeit wiederzusehen.

»Du kannst mir vielleicht auch unter die Arme greifen«, schließt er das Gespräch über ihre Zusammenarbeit während der Wiesn und Benz ist froh, sich gleich revanchieren zu können. »Shoot! Schieß los!«

»Du hast doch getaxelt, damals, als sie den Strangassinger hinter der Wiesn erstochen haben, oder? Erinnerst du dich?«

Benz sieht Ferdl an, als hätte der ihn gerade des Massenmordes beschuldigt. »What? Wieso fragst du das?«

»Na ja, ich hab da eine Freundin, eine Reporterin, die alten und ungelösten Kriminalfällen nachgeht. Damals gab es doch Spekulationen. Über einen politischen Hintergrund. Dieser Strangassinger war doch ein beinharter Recht- und Ordnungsfanatiker …«

»Und was soll ich damit zu tun haben?«

»Nichts direkt natürlich«, beruhigt Ferdl ihn. »Aber du warst doch politisch so engagiert. Die rechten Saubermänner von der CSU, die selber Dreck am Stecken hatten, der Sperrbezirk, weißt du noch? Und du bist jede Nacht Taxi gefahren. Vielleicht hast du etwas gehört …«

»Ich hab nichts mitgekriegt«, wehrt Benz ab. »Jesus, der Fall ist doch längst vergessen!«

Ferdl kannte den Grant seines Bekannten noch von damals. Scheinbar hatten die Jahre im Ausland dieser genetischen Veranlagung vieler Münchner nichts anhaben können.

»Hast dich in deinen Wittgenstein vergraben gehabt, hm?« Er lacht in Erinnerung an die alten Zeiten. Als junger Rezeptionist hatte er sich mit dem Philosophiestudenten Benz angefreundet, der beachtliche 18 Semester Philosophie mit Taxifahren finanzierte. Etwas einte sie schon damals: ihr fehlender Platz in der Gesellschaft. Benz weigerte sich hartnäckig, einen bürgerlichen Weg einzuschlagen, und Ferdl war genau der nicht vergönnt.

»Sorry, aber der Strangassinger war fucking schlimmer als der Strauß«, lenkt Benz ein. »Der hatte es auf Hippies und Obdachlose abgesehen. Und auf Gays! Hast du das vergessen, Ferdl? Dass du beinah selbst mal auf seine Abschussliste gekommen wärst?«

»Natürlich nicht«, antwortet Ferdl und Benz' kurze Rückblende in die 1980er-Jahre, als die neue Seuche Aids grassierte, lässt ihn sofort ernst werden.

Damals hatte der bayerische Maßnahmenkatalog Ferdl die Wohnung gekostet, den Job und schließlich auch seine erste Liebe. Als junger Erwachsener in den 1980ern war er von seinem Vater daheim rausgeschmissen worden, als er sich »outete«. Seine Mutter grämte sich wegen der

Schande fast zu Tode und Ferdl stand gerade wackelig auf eigenen Beinen in der Münchner Gastronomie, als die ersten Leute mit schwarzen Flecken im Gesicht starben. Aids war eine neuartige, tödliche Infektionskrankheit und schnell waren die Überträger und deren Schuld ausgemacht: Homosexuelle und ihr Sexualverhalten. Viele Menschen glaubten, sich über alltägliche Berührungen oder bloßen Kontakt mit Schwulen mit dem HI-Virus anstecken zu können. Bayerns Regierung war mit Verordnungen und Polizeiaktionen schnell den Dingen voraus. Die regierende CSU plante, mit Zwangstests und Zwangsisolierung »diese naturwidrige Randgruppe auszudünnen«. An den genauen Wortlaut des Abgeordneten Strangassinger kann sich Ferdl noch gut erinnern.

Er hatte einen Freund damals. Harald. Er war genauso jung wie Ferdl und entstammte einer ähnlichen Kleinbürgerlichkeit, für die ein schwuler Sohn ein Affront war. Sie hatten sich in der Münchner Szene getroffen und lebten zusammen in einer kleinen Wohnung am Glockenbach. Als Aids kam, war ihr kurzer unbeschwerter Traum von freier Liebe ohne Treuegelübde zu Ende. Und vieles andere auch. Sie erhielten die Kündigung, nachdem die Hausgemeinschaft beim Vermieter gegen das schwule Pärchen Front gemacht hatte. Zum Schutz der Kinder im Haus. Ferdl verlor seinen Job als Liftboy in einem großen Hotel, da man wegen der vielen Gästekontakte dieses Risiko nicht mehr eingehen konnte. Harald drohte Berufsverbot, weil er schwul war. Schließlich hielt auch die Liebe den allseitigen Anfeindungen nicht stand und Harald tauchte in einer Heterobeziehung ab.

»Gut, dass d' noch da bist, Chef!«, unterbricht eine aufgeregte Stimme Ferdls trübe Gedanken.

Es ist Toni, Ferdls Barmann. »Das musst dir anschauen«, flüstert er, ganz auf Diskretion in der noblen Lobby bedacht. »In der Bar, unser Stargeiger, der kippt sich einen Schnaps nach dem anderen rein. Der will sich, glaub ich, totsaufen.«

Wiktor Krawczyk ist ein Popstar der Klassikwelt und auf seiner Tournee durch die großen Konzerthäuser Europas im »Monarch« wie immer unter Pseudonym abgestiegen. Wiktors Konzerte enden jeden Abend im Gedränge von Autogrammjägerinnen, die ansonsten mit Literaturabenden und Opernpremieren ausgelastet sind und die durch Wiktors verletzliche Aura jede Contenance verlieren. Nach drei ausverkauften Abenden in München will er morgen früh, noch bevor der Trubel um das Oktoberfest losgeht, abreisen. Dass er sich in der Hotelbar volllaufen lässt, ist ganz und gar ungewöhnlich.

»Kann ich dich morgen zum Weißwurstfrühstück mit Gundi einladen?«, entschuldigt sich Ferdl bei Benz. Ursprünglich wollten sie noch in den Alten Simpl, aber Gäste gehen bei Ferdl immer vor. Benz nickt.

In der oberen Bar des »Monarch« sitzt der Stargeiger in einem der Separees. Von seiner üblichen Strahlkraft ist gerade nicht viel übrig. Seine weißblonden Haare, sonst nach hinten gekämmt, stehen wirr vom Kopf ab und sein Markenzeichen, der blonde Dreitagebart, lässt ihn dadurch wie einen Penner aussehen. Er sitzt, eine halb leere Flasche Cardenal Mendoza vor sich, in der Nische und starrt vor sich hin.

»Wiktor?«, nähert sich Ferdl. »Darf ich mich kurz zu Ihnen setzen?«

Ferdl kennt den Stargeiger, der als siebenjähriges Wunderkind mit seinen Eltern aus Krakau geflohen ist und in Berlin von Herbert von Karajan entdeckt wurde, seit Jahren. Schon viele Male war er ihm bei kleinen Wunscherfüllungen behilflich. »Bigos« um 4 Uhr morgens. Champions-League-Karten für einen Neffen. Und manchmal auch noch andere Dinge. Nicht zuletzt deswegen ist Wiktor Krawczyk ein treuer Gast in Ferdls »Monarch«.

»Wie kann ich Ihnen helfen, Wiktor?«, fragt Ferdl und Wiktor starrt ihn an wie einen Außerirdischen.

»Ich bin am Ende«, sagt er nach einer stummen Weile. »Meine Karriere, mein Ruf, mein Leben. Zerstört. Es ist eine Katastrophe.«

»Was ist passiert?«

»Nichts, was zu retten wäre.«

Ferdl lächelt. »Sie kennen mich. Ich kann Dinge besorgen, die keiner hat. Ich decke Dinge zu, die keiner sehen soll. Ich rette Dinge, die verloren scheinen. Sie sind im ›Monarch‹. Sie sind zu Hause«, spult Ferdl seinen Werbeslogan runter.

Wiktors Lippen beginnen zu zittern, aber etwas blitzt in seinen Augen auf. Hoffnung. »Meine Stradivari«, flüstert er. »Sie ist weg.«

»Wie weg? Gestohlen?«

»Verloren.«

»Wo?«

Wiktor vergräbt sein Gesicht in den Händen. Wie unter Klassikliebhabern bekannt, spielt er seit sieben Jahren »La Duchessa«, eine Stradivari, die ihm die Besitzerin, die Erbin eines Ölmilliardärs aus Wyoming als Dauerleihgabe zur Verfügung stellte. Der Wert des Instruments wird auf zwei Millionen Euro geschätzt.

»Es bleibt unter uns«, beginnt Ferdl erneut.

Wiktor lässt die Hände sinken und atmet tief ein. »Ich war in einem Etablissement. Nach dem Konzert. Ich habe sie dort stehen lassen. Und jetzt ist sie weg. Ich kann nicht zur Polizei! Ich kann das niemandem erklären! Die Öffentlichkeit …«

Ferdl winkt Toni heran, der während der ganzen Zeit gläserpolierend und außer Hörweite hinter der Bar gestanden ist, aber keine Sekunde den Blick abwandte.

»Einen Doppio für Herrn Krawczyk«, weist er Toni an und legt dem Geiger eine Hand auf den Arm. »Überlassen Sie Ihr Problem mir. Morgen früh haben Sie Ihre Stradivari wieder.«

Anstatt gemütlich mit Benz ein Bier zu trinken, lässt sich Ferdl von seinem Shuttlebusfahrer zu Sonja Huber fahren. Vor einem halben Jahrhundert war sie »die Sonny« gewesen, später nannte man sie ehrfürchtig Madame Sonja. Sie war die »Grande Dame« der Münchner Rotlichtszene. Man sagte ihr nach, dass sie über gute Drähte verfügte, aber wie groß ihr Einfluss in München immer noch ist, ahnen nur die wenigsten. Für Ferdl ist sie heute einmal mehr die Retterin in der Not.

Obwohl es schon auf Mitternacht zugeht, öffnet sie wie ausgehfertig die Tür. Sie ist sorgfältig geschminkt und frisiert, trägt ein knielanges schwarzes Kleid, Pumps und einen gelben Seidenschal. Wer sein ganzes Leben nachts gearbeitet hat, kann seinen Rhythmus wohl auch im Alter nicht so leicht umstellen, vermutet Ferdl.

Madame Sonja ist hocherfreut über den Besuch ihres ehemaligen Schützlings und führt ihn an den kleinen Tisch in ihrem »Salon«, einem Wohnzimmer, das erstaunlich spießig eingerichtet ist, wenn man bedenkt, dass es sich um das Mobiliar der einst berühmtesten Hure Münchens handelt. Sie gießt ihm ungefragt eine Tasse Kaffee ein und kippt ihm ebenso unaufgefordert einen Schluck Hochprozentiges aus einer silbernen Flasche dazu, die sie aus der Tasche ihres Kleides zaubert. Man kennt sich.

Am anderen Ende des Wohnzimmers sitzt Markus, Sonjas missratener Sohn, vor einem lautlos gestellten Fernseher und starrt auf sein Handy. Sein blauschwarz gefärbtes Haar ist schütter, dafür trägt er beachtliche Koteletten und ist muskulös geworden, seit Ferdl ihn zuletzt gesehen hat. Als Jugendlicher war er Sonjas Sorgenkind. Revoltierte gegen seine Mutter und ihren Umgang mit spießigen Ansichten und deutschnationalen Parolen. Ferdl fällt auf, dass er schwitzt wie ein Schwein, obwohl es in Sonjas Salon kühl ist.

»Hi, Markus!« Ferdl hebt den Arm zum Gruß und erschrickt sofort wegen dieser Geste. Aber der Angesprochene macht keine Anstalten, den Gruß misszuverstehen. Er schießt nicht auf, haut weder die Hacken zusammen noch reißt er seinen rechten Arm hoch. Im Gegenteil. Er schaut nicht einmal auf und ignoriert den Besucher. Ferdl wundert sich über sich selbst. Was hat er erwartet? Dass ein Neonazi wie Markus jede Gelegenheit zum Hitlergruß ergreift?

Sonja kommt sofort zur Sache. »Was ist los, mein Lieber?«, fragt sie und Ferdl erzählt ihr leise die Geschichte von der verlorenen Stradivari. Madame Sonja nickt und verspricht, ein paar Anrufe zu machen.

»Ich seh dich beim Toni«, verabschiedet sich Ferdl wie in den alten Zeiten, in denen Sonja in seiner Bar im »Monarch« regelmäßig ihre Stelldicheins gab. Obwohl er weiß, dass Sonja längst nicht mehr aus dem Haus geht. Er blickt sie fragend an, um die Spuren der Depression in ihrem Gesicht zu finden, über die alte Weggefährten munkeln. Aber Sonja lächelt zum Abschied. Zurück im Hotel hinterlässt Ferdl eine Notiz für die Rezeptionistin der Frühschicht. Er ist sich sicher, dass die Sache damit erledigt ist.

6. KAPITEL

Der Typ, der am nächsten Vormittag die Lobby des »Monarch« betritt, sieht aus wie ein Blues Brother, der sich zur Stubnmusi verirrt hat. Nichts könnte in der weiß-blau geschmückten Empfangshalle mit ihren Wimpeln und Lebkuchenherzen an der Wand fremder sein als der Besucher mit seinem schwarzen Anzug und der dunklen Brille. Heute startet das erste Oktoberfest nach Corona. Auf der Prinzregentenstraße vor dem Promi-Hotel schlendern die ersten Wiesngänger unter strahlend blauem Himmel den Gehsteig entlang, die Hemden sauber in den Hosen, die Zöpfe kunstvoll geflochten, die Gesichter voll freudiger Erwartung. Aus der Ferne hört man die Schellen der

Brauereirösser, die mit ihren geschmückten Gespannen aus allen Himmelsrichtungen in die Innenstadt ziehen. Nach den schmerzhaften Ausfällen ihres Bierfests erwarten die Münchner ihr Besäufnis-Ritual wie ein Heilsversprechen.

Der Fremdling sieht sich in der Eingangshalle des Hotels unauffällig nach Zeugen um, nimmt dabei aber die Sonnenbrille nicht ab. Die meisten Hotelgäste sind schon zum lang erwarteten Anstich auf der Theresienwiese aufgebrochen. Mit wenigen durch den Teppich gedämpften Schritten erreicht er das Desk und stellt den Geigenkasten, der wie ein Spielzeug an seinem massigen Arm baumelte, ab. Die Rezeptionistin erhebt sich, schaut den Mann kurz mit großen ernsten Augen an, übernimmt wortlos den Instrumentenkoffer, verstaut ihn unter ihrem Arbeitsplatz und greift zum Haustelefon. Als sie hochblickt, sieht sie den Blues Brother, wie er Gundi Starck, der besten Freundin ihres Chefs, die Tür aufhält. Gundi grüßt die Rezeptionistin mit einem Nicken und marschiert nach hinten.

Ferdl sitzt mit seinem Gast hinten im leeren Frühstücksraum. Gundi hat ihren Frust über das Arschloch Gunther und ihren allgemeinen Weltschmerz über die Münchner Mentalität gestern zu Hause mit weiteren Weißbieren ertränkt und sich erfolgreich vom eigenen Versagen im Fall Strangassinger abgelenkt. Ferdls SMS hat sie erst heute Morgen entdeckt: *Komm Frühstücken. Habe jemanden mit Informationen zum Hendlspießmord.* Den alten Fall hat sie zwar gestern nach ihrem Frustsaufen bei Ferdl zu Grabe getragen, ihr Katermagen brüllt aber nach Futter. Gundi steuert auf das kahl gefressene Frühstücksbüffet zu und schaufelt sich mit Blick in den leeren Weißwurstkessel den Teller mit kaltem Rührei voll. Währenddessen begutachtet sie den Typ am Tisch bei Ferdl, der etwas über den Hendlspießmord an Strangassinger weiß. Er sieht aus wie Charles Schumann, der inkognito bleiben möchte. Ihn anzuhören, kann nicht schaden.

»Gundi, das ist Benedikt Richter«, begrüßt Ferdl sie und dirigiert sie mit dem Blick auf einen leeren Stuhl am Tisch. »Benz ist ein alter Freund von mir, der in den 80ern politisch aktiv war.«

Gundi nickt ihm zu und der »Benz« genannte Typ zeigt Zähne, die von Whiskey und Zigaretten erzählen. Sie beschließt, den kalten Mampf nicht würdelos in sich hineinzuschaufeln. Stattdessen nimmt sie nur einen Schluck Mineralwasser und zieht ihren Bauch ein.

»Antifa, also?« Gundi setzt ein wissendes Lächeln auf. »Warst nicht gerade ein Fan von Strauß und Co., oder?«

Benz sieht sie etwas zu lange an und Gundi erkennt diesen Blick wieder. Von früher, als sie den von den Männern gewohnt war.

Von vorne dringen gedämpft Pferdehufe auf Asphalt und Blasmusik bis in den hinteren Teil des Hotels. Außer den Angestellten und den dreien im Frühstücksraum ist das Hotel menschenleer. Die Gäste des »Monarch« stehen entweder an den Straßenrändern Münchens und winken den geschmückten Kutschen der Wiesnwirte zu oder sie warten geduldig in den Schlangen vor den Festzelten, um rechtzeitig vor dem Anstich einen Platz zu bekommen. Die daher beschäftigungslosen Mitarbeiter des Hotels machen es sich vor dem großen Bildschirm in der vorderen Bar bequem, um sich das »Ozapft is!« des Münchner Oberbürgermeisters im Fernsehen anzuschauen. Momentan begleiten die Kameras des Bayerischen Rundfunks den traditionellen Zug der Festwirte von der Innenstadt bis zur Theresienwiese.

»Was bleibt, ist also ein mysteriöser Skinhead aus Hamburg oder ein Täter, der sich durch die harten politischen Maßnahmen Strangassingers gestört gefühlt hat«, fasst Gundi währenddessen ihre bisherigen Recherchen für Benz zusammen. Dass sie wenig erfolgreich war und frustriert ist, lässt sie eitlerweise nicht durchblicken.

»Das ist alles. Nur den Verdacht, dass der Ermordete heimliche Beziehungen zu Prostituierten unterhielt, konnte ich noch nicht entkräften. Andererseits war Rudolf Strangassinger konservativ bis in die Knochen …«

»Konservativ ist gut!«, wirft Benz dazwischen und Gundi wundert sich über die unangebrachte Ironie. Sie wirft Ferdl einen hilfesuchenden Blick zu.

»Ob Strangassinger von Zuhältern ermordet wurde oder von rechtsradikalen Skins, das Mordmotiv hat etwas mit den politischen Verhältnissen der damaligen Zeit zu tun«, beeilt sich Ferdl. »Entweder mit seinem Feldzug gegen die sexuelle Liberalisierung. Oder mit der rechtsextremen Gewalt, die von der Politik ignoriert wurde.« Ferdl lächelt seinen alten Freund verschwörerisch an. »Und da kommst du ins Spiel, Benz.«

Benz rückt seine Sitzhaltung umständlich auf dem Stuhl zurecht.

»War das nicht ein Streit, der eskaliert ist?« Er räuspert sich. »Wir waren gegen Strauß, gegen Atomkraft, Wackersdorf, gegen … Der Strangassinger ist doch besoffen gewesen. Wahrscheinlich zu viel Bier und eine Schlägerei …«

»Es ist ein Streit bezeugt«, pflichtet ihm Gundi bei. »Mit diesem Skinhead. Kommissar Pettenkofer hatte eine Spur ins rechtsradikale Milieu. Hooligans, Hamburg, eventuell St. Pauli.«

»Damals haben die Zeitungen doch diesen Wiesnwirt verdächtigt«, wendet Benz ein. »Den mit dem Schankbetrug. Dass der sich an Strangassinger gerächt hat.«

Gundi schüttelt den Kopf. »Strangassingers Messung war falsch. Aus der Ferne konnte er mit bloßem Auge nicht sehen, wie viele Radlermaßen ausgeschenkt wurden. Also, wie viele Maßkrüge über den Schanktisch gingen, die nur zur Hälfte mit Bier befüllt werden mussten.«

Ferdl mischt sich erneut ein. »Strangassinger hatte noch ganz andere Feinde. Politische Gegner. Sein Feldzug gegen Schankbetrug war nur die letzte politische Aktion.« Er wirft seinem alten Freund einen aufmunternden Blick zu. »Er hatte ja schon lange vor den Wirten Leute im Visier, die seiner Auffassung von Gutbürgerlichkeit nicht entsprachen. Prostituierte und Schwule. Auch Obdachlose, Straßenmusiker und Demonstranten, gegen die er mit seinen Schwarzen Sheriffs vorging.«

Benz verschränkt die Arme. »Und was soll ausgerechnet ich über den Fall wissen? Glaubst du, das war irgendeine linke Rache?«

Er wendet sich an Gundi. »Wieso bist du überhaupt so scharf auf diesen uralten Fall? Der ist doch längst Geschichte!«

»Niemand will deinen alten Kumpanen ans Zeug, Benz«, beruhigt Ferdl. »Das ist Gundis Beruf. Du hast das auf Guernsey natürlich nicht mitbekommen …«

»Du kommst aus Guernsey? Geil!«, grätscht Gundi dazwischen und Benz lächelt geschmeichelt.

»… Gundi hat einen vergessenen Nazi-Mord in Niederbayern aufgeklärt und sich auf Cold Cases spezialisiert.«

»So wichtig war der Strangassinger aber nicht«, wendet Benz ein. »Wieso kommt ihr nach dieser langen Zeit ausgerechnet auf diese alte Sache?«

Ferdl und Gundi grinsen sich wie auf Kommando an. »War eine Bierlaune«, erklärt Ferdl. »Zu der Zeit, als Gundi in Niederbayern recherchierte, gab es zum ersten Mal ›Saure Radler‹ auf der Wiesn. Radler mit Wasser statt mit Limo verdünnt.«

»War klar, dass uns der Schankskandal von 1984 eingefallen ist«, erinnert sich Gundi. »Die Radler damals und der Strangassinger mit seinem Stückzahlmesser.«

Plötzlich hören sie aufgeregte Stimmen. Irgendetwas ist los in der Hotelbar.

»Das gibt's doch nicht!«

»Das darf doch ned wahr sein!«, hören sie.

»Jetzt leck mich doch am Arsch!«, brüllt einer.

Barmann Toni taucht im Durchgang zum Frühstücksraum auf.

»Ozapft werd ned«, verkündet er.

»Ist das ein Witz?«, fragt Ferdl.

»Die zapfen wieder nicht an heuer!«, wiederholt Toni so hochdeutsch, wie es ihm möglich ist. »Schau selber. Im Fernsehen läuft's.«

Wie auf ein Zeichen stehen die drei auf und gehen nach vorne in die Bar, wo die Mitarbeiter fassungslos auf den neuen 88-Zoll-Fernseher an der Wand starren. In wenigen Minuten sollte der offizielle Anstich durch den Oberbürgermeister live übertragen werden. Stattdessen füllen Bilder vom abgesperrten »Schottenhamel«-Zelt den Bildschirm.

Gundi, Ferdl und Benz lassen sich auf den Hockern nieder und starren zusammen mit den Hotelangestellten auf den Bildschirm. Ungeachtet des anderweitigen Weltgeschehens unterbrach der BR sein laufendes Programm und berichtet in einer Live-Schalte vom »Anschlag aufs Ozapfen«.

Polizisten haben sich vor den Eingängen der Festzelte postiert. Friedliche Schlangen von Leuten mit dummen Hüten stehen davor. Darunter ein Laufband mit *Breaking News: Polizei sperrt das Oktoberfest. Hunderttausend Besucher sitzen auf dem Trockenen.* Der diensthabende Praktikant des BR glüht vermutlich vor.

Die Polizei hatte eine Nachrichtensperre verhängt und Reporter lassen die durstige, vor und in den Bierzelten wartende Menge wilde Vermutungen ins Mikro blasen.

»Die Polizei lässt die Wirte nicht auf die Wiesn«, sagt ein Augenzeuge. »Alkoholkontrolle.« Der Witz ist naheliegend.

Aufnahmen von draußen vor der abgesperrten Festwiese flackern über den Bildschirm. Das Münchner Kindl auf seinem Ross schaut betroffen, der Wagen mit dem Oberbürgermeister, die blumengeschmückten Pferdekutschen der Festwirte, die Blaskapellen und die Wagen der Schausteller und Bedienungen stauen sich am Eingang zur Wirtsbudenstraße weit zurück bis in die Schwanthalerstraße. Man sieht Kamerafahrten entlang des aufgestauten Zugs, die geschmückten Bräurösser schnauben schwitzend in der Sonne und der OB auf seiner Kutsche lächelt jede Besorgnis weg.

Weil heutzutage nichts so gefürchtet ist wie frei schwebende Virenwolken, dementiert die Polizei über Twitter einen biologischen Anschlag. Es wäre nur ein Sicherheitscheck. Reine Routine. Das Anstichfass im »Schottenhamel«-Zelt sei geschändet worden, heißt es später. Jemand hätte mit roter Farbe »Sau« auf das Fass geschmiert.

Nervengestählt durch die pandemischen Einschränkungen bleiben die meisten Oktoberfestbesucher ruhig in den Schlangen vor den Zelten stehen. Endlich setzt sich der Festzug in Bewegung. Der Einzug der Wirte findet erstmals in der Geschichte des Oktoberfests verspätet statt. Schließlich prostet der OB sein »Auf eine friedliche Wiesn!« um 15 Uhr in die TV-Kameras, während in den anderen Zelten die Schänken aus »Kulanzgründen« schon geöffnet haben und die Leute seit zwei Stunden saufen.

Die ersten Wiesnbesucher kommen zurück und zwingen die Hotelangestellten auf ihre Arbeitsplätze. Benz verabschiedet sich zu Gundis heimlichem Bedauern, um seine Taxlerschicht anzutreten. Immerhin kann sie jetzt ihre Bauchmuskeln wieder loslassen.

»Wer soll denn mit ›Sau‹ gemeint sein?«, rätselt Ferdl. Die beiden übrig gebliebenen Freunde in der Hotelbar genehmigen sich ihr erstes Weißbier und trinken es wie immer aus der Flasche. Sie sind sich einig, dass ihr Lieblingsgetränk auf diese Weise nicht so schnell »lack« wird. Und dass »lackes«, also abgestandenes Bier schlimmer ist als Kamillentee.

»Vielleicht ist es ja ein Bekennerschreiben«, antwortet Gundi.

»Du meinst eine Art Abkürzung? So was wie: Südbayerische … äh … Arbeiter Union?«

Blöd daherreden, nennen sie das, was sie beim gemeinsamen Biertrinken – normalerweise in der Kellerbar des »Monarch« – gerne tun.

»Oder jemand beschimpft einfach den Wirt vom Spatenbräu«, fährt Ferdl fort, der wie alle Münchner eine persönliche Hitliste von Oktoberfestbieren führt. In seinen

Charts rangiert das Spatenbier im Anstichfass des OB im unteren Bereich.

»Es könnte eine Warnung vor dem Inhalt sein: Sauer, Abgestanden, Überflüssig«, pflichtet ihm Gundi bei. Sie teilt Ferdls Biergeschmack. Die beiden hauen grinsend ihre Flaschen aneinander.

»Jetzt hab ich's!«, verkündet Ferdl nach einem tiefen Schluck. »Es ist eine politische Botschaft: Sabotiert Alle Unterfranken!«

»Der Söder ist aber ein Mittelfranke«, kontert Gundi humorlos. »Wahrscheinlich ist's viel einfacher. Es ist ein Memo für den OB zum pünktlichen Ozapfen: Schau Auf d' Uhr!«

»Oder eine Gebrauchsanleitung: Schlegel Auf Unterseite«, übertrumpft sie Ferdl.

»Sackrisch Alberner Unfug«, tönt es von hinten. Es ist Toni, der die obere Bar für die ersten Gäste öffnen will, und Gundi und Ferdl verziehen sich nach unten zu weiteren Weißbieren.

Erst nach dem gelungenen Auftakt zur endlich wieder stattfindenden Wiesn wird die Nachricht von der Polizei freigegeben. Man wollte ungestört ermitteln, vor allem den reibungslosen Auftakt des Oktoberfests nicht gefährden. In einer Pressekonferenz zum Anschlag aufs Anzapfen verkündet ein Polizeisprecher die Sachlage: Der Sohn und Erbe des größten Fleischereiunternehmens in Bayern ist ermordet und vor dem mit Blut beschmierten Anstichfass des Münchner Oberbürgermeisters aufgefunden worden.

Der Aufnahmeleiter des Bayerischen Rundfunks war es gewesen, der die Ordnungshüter am frühen Vormittag verständigt hatte.

»Da liegt ein Toter auf der Tribüne«, meldete er. »Ich glaub, der ist ausgeblutet.«

Die Streifenbeamten, die das »Schottenhamel«-Zelt für die Kripo und die Spurensicherung gesperrt hatten, fanden einen schaurigen Tatort vor: Vor dem Fass, das für den Anstich üppig geschmückt worden war, stand eine bis oben mit Blut gefüllte Blechwanne. Die ganze Tribüne war beschmiert wie nach einem Schlachtfest. Zudem hatte der Täter das Blut benutzt, um auf das Anstichfass die Buchstaben S, A und U zu malen. Sau. Was insofern Sinn machte, als es sich in der Wanne um Saublut handelte. Das stellte man aber erst später fest. Zunächst sah es tatsächlich so aus, als sei hier jemand abgeschlachtet worden. Denn über den Rand der Blutwanne hing – mit Kopf und Schultern in die gerinnende Pampe getaucht – ein Mann in hautengen Sportklamotten. Er war natürlich tot.

7. KAPITEL

»Wurstkönig von München in Saublut ertränkt«, twittern die Medien am nächsten Morgen. »Blutbad auf dem Oktoberfest«, titeln die klick-hungrigeren Portale. Die grauenerregenden Todesumstände des bekannten Fleischerei-Erben sind das Tagesthema der Münchner, die sich nach langer Zeit mit Ausgangsbeschränkungen auf zwei Wochen einträchtiges Saufen gefreut hatten. Die Kriminalpolizei geht von einer Tatzeit vor Mitternacht aus.

Aufgrund fehlender Ermittlungsergebnisse wird spekuliert. Michael Hacklbaur sei ein Partylöwe gewesen. Gesoffen soll er haben und gekokst, sagen die einen. Sehr zum vermuteten Leidwesen seines kranken Vaters, Hacklbaur senior, der zu den Honoratioren Münchens gehört. Die Online-Magazine erzählen von seiner Jugend in Schweizer Internaten und dass er sich Implantate in seine von Natur aus schmächtigen Wadln hat setzen lassen. Während der Pandemie waren auch die Hacklbaur'schen Schlachthöfe Hotspots und einige vermuten einen Bandenkrieg unter Fremdarbeitern, dem der Fleischereierbe zum Opfer gefallen sein könnte. Die Mörder könnten Long-Covid-Betroffene sein, mutmaßen die meisten Posts auf den Social-Media-Kanälen. Hacklbaur hätte infizierte Mitarbeiter an Big Pharma geliefert, um Impfstoffe zu testen. Geld sei geflossen, um die Covid-App zu testen, und darüber sei es zum Streit gekommen. Auch hatte Hacklbaur nachträglich gegen die Betriebsschließungen geklagt und zum Teil Recht bekommen. Radikale Tierschützer seien daher in den Kreis der möglichen Täter einzurechnen.

Dann ist alles doch anders. Der oder die unbekannten Attentäter schickten ein mehrseitiges politisches Manifest an die Presse, in dem sich der »Widerstand 1516« zum Mord am Wurstkönig von München bekennt. Darin wird der sofortige Stopp des Oktoberfests gefordert, das der Freisetzung einer neuen Virenvariante dienen soll. Die Münchner Brauereien wären fest in der Hand internationaler Milliardäre, heißt es, und Hacklbaur wäre ihr Feldherr gewesen. Sie planten eine Ausmerzung unerwünschter Gruppen durch das Coronavirus und die totale Kontrolle der Menschen durch über Impfung implantierte Chips. Vom Austausch der Kulturen ist die Rede. Die heimlichen Machthaber Münchens, die Brauereibosse, säßen in ihrer »Bierfestung« in den Kellern unter dem ehemaligen Galgenberg und würden sich an Kinderblut laben. Die Verfasser erklären, sich mit ihrer Tat gegen die Machtübernahme der »Bierbarone« und ihrer Handlanger zur Wehr zu setzen.

Ein Polizeisprecher warnt vor sich radikalisierenden Wutbürgern. Soziologen benennen die »neuen Gekränkten und Abgehängten«, die die Pandemie hinterlassen hat, und der bayerische Innenminister spricht von einem »Anschlag auf uns alle«.

Der Mord am größten Wurstwarenfabrikanten Bayerns ist der erste Anschlag in der Bundesrepublik, der weder der linksterroristischen noch der islamistischen und auch keiner rechtsradikalen Szene zuzuordnen ist. Erstmals scheint von einer Gruppe von Verschwörungstheoretikern eine konkrete Gefahr auszugehen.

»Wiesnweda!«, begrüßt Gundi die Bedienung vom »Hüller«. Gundi hat sich den ganzen Vormittag online die neuesten News-Flashs zum Mord am Wurstkönig reingezogen, die vom Bekennerschreiben dominiert wurden.

»Anschlag der Verschwörer!« oder »Q-Anon auf dem Oktoberfest!«, fieberte es auf allen Kanälen. Und weil Gesagtes, einmal in der Welt, immer ein bestimmtes Gewicht hat, gesellen sich mehr und mehr Kommentare hinzu, die an die Sache des »Widerstands 1516« glauben. In München gäbe es eine heimliche Biermafia, die anstelle des Oberbürgermeisters die Geschicke der Stadt führt, heißt es von deren Seite. Der Beweis dafür sei auf den Barcodes der Bierflaschen verschlüsselt zu lesen.

Seit gestern hat Gundi neuen Elan.

»Man muss nur dranbleiben, dann kann man alles schaffen«, redet sie sich selbst gut zu. Seit sie heute Früh aufgewacht ist, ist sie nach ihrem Tiefpunkt wieder überzeugt davon, den Hendlspießmord aus den 1980er-Jahren aufklären zu können. Dieser Benedikt Richter kann ihr vielleicht entscheidend helfen, denkt sie. Gundi hatte gestern den Eindruck, dass er ein ziemlich kluger Kopf ist und außerdem sieht er verdammt gut aus. Sie ist sich sicher, dass sie mit seiner Hilfe den Fall Strangassinger knacken kann.

Wie um ihren wiedergewonnenen Optimismus zu unterstreichen, ist der Himmel über dem sonntäglichen München blitzblank geputzt. Sie sitzt an einem Tisch auf dem Gehsteig des Bereiteranger und blinzelt in der frühen Mittagssonne auf die Bäume der Isarauen. Es ist still hier. Keine 200 Meter Luftlinie entfernt, auf der anderen Seite der Isar, steppt an diesem ersten Wiesnsonntag der Bär. Touristen und Hipster stehen in langen Schlangen am

Kiosk an der Reichenbachbrücke, um sich ein Bier-to-go zu holen, oder gegenüber vor dem »Wagner« für einen Detox-Smoothie. Je nachdem, ob sie vorglühen, bevor sie zur Festwiese gehen, oder nachglühen von der letzten Nacht. Gundis Geschmacksnerven freuen sich auf Bratkartoffeln mit Rührei als spätes Frühstück. Sie lehnt die Sonntagszeitung an den Zuckerstreuer. Darin ist nur vom Leichenfund beim Ozapfen die Rede.

»Arme Schweine«, murmelt Gundi. Sie weiß aus Erfahrung, dass die Kollegen von der gedruckten Zeitung wegen des Redaktionsschlusses keine Chance hatten, das spektakuläre Bekennerschreiben von heute Morgen zu bringen.

Als sie noch beim Tagblatt war, konsumierte sie Nachrichten wie ein Blauwal: erst mal alles rein und filtern. Sie war ständig auf der Suche nach Storys. Was ist passiert? Was ist interessant? Was kann man daraus machen? Inzwischen ist sie froh, dieser Mühle entronnen zu sein, trotz des Rückfalls heute Morgen. Zeitung liest sie immer noch gerne und genüsslich.

Die Bratkartoffeln werden serviert und Gundi fällt wie verhungert über sie her, während sie sich in die harmlose Wiesnberichterstattung des Blatts fallen lässt.

Sie überfliegt eine Bilderstrecke mit Fußballern, abgehalfterten Schauspielerinnen und allerlei örtlicher Wirtschaftsprominenz, die sich nach dem verspäteten Anstich dem Rausch hingaben, als hätte es Corona nie gegeben. Auf mehreren Seiten beschäftigt sich die Zeitung mit fehlenden Zugangsregeln oder Verweildauervorschriften und der Frage, die Münchner Biertrinker diskutieren, seit die Sitzplätze in den Zelten des Oktoberfests knapp geworden sind: Gibt es ein Recht auf das letzte Noagerl? Die

Meinungen gehen auseinander und Gundi bestellt sich ein Weißbier.

Das Noagerl, hochdeutsch die Neige, bezeichnet den letzten Schluck Bier in einem Glas oder einer Flasche. Nach allgemeinem Rechtsempfinden besteht das Noagerl einer Maß aus den letzten zehn Prozent Inhalt eines Maßkrugs. Man ist sich einig darüber, dass das Noagerl grundsätzlich »lack« ist. Damit ist der Konsens aber schon vorbei. Die Traditionalisten unter den Münchnern trinken das Noagerl grundsätzlich nicht. Sie halten es einfach nicht mehr für Bier. Daneben gibt es die sogenannten »Noagerlzuzler«, die ihre Maß in stoischer Ruhe und Schluck für Schluck inklusive Noagerl austrinken. Eine Unterart davon ist eine zutiefst verachtete und daher namenlose Spezies, die die Noagerl von anderen austrinkt. Schließlich gibt es den »Noagerlkipper«, der sich dadurch auszeichnet, dass er das Noagerl der vorangegangenen in die frisch bestellte Maß kippt. Eine Umfrage der Zeitung unter Wiesnbesuchern ergab, dass sich die erstgenannten Traditionalisten allen anderen Biertrinkern weit überlegen fühlen. Sie sind auch die beliebtesten Gäste unter den Wiesnbedienungen, die das Abräumen einer Maß einschließlich dem übrig gebliebenen Noagerl für Berufsethos halten.

Gundi blättert weiter zu einem Wiesn-Knigge, der sich mit dem Halten des Bierkrugs auseinandersetzt und der Frage nachgeht, ob es am Krugrand oberhalb des Henkels weniger Viren gibt als an der Stelle, an der man den Mund üblicherweise ansetzt.

Eine Seite weiter der neueste Wiesnaufreger: die Diskussion um einen »Mindestverzehr« auf reservierungsfreien Plätzen. Genügt es, in einer bestimmten Zeit eine

Maß zu trinken? Dürfen sich zwei Personen eine Maß teilen? Muss dazu etwas gegessen werden und reicht auch eine Breze? Gehört ein Lebkuchenherz zu »Speisen«? Das Münchner Kreisverwaltungsreferat, von der Presse befragt, hält sich vornehm zurück und verweist auf die Geschäftsordnung zwischen der Stadt München und den Festwirten.

Gundi ist höchst amüsiert.

»Soso, die Qualitätspresse, also?« Vor Gundi steht Benz, heute mit einem coolen »Pork Pie« auf dem Kopf. Hastig raschelt sie ihre geistlose Lektüre vom Tisch, während Benz sich lässig zu ihr setzt. Sie hatten sich gestern verabredet, weil Gundi vorgab, mehr über die politisch aufgeheizte Zeit Mitte der 1980er-Jahre erfahren zu wollen, und Benz hat zu Gundis Freude zugesagt. Jetzt hofft sie, dass er sie tatsächlich im Fall Strangassinger weiterbringt. Noch mehr als über Informationen freut sie sich, diesen aufregenden Typen näher kennenzulernen.

»Na ja«, murmelt sie zur Entschuldigung. Sie hätte sich denken können, dass einer wie Benz hohe Ansprüche an Journalismus hat. »Schön, dass du Zeit hast«, lenkt sie ab. »Hast du gestern noch Geschäft machen können im Taxi?«

»Als wär' keine Zeit vergangen«, antwortet Benz. »Besoffene, Verlorene, Aufschneider und Arschlöcher. Im Taxi triffst du jede Spezies.«

Er lehnt sich zurück und setzt ein anzügliches Grinsen auf. »In München müssen ja alle, die nach der Wiesn noch vögeln wollen, raus aus der Innenstadt. Sperrbezirk. Wer nach der Wiesn in ein Bordell will, der braucht definitiv ein Taxi. Das ist für jeden Taxifahrer ein lukrativer

Stich.« Benz zwinkert gut gelaunt und in Gundis Bauch beginnen die Schmetterlingspuppen zu schlüpfen.

»Skandal im Sperrbezirk«, flirtet sie zurück. »Für Taxifahrer ist ›Rosis Nummer‹ wohl kein Geheimnis.«

»Es gibt Shuttletaxis direkt vom Festgelände zu den Bordellen am Stadtrand. Und das KVR schaut zu. Auf die Scheinheiligkeit ist in München immer Verlass«, spottet Benz.

»Hast du den neuesten Skandal schon gehört?«, wechselt Gundi das Thema, noch ganz im Tagesgeschehen verhaftet.

»Du meinst den Mord am Würschtelmacher, den sich ein paar Spinner vorgenommen haben?«

»M-hm. Das Bekennerschreiben stammt von Verschwörungstheoretikern. ›Widerstand 1516‹ nennen die sich. Die glauben, dass die Münchner Bierbrauer im Geheimen die Knechtung der Menschheit vorantreiben.«

»Was darf's denn sein?«, unterbricht die Bedienung.

»Habt ihr vielleicht ein Newcastle Brown Ale?«, erkundigt sich Benz. »Oder ein Alt?«

»Garantiert nicht«, antwortet die Bedienung.

»Dann ein Guinness?«

Schließlich bestellt sich Benz ein Dunkles.

»Englische Trinkgewohnheiten?«, fragt Gundi und Benz seufzt.

»Was hast du denn in Guernsey gemacht? Bist du da auch Taxi gefahren?«

»Fuck no! Da konnte ich mit meiner Musik Geld verdienen.«

»Und was machst du für Musik?«

»Roots. Shantys. So was. Mein Vater war ein Seemann.«

Gundi erfährt, dass Benz vor über 30 Jahren auf die

englische Kanalinsel ausgewandert ist. Jetzt aber hätte ihn der Brexit vertrieben.

»Ein paar Fische mehr im Netz sind denen wichtiger als Freundschaft«, kommentiert er sarkastisch. Er sei zurück in seine Heimatstadt München gezogen, ausgerechnet zu der Zeit, als es mit Corona losging in Deutschland.

»Und dann konnte ich wegen fucking Covid mit meiner Musik in München wieder kein Geld verdienen.«

Gundi nickt verständnisvoll. »Wenn ich nicht bald Kohle mit einer Geschichte mache, wird's bei mir auch eng.« Dass sie momentan mit ihrem Selbstwertgefühl ringt, verschweigt sie. Ihr Job beim Tagblatt war ihr heimlicher Beweis gewesen, dass ihr Vater nicht recht gehabt hatte. Damit, dass sie zu nichts zu gebrauchen sei und es zu nichts bringen würde. Seit ihrem Rauswurf ist diese Unsicherheit wieder da. Dieser Gedanke, dass sie vielleicht doch eine Versagerin ist.

»60 Quadratmeter in der Au für unter 1.000 Euro, so was bekommt man heute nicht mehr«, sagt sie und fügt überflüssigerweise hinzu: »Die würde ich nicht einmal für die große Liebe aufgeben.« Benz sollte nicht den Eindruck bekommen, sie sei eine Nestsucherin.

»Das ist seit den 80er-Jahren nicht besser geworden«, pflichtet er ihr bei. »Wohnungsnot und Leerstand.«

Gundi ist froh, endlich über die damalige Zeit zu sprechen und sich nicht weiter heimlich damit zu beschäftigen, ob aus Benz und ihr was werden könnte.

»Ich würde gerne mehr über Strangassinger erfahren«, beginnt sie und Benz wiegt den Kopf.

»Who cares about him? Der interessiert doch heute keinen mehr! Warum willst du denn ausgerechnet diesen längst vergessenen Fall ausgraben?«

»Mich interessiert das! Man muss doch die Wahrheit wissen. Erklären, wie und warum etwas geschehen ist.«

»Ein hundsgemeiner Politiker hat bekommen, was er verdient hat. Das ist die Wahrheit.«

»Erzähl mir von den politischen Verhältnissen damals Mitte der 80er-Jahre.«

Benz lehnt sich zurück und Gundi hat den Eindruck, dass er nicht nur schöne Erinnerungen an seine Jugendzeit hat. Er nimmt einen tiefen Schluck Dunkles, wie um sich Mut anzutrinken.

»Die Politik, also die CSU, die Herrschenden in Bayern zumindest, haben sich wie Könige aufgeführt. Oder besser gesagt wie Autokraten. Besonders der Strauß. Und die Leute wollten es so. Er war der König von Bayern und die Menschen haben ihm ehrfurchtsvoll zugejubelt. Fucking hell, als der endlich ins Gras gebissen hat, haben sie seinen Sarg auf einer Lafette durch die Stadt gezogen. Mit sechs Pferden. Über die Ludwigstraße zum Siegestor. Und dort haben sie ihn zu militärischem Trommelwirbel durch den Mittelbogen getragen!«

»Hast du zugeschaut damals?«

»Nur im Fernsehen. Zum Glück war ich da schon auf meiner Insel. Weißt du eigentlich etwas von der Geschichte dieses Tors? Es war der reinste Hohn. Alle faschistischen Freunde von Strauß waren da. Der Botha …«

»Der südafrikanische Ministerpräsident?«

»Staatspräsident. War mit seiner fetten Frau da. Nelson Mandela saß damals schon 20 Jahre im Gefängnis, muss man wissen. Botha und Strauß waren trotzdem Best Buddys. Sind zusammen auf Antilopenjagd gegangen. Wie eine Eiche sei Strauß gefällt worden, jammerte die hörige Münchner Bürgerschar, als er tot umfiel. Von wem gefällt, frag ich dich! Von der Fresssucht vielleicht …«

Gundi ist normalerweise gerne bei deftigen Worten dabei. Jetzt verstummt sie.

»Und was weißt du von der Ermordung Strangassingers?«

Benz trinkt sein Dunkles mit einem langen Zug aus. »Der Strangassinger war besoffen damals, als er abgemurkst wurde«, erklärt er. »Irgendein Betrunkener, den sie nie erwischen.«

»Hatte er Feinde?« Gundi ist entschlossen, nicht aufzugeben, und Benz seufzt gespielt gelangweilt auf.

»Die ganze CSU war ein rechtsversiffter Haufen«, beginnt er nach einer kleinen Pause. »Hetzten gegen Asylsuchende und Ausländer. Schmarotzer nannten sie die. Das war ein Gift, das in das Denken der Leute sickerte. In München bekamen Studenten, Künstler oder Arbeiter keine Wohnung mehr. Und dann benutzten sie Aids, um gegen Schwule, Drogenabhängige und Prostituierte vorzugehen. Es ist wie heute mit Corona. Wieder werden die Grundrechte beschränkt, wegen der angeblichen Volksgesundheit. Wieder werden Menschen kriminalisiert, die diesen Scheiß nicht mitmachen.«

Benz winkt die Bedienung heran und Gundis Stimmung ist im Eimer. Ist Benz auch so ein Verschwörungstheoretiker wie der Verfasser des Manifests?, fragt sie sich in Gedanken. Einer, der glaubt, dass eine konspirative, böse Macht die Welt unterjochen will?

»Ich meinte eigentlich mächtige Feinde. Zum Beispiel aus der Wirtschaft. Oder eine Art Mafia?«, will sie laut wissen.

Benz scheint eine Weile zu überlegen. Er zuckt mit den Schultern. »Ich würde mich an deiner Stelle für den neuen Mord interessieren. Wenn du schon unbedingt einen politischen Mord willst. Der Hacklbaur war eine richtige Sau. Scheißt auf die Gesundheit seiner Arbeiter. Macht Profit mit dem Leid von Tieren. Und das alles auf dem Rücken seiner Arbeiter. Der hat mitten in der Pandemie die grundlegendsten Regeln zum Schutz vor dem Coronavirus ignoriert. Das zeigt doch, dass all die Beteuerungen und freiwilligen Lösungen nichts bringen. Dass der kein Verantwortungsbewusstsein für die Gesundheit der Beschäftigten und der Allgemeinheit hat. Er hat seine Lobby, das kannst du mir glauben. Diese Industrie tut alles, um ihre Pfründe zu schützen.«

»Wollt ihr noch was trinken?«, unterbricht die Bedienung und Benz verstummt. Er hebt sein leeres Glas hoch für ein weiteres Dunkles.

»Habt ihr auch einen Spritz?«, fragt Gundi, weil sie keine Bierlänge mehr bleiben will.

»Fangst du jetzt auch noch mit dem neumodernen Schmarrn an?«, feixt die Kellnerin und Gundi bleibt das lustige Kontern schuldig. Sie hat sich heute Morgen in der Vorfreude auf dieses Date besonders sorgfältig geschminkt. Aber der gut aussehende Benz scheint sich als Reinfall zu entpuppen. Dass sie ohnehin nicht die richtige Unterwäsche anhat, tröstet sie ein wenig.

8. KAPITEL

»Die Dame von 308 haben wir umgelegt«, meldet die Hausdame und Ferdl wirft ihr einen dankbaren Blick zu. Das war sicher nicht leicht. Die Industriellengattin von 308 ist ein widerspenstiger Fall, und ein Zimmer zu tauschen in einem ausgebuchten Sternehotel in München am ersten Wiesnwochenende, ist Schwerstarbeit.

Endlich wieder Wiesn! Das sagen alle. Aber im »Monarch« geht es zu wie in einem Narrenhaus! Letzte Nacht hat sich ein bekannter Volksmusiksänger mit der Gattin seines Managers im Zimmer verbarrikadiert. Der aufgebrachte Betrogene randalierte vor der Tür und drohte allen Hotelangestellten wahlweise Schläge oder Klagen an. Am Vormittag der erste »Notfall«: Die Chefin einer Werbeagentur, die nicht müde wird, Ferdl von den Möglichkeiten ihrer maßgeschneiderten PR für sein Hotel zu überzeugen, hat ein besonderes Dirndl gesehen, ohne das sie nicht weiterleben konnte und erwartete wie selbstverständlich, dass man es ihr besorgt. Am Nachmittag hatte es Ferdl mit verlorenen Lederhosen und den üblichen gefälschten Wiesnreservierungen zu tun. Neuerdings soll es auch gefälschte Antikörper-Zeugnisse geben. Manche Gäste glauben, sie hätten mit dem Zimmer eine Rund-um-die-Uhr-Betreuung gebucht. Sie machen Ferdl persönlich für alles verantwortlich, was nicht so läuft, wie sie es sich vorstellen. Manche betrinken sich, als ob morgen der Alkoholvorrat der Welt zur Neige ginge, und hinterlassen während der nächtlichen

Heimkehr Unterwäsche oder Erbrochenes in der Lobby und im Aufzug.

Dass die Dame von 308 jetzt ihren Hofblick hat, ist eine Problemlösung unter vielen, die heute noch kommen werden.

»Mein Name ist Ferdinand Freudenreich. Ich bin der Manager hier«, stellt er sich den Beschwerdeführern vor und ist sich des entwaffnenden Klangs seines Namens bewusst. Der Name passt zu ihm. Er ist als Hoteldirektor der edlen Absteige in der Münchner Innenstadt von der Inhaberin eingestellt worden, kurz nachdem ihr Mann, in Ausübung seiner Hotelierstätigkeit, zu früh vom Stangerl gefallen ist. Der blutjunge und dankbare Ferdl hat aus ihrem Haus einen Treffpunkt für Gäste aus dem Showbiz gemacht. Helmut Fischer oder Veronika Fitz, auch Giovanni Trapattoni oder Sergiu Celibidache verkehrten im »Monarch«. Dieser Tage, wenn er sich zwischen Personalnot und den Ansprüchen der Gäste wie ein Jongleur mit zu vielen Bällen vorkommt, denkt Ferdl darüber nach, dass er seinem Vorgänger nicht ins frühe Grab nachfolgen möchte. Dass er irgendwann etwas anderes machen möchte. Mit mehr Zeit für Freunde oder eine neue Liebe.

»Glauben Sie, ich kann heute Abend für acht Personen spontan noch einen Tisch bekommen?«, reißt ihn ein Gast aus den Gedanken.

Eigentlich eine Frage, die in München während des Oktoberfests schallendes Gelächter hervorruft. Ferdl bleibt ruhig. »Ich werde sehen, was ich tun kann.«

Sein Feierabendbier mit Gundi in der Kellerbar lässt sich Ferdl trotz des Trubels oben im »Monarch« nicht nehmen. Er macht sich Sorgen um seine Freundin. Dass sie beruflich nicht mehr Fuß fasst.

»Und? Kann dir Benz auf die Sprünge helfen?«, fragt er und ahnt, dass der markante Benz Gundi genauso gut gefällt wie der restlichen Weiblichkeit.

»Chef?« Toni steckt den Kopf durch die Tür der Kellerbar. Beide drehen die Köpfe.

»Der Rieder-Wirt hat die Reservierung bestätigt«, sagt er und Gundi prostet dem Barkeeper mit ihrer Flasche zum Gruß zu. Mit Toni kann man trinken, bis der Arzt kommt. Und er besteht auf erlesenes Zeug.

Ferdl hat nichts anderes als diese Vollzugsmeldung erwartet. Der Gast mit dem späten Platzwunsch auf der Wiesn bekommt einen Tisch in einem der Zelte und Ferdl ist dem Rieder-Wirt einen Gefallen schuldig. So läuft das in München. Spezlwirtschaft. Man ist sogar stolz darauf. Ferdl lächelt Toni dankbar an, ist aber mit den Gedanken bei Gundi und ihrem alten Mordfall.

»Wie schaut's aus, Gundi? Hat Benz dir weiterhelfen können?«

Gundi wiegt den Kopf und schaut Ferdl ernst an. »Was weißt du eigentlich über Benz, Ferdl? Ich mein, außer dass ihr euch vor vielen Jahren gekannt habt?«

»Ich wusste es! Der ist dein Typ, oder? Du bekommst immer so eine hohe Mädchenstimme, wenn dir einer gefällt.« Ferdl schlägt seine Flasche an ihre, aber Gundi ignoriert ihn. Gescheiterte Beziehungen mit individualistischen Männern hat sie genug gehabt. Sie ist überzeugt, dass sie als Single glücklicher lebt. Anders als Ferdl, der immer noch von der einen, ganz großen Liebe träumt.

»Ist der vielleicht ein bisserl schräg?«, fragt sie ihn. »Ich mein, der hat so ein politisches Geschwurbel im Kopf.«

»Was hat er dir denn erzählt?«

»Dass es in den 80er-Jahren eine rechtsradikale Regierung gab, die die Grundrechte einschränkte. Dass es heute wieder so ist. Er glaubt, mit Corona sei es wie damals mit Aids. Menschen, die sich dem Druck nicht beugen oder die eine andere Lebensvorstellung als die Mehrheit haben, würden stigmatisiert.«

»Sagt er das?« Ferdls Blick wandert in die Ferne. Schon zum zweiten Mal innerhalb weniger Tage wird er an diese Seuche erinnert, die ihn viel gekostet hat. Er denkt nicht gerne an diese Zeit zurück. Das Leben ist seitdem um so vieles besser geworden.

»Nach den toleranten 70er-Jahren rückte die Bundesrepublik wirklich nach rechts, weißt du«, erinnert er sich. »Als 1980 die Bombe auf dem Oktoberfest hochging, war ja gerade Wahlkampf. Franz Josef Strauß hat gegen den Kanzler Helmut Schmidt verloren und danach hat er als Ministerpräsident in Bayern umso härter rumgewütet. Alles, was nicht CSU war, war Linksterrorismus. Die Friedensbewegten hielt er für Verbündete Moskaus. Die Grünen waren für ihn Verfassungsfeinde.«

»Benz glaubt, dass man die Menschen wegen Corona kriminalisiert. Genau wie vor Jahren die Aidskranken.«

»Für Aids gab es keine Überlebenschance und auch keine Impfung«, widerspricht Ferdl. »Man hat die Kranken beschuldigt und die Gefährdeten gejagt. Nicht die Leugner. Heute stilisieren sich die Verweigerer zu Opfern, dabei sind sie in Wahrheit die Täter. Wie Benz auf so einen Vergleich kommt, übersteigt meine Logik. Der verdreht ja alles.«

»Vielleicht ist er frustriert, weil er jetzt wieder taxeln muss, statt als Musiker arbeiten zu können. Einer von denen, die allweil die Schuld bei den anderen suchen?«

»Möglich.« Ferdl denkt nach. »Benz hat sich in seiner Heimat nie wohlgefühlt und hat sich immer weggeträumt. Sein Auswandern war fast so eine Art Flucht.«

»Flucht?« Gundi erinnert sich an ihre eigene Flucht aus dem ländlichen Niederbayern. Sie war ein ungeliebtes Kind gewesen, dick und unbeholfen. Nicht das, was sich ihr Vater gewünscht hatte. Als sie Hals über Kopf ihre dörfliche Heimat verlassen hatte, musste sie in München bei null anfangen. Sofort findet sie Benz wieder etwas sympathischer.

»Seine Freundin ist damals gestorben«, antwortet Ferdl. »Oder vielmehr ums Leben gekommen. Er und Uschi waren Studenten. Ständig auf der Straße, weißt du. Proteste gegen Strauß, gegen Atomkraft, das Baumsterben und auch gegen die Räumungen von besetzten Häusern.«

»Benz war ein Hausbesetzer?«

»Das nicht. Lebte bequem bei Mutti.« Ferdl lacht. Verglichen mit seiner eigenen prekären Situation damals fand er Benz' Proteste aus dem behaglichen Wohnzimmer seines Elternhauses heraus ein wenig heuchlerisch.

»Er stand auf der richtigen Seite«, ermahnt er sich. »Trieb sich in einer Gruppe von Künstlern herum, die alles, was mit Münchner Tradition zu tun hatte, hasste. Benz weigerte sich zum Beispiel, bairisch zu sprechen. Obwohl er in Haidhausen geboren ist. Trank immer so eine norddeutsche Biersorte.

»Gestern wollte er im ›Hüller‹ ein englisches Bier haben«, wirft Gundi ein. »Was ist denn mit seiner Freundin passiert?«

»In München waren die Ordnungskräfte besonders scharf«, fährt Ferdl fort. »Schärfer als in Berlin oder Frankfurt. Die haben bis an die Zähne bewaffnet die von

Studenten besetzten Häuser gestürmt. Benz und Uschi waren unter den Demonstranten, die eine Räumung verhindern wollten. Ich glaub, es war ein besetztes Haus in der Blumenstraße. Uschi hat Benz richtig angehimmelt, kann ich mich erinnern. Sie glaubte, er wäre der deutsche Bob Dylan oder so. Auf alle Fälle gingen die Polizisten auf die Demonstranten los. Uschi lief weg und wurde auf der Flucht vor den Schlägern von einer Straßenbahn erfasst. Sie war sofort tot.«

»Oh mein Gott, das ist ja furchtbar.«

»›Tod einer Chaotin‹ stand in der Presse. Die Behörden wollten sogar ein Ermittlungsverfahren gegen sie einleiten. Wegen gefährlichen Eingriffs in den Straßenverkehr oder so was.«

»Der arme Benz …«

»Dauerte gar nicht lange, bis er abgehauen ist.«

»Nach Guernsey.«

»Ich glaube, er wollte alles vergessen. Ich hab leider bald den Kontakt zu ihm verloren. Dass er dort wieder wegen der aktuellen Politik wegmusste, finde ich irgendwie tragisch.«

»Scheiß Brexit«, sagt Gundi mitleidig. »War das wirklich so schlimm damals in München mit der Hatz auf Homosexuelle, wie Benz sagt?«

Ferdl nickt. »Benz hab ich zu verdanken, dass ich einmal haarscharf an einer Zwangsvorladung vorbeigeschrammt bin. Eine Razzia in der Bar, in der ich gearbeitet hab. Meine Kollegen sind damals alle auf der sogenannten ›rosa Liste‹ von Strangassinger gelandet. Als wären wir Triebtäter.«

9. KAPITEL

Das schmale Reihenhaus in Milbertshofen liegt zwischen vielen anderen gleicher Bauart eingequetscht. Notbauten für die vielen Arbeiter, die während der Wirtschaftswunderjahre in die Städte drängten. Ein Block wie der andere. Nicht einmal die Anstriche der Häuserfronten unterscheiden sich. Sie sind alle ockergelb. Sonja Hubers Haus ist das fünfte in der Reihe. Eine Tür, ein paar Schritte vom Trottoir entfernt, daneben ein kleines Küchenfenster, zwei Fenster darüber im ersten Stock. Kein Balkon, keine Variation. Sogar die Blumen vor den Fenstern scheinen aus derselben Gärtnerei zu kommen wie die vor den Fenstern aller anderen Häuser in der Straße. Gestern hat Ferdl in höchsten Tönen von Sonja gesprochen und Gundi ermuntert, mit ihr über die Umstände von Strangassingers Ermordung zu reden. Sie klingelt.

Ganz untypisch für sie, ist Gundi vor diesem Gespräch richtig aufgeregt. Sie kennt die große alte Dame des Münchner horizontalen Gewerbes von einigen Promi-Events im »Monarch« während ihrer aktiven Zeit als Klatschreporterin. Einige Male hatte sie Sonja als Urheberin von so manchen Tipps in Verdacht, die ihr Ferdl zusteckte. Wer mit wem ein geheimes Verhältnis hat und ähnliche Sachen. Gesprochen hat sie mit Sonja nie. Sie hatte bei diesen Veranstaltungen immer den Eindruck, dass Madame Sonja keinen Kontakt »zur Presse« wollte. Gundi kann sich nicht erinnern, während ihres gesamten Berufslebens als Klatsch- und Tratsch-Reporterin jemals eine echte Prostituierte interviewt zu haben. Ferdl behauptet, dass die große Madame Sonja heute noch jede Menge Strippen ziehen kann.

Die Dame des Hauses hat anscheinend hinter der Eingangstür gewartet. Sie trägt ein bodenlanges Kleid, einen Turban und ist trotz ihrer zahlreichen Falten mit grellblauem Lidschatten geschminkt, als ob sie allein durch ihr Erscheinungsbild ihre frühere Profession unterstreichen will.

Gundi wird in das Wohnzimmer geführt. Madame setzt sich auf das Sofa und bedeutet ihr, in einem grünen Cordsessel Platz zu nehmen. Auf dem Wohnzimmertisch liegt ein gehäkeltes Deckchen. Gundi hat Plüsch erwartet, vielleicht Exotik, auf keinen Fall diese Kleinbürgerlichkeit. Sie sitzt in der Wohnung einer legendären Bordellwirtin, die in den Konjunkturzeiten ihres Etablissements auch internationale Berühmtheiten »bediente«. Man sagt ihr nach, so Ferdl, dass ihr Laufhaus alle Säuberungsaktionen der bayerischen Ordnungshüter deshalb überdauerte, weil sie die hohen Herren aus der Staatskanzlei alle »von Berufs wegen« kannte. Durchs Fenster blickt Gundi auf eine kleine überdachte Laube und ihr gegenüber hängen zahlreiche gerahmte Fotos an der Wand. Sie erkennt »die Sonny« von Weitem, immer mit irgendwelchen Leuten, wahrscheinlich Prominente. Sie nimmt sich vor, die Bilder bei nächster Gelegenheit genauer in Augenschein zu nehmen. Vielleicht ist auch Strangassinger drauf.

»Sie möchten also etwas über den bayerischen Maßnahmenkatalog erfahren?«, fragt Sonja und lächelt.

»Richtig«, lügt Gundi. Sie hatte von Ferdl schon einiges über die Wucht der Homophobie erfahren, die diese angebliche Schutzmaßnahme in der Bevölkerung auslöste.

Nicht nur Schwule sollten in geschlossenen Heimen abgesondert werden. Man sprach von »Lagern«. Strangassinger war an dieser Politik federführend beteiligt gewesen. Aber Gundi will mit ihren eigentlichen Fragen Sonja nicht verschrecken: Kannte sie Strangassinger persönlich? Vielleicht sogar beruflich?

Gestern haben Ferdl und sie noch weitere Theorien zum Hendlspießmord an Strangassinger gesponnen. Der Politiker hatte sich mehr als genug Feinde gemacht. Unter den Linken, unter den Künstlern, unter den Studenten und bei den Schwulen. Auch bei Drogenabhängigen, Bordellbesitzern und Prostituierten. Allerdings kam sein Mörder laut Pettenkofers Vermutung von rechts. Was, so die betrunkene Idee des gestrigen Abends, wenn der Tugendbold Strangassinger mit seinen sogenannten »Maßnahmen« den eigenen Parteifreunden auf die Füße trat?

»Sonja war immer höchst diskret, was ihre Kunden betraf«, hatte Ferdl sie gewarnt, bevor sie sich anderntags mit der neuen Theorie nach Milbertshofen aufmachte.

Im Gegensatz zur gestrengen Witwe Strangassinger, die ungefähr im selben Alter wie Madame Sonja sein muss, ist die ehemalige Rotlichtkönigin erstaunlich milde in ihren Erinnerungen an die Zeit, in der die bayerische Staatsmacht zum Feldzug gegen die freie Liebe blies. Obwohl Sonja persönlich von den Restriktionen und Schikanen betroffen und ebenfalls Opfer von Strangassingers Moralvorstellungen gewesen sein muss.

»Es gab ständig Razzien, Schwulen-Bars wurden unter fadenscheinigen Gründen geschlossen, die Gäste polizeilich erfasst. Sex-Arbeiterinnen wurden zu Zwangstests vorgeladen, man drohte mit Kasernierung. Viele von uns haben sich richtig verfolgt gefühlt«, erzählt sie.

Gundi bemerkt, mit welcher Wärme die alte Dame von Ferdl spricht. Einmal nennt sie ihn »meinen Jungen«. Sie will jedoch nicht mit der Tür ins Haus fallen und lauscht erst mal geduldig der Schilderung der ehemaligen Chefin der Münchner Freudenhäuser. Sonja berichtet über die große Solidarität und Menschlichkeit, mit der sich Bürger, die schwule Gemeinde und Politiker außerhalb der CSU der Ausgrenzung durch den bayerischen Maßnahmenkatalog entgegengestellt haben.

Möglicherweise wäre Madame Sonja nicht so gastfreundlich und offen, wenn Ferdl ihr den wahren Grund für Gundis Besuch genannt hätte, das ist Gundi bewusst. Sie will Namen hören.

»Woher kam denn diese plötzliche Hetze?«, fragt sie unschuldig. »Man sagt, dass die radikalsten Schwulenfeinde in Wahrheit eigene homosexuelle Neigungen bekämpfen. Ist das wahr?«

Madame Sonja zuckt mit den Schultern und lächelt nachsichtig.

»Und der Kreuzzug gegen die Prostitution? Sind da die glühendsten Gegner in Wahrheit auch die besten Kunden? Mit jeder Menge Selbsthass?«, ergänzt Gundi ihre Frage.

»Wenn die Menschen Angst haben, ist es mit der Toleranz schnell vorbei«, antwortet Sonja. »Und dann müssen Schuldige her. Aber zu Ihren Fragen: Zu unseren Kunden gehörten Richter, Staatsanwälte, Polizisten und Politiker. Und trotzdem stecken wir noch heute in den Kinderschuhen, was die Legalisierung unserer Dienstleistung angeht.«

»Politiker auch?« Gundi kann ihr Glück kaum fassen. »Damals, als Bayern die Sperrbezirksverordnung erließ und die Sex-Klubs aus der Stadt verbannt wurden, da war Rudolf Strangassinger der schärfste Vollstrecker unter den hohen Herren im Ordnungsamt. Gehörte der auch zu Ihren Kunden? Sie wissen schon, der mit dem Stückzahlmesser beim Schankskandal. Der ermordet wurde?«

Ihr Gegenüber verzieht keine Miene, aber Gundi weiß sofort, dass sie einen Fehler gemacht hat.

»Wie kommen Sie ausgerechnet auf den?«, antwortet Madame scharf.

»Sie hatten ja viel Kontakt zur Prominenz«, lenkt Gundi ab und schlendert zur Fotowand. In der Mitte auf einem der größeren gerahmten Bilder erkennt sie Sonja bildschön und tief dekolletiert zusammen mit einem blutjungen Michael Douglas. Auf einem anderen Bild aus den 1970er-Jahren feiern ein paar prominente Fußballspieler, andere Rahmen zeigen Runden mit gut gelaunten Herren in feinen Anzügen. Und überall ist »die Sonny« Mittelpunkt. »Ist das Gunther Sachs?«, fragt Gundi, während sie weiter Bilder auf Politiker scannt. Sie bekommt keine Antwort.

»Sie waren eine außergewöhnliche Frau, Madame Sonja«, bemerkt sie nach einer Weile ehrlich und dreht sich zu ihrer Gastgeberin um. Deren Lächeln ist verschwunden. Gundi erinnert sich an eine alte Weisheit aus Reportertagen: Wenn man nichts zu verlieren hat, kann man auch mit der Tür ins Haus fallen.

»Ich glaube, dass die Ermordung des Stadtrats Rudolf Strangassinger auf dem Oktoberfest vor fast 40 Jahren mit seinen politischen Aktivitäten zu tun hatte. Vielleicht mit dem Sperrbezirk. Oder dem Maßnahmenkatalog. Vielleicht hat sich der sittenstrenge Ordnungsbeamte Feinde in den eigenen Reihen gemacht? Madame Sonja, wer von der bayerischen Staatskanzlei hatte damals mit Prostituierten Umgang?«

Ein polterndes Geräusch verhindert die Antwort. Jemand kommt die Treppe herunter und in der nächsten Sekunde steht ein bullig wirkender Mann im Durchgang.

»Besuch?«, brummt er.

»Nein, wir sind fertig«, antwortet Madame Sonja, deutet ein Aufstehen an, bleibt aber wie ein eingeschüchtertes Mädchen sitzen.

»Wir haben Besuch und du sagst mir nichts?«, herrscht der Typ die Hausherrin an, während er Gundi fixiert.

»Gundi Starck, Reporterin vom ...« Beinahe hätte sie aus alter Gewohnheit »Tagblatt« gesagt. »Investigativ-Reporterin«, verbessert sie sich.

Der Typ markiert ein lautloses aha. Er mustert sie wie ein lüsterner Sklavenhändler von oben bis unten.

»Und Sie interessieren sich für die alten Bilder hier?« Ganz Herr im Haus, beordert er Gundi mit einer Handbewegung zurück auf ihren Sessel und bleibt selbst in der Tür stehen. Er wirkt wie ein aus der Zeit gefallener Rocker, mit seiner schütteren Tolle und seinem Zahnstocher im Mund. Vielleicht Mitte 50. Er erinnert Gundi an jemanden.

»Ja«, antwortet sie und wirft einen Blick auf Madame Sonja. Einen Augenblick lang glaubt sie, der Typ wäre eine Art Leibwächter. Madame fixiert den Rocker, aber der lässt für Aufklärung keine Zeit.

»Und? Sind Sie Lügenpresse oder schreiben Sie die Wahrheit?«, fragt er.

Gundi lacht verlegen auf. »Ich weiß nicht, was Sie meinen«, entgegnet sie höflich.

»Frau Starck interessiert sich für die bayerische Politik bezüglich Aids«, mischt sich Sonja ein. Gundi beschleicht das Gefühl, dass mit diesem neuen Gesprächspartner im Raum von Madame Sonja nichts mehr zu holen ist. Dennoch macht sie einen Versuch.

»Ich interessiere mich für die Verlogenheit der Politik damals, um genau zu sein.«

Der Rocker schiebt den Stuhl vor dem kleinen Sekretär in der Ecke heran und setzt sich rücklings vor Gundis Nase darauf. Gundi starrt auf den Zahnstocher. Am Hals trägt der unangenehm nah gerückte Typ ein riesiges Skorpion-Tattoo. Instinktiv weicht sie ein paar Zentimeter zurück.

»Nur von damals oder auch von heute?«, fragt er.

Gundi ist irritiert. »Hauptsächlich damals, aber … ich mein …«, stammelt sie.

»Mack Huber«, unterbricht er, streckt ihr seine Hand hin und Gundi weiß in dieser Sekunde, wo sie den Kerl gesehen hat.

»Die Fotos«, entfährt es ihr. »Sie sind da ein paarmal mit drauf!«

»Markus ist mein Sohn«, erklärt Sonja endlich. »Er war damals noch ein Kind …«

»Das Ihnen aber einiges erzählen könnte zu den wahren Machtverhältnissen in München«, trumpft der Sohn auf und folgt Gundis Blick zur Fotowand. Er ist der Jugendliche, der zwischen den hohen Herrschaften immer wieder zu sehen ist. Gundi erkennt dessen zusammenstehende Augen und volle Lippen in dem vor ihr sitzenden Rocker wieder. Der Junge auf den Fotos hat allerdings eine Vollglatze.

»Genug, Markus«, beschließt Madame Sonja das Gespräch, steht auf und geht Richtung Tür. Gundi ist es recht. Sie will diesen Markus ohne Sonja befragen. Vielleicht hat er ein paar Infos über die Münchner Skinhead-Szene.

»Sie sind auf der falschen Fährte«, verabschiedet sich Sonja im Gang von Gundi und drängt sie Richtung Haustür. »Wir kennen Herrn Strangassinger nicht und hatten nie etwas mit ihm zu tun.« Die Tür fällt ins Schloss und Gundi fixiert eine Sekunde lang den Spion, hinter dem sie glaubt, eine Bewegung zu erkennen. Sie ist sich sicher, dass sie gerade eine faustdicke Lüge gehört hat.

10. KAPITEL

Erst ist Gundi skeptisch, als Benz sie in ein Pub einlädt.

»Du musst unbedingt einmal ein Brown Ale probieren«, hat er gesagt.

Sie wischt ihre Vorbehalte wegen möglicher politischer Differenzen beiseite. Seit sie weiß, dass Benz eine verletzliche Seite hat, sieht sie ihn mit gnädigeren Augen. Außerdem hat sie seit Jahren keine Verabredung mehr gehabt.

Benz bringt zwei Biergläser ohne Schaum an ihren Tisch im »Tap-House« am Ostbahnhof und Gundi verzieht nach dem ersten Schluck gespielt angewidert das Gesicht. Sie genießt die Flirterei und willigt nach dem ersten Pint in ein zweites ein.

»Alles verdient eine zweite Chance«, scherzt sie und Benz ahnt von der Zweideutigkeit dieser Aussage nichts.

Früher gehörten feuchtfröhliche Abende in männlicher Gesellschaft zu Gundis Alltag. In ihrer aktiven Zeit beim Tagblatt trieb sie sich ständig in den In-Lokalen herum, wo sich die »Adabeis« tummelten, die aus der großen Zeit der Münchner Schickeria übrig geblieben waren. Sie war attraktiv, als sie jung war, und konnte sich die Männer aussuchen, mit denen sie ausging. Feste Beziehungen waren schwieriger, dafür war sie nie die erste Wahl bei den Kerlen. Vielleicht, weil sie die Leichtlebigkeit wie eine Fahne vor sich hergetragen hat? Mit 30 war sie immerhin ein paar Jahre lang fest mit einem Arbeitskollegen zusammen. Aber vor dem Zusammenziehen und dem Kinderkriegen, wie Karl es wollte, hat sie sich gedrückt. Ihr Lebensabschnittspartner suchte sich deswegen ein Hausmütterchen, wie Gundi fand, und zog mit der Ehewilligen samt Festanstellung und Kinderwunsch ins beschauliche Offenbach.

In Benz' Gesellschaft fühlt sie sich wieder jung. Sie genießt seine begehrlichen Blicke, wischt jeden Gedanken an absackende Körperteile beiseite, nimmt einen tiefen Schluck Ale und rülpst ausnahmsweise damenhaft leise.

Später steigt sie auf Gin Tonic um und die beiden philosophieren über Vergangenheit, Herkunft und wie das Erlebte Lebenseinstellung und Charakter prägt. Sie diskutieren die Frage, ob man sich der eigenen Vergangenheit stellen sollte oder sie als unveränderbar besser in ein Kastl sperrt und nach vorne schaut. Benz ist für das Kastl. Er erzählt von seinem Vater dem Seemann, der in ihm das Fernweh geweckt habe, und Gundi traut sich, von ihrer Kindheit als dickes Bäckerdirndl vom Land zu erzählen. Und von ihrem Vater, dem Arschloch. Als Benz sie zu später Stunde fragt, warum Cold Cases sie so faszinieren, kommt sie ins Grübeln.

»Man kann die Vergangenheit nicht ändern, aber wenn man weiß, warum etwas passiert ist, kann man daraus lernen«, sagt sie.

»Ferdl hat erzählt, dass du auch den Tod deines Vaters durchleuchtet hast. Obwohl dein alter Herr so ein Creep war. Hast du da etwa auch was gelernt?«

»Dass man nicht Opfer sein muss«, antwortet sie nach einer Weile.

Eine halbe Stunde später singen sie lauthals »Should I Stay or Should I Go« aus der Jukebox mit und sind sich einig, dass »The Clash« eine der größten Bands überhaupt ist.

Am nächsten Morgen wacht Gundi in Benz' riesiger Wohnung in Haidhausen auf. Sie hört jemanden mit Tassen hantieren und schlägt die Bettdecke zurück. Große alte Kassettenfenster geben den Blick auf den Johannisplatz frei. Gundi wickelt sich in das Leintuch und macht sich durch den breiten Gang auf den Weg in Richtung Mahlgeräusche. Ihr Blick fällt durch eine offene Tür in das riesige Musikzimmer, das Benz in dieser herrlichen Altbauwohnung sein Eigen nennt. Hier stellten sie gestern fest, dass sie alle Texte von Creedance Clearwater Revival auswendig kennen. Der Gang führt in die große Wohnküche, in der Benz vollständig bekleidet mit einer Handmühle für Kaffee hantiert, und Gundi dreht auf den Fersen um, um ihre Klamotten zu suchen.

»Guten Morgen, Love!«, hört sie ihn rufen und stoppt mitten in der Bewegung. Ist sie das? Love? Sie wickelt sich fester in das Tuch und lächelt.

»Wie kommt man nur an so eine geile Wohnung?«, fragt sie.

Gespräche über Wohnraum gehen in München immer. Gundi setzt sich an den alten hölzernen Küchentisch. Benz kippt sein Mahlgut in den Porzellanfilter über einer Kanne, wie Gundi es seit ihrer Kindheit nicht mehr gesehen hat.

»Ich bin hier groß geworden«, antwortet er und Gundi freut sich, dass die Vertrautheit von gestern Nacht nicht der Nüchternheit zum Opfer fällt. »Meine Mutter hat diese Wohnung schon seit Jahrzehnten.«

Gundi erschrickt. »Ist sie da, deine Mutter?«

»Nein!« Benz lacht. »Wir sind ganz unter uns.«

»Und lebt dein Vater noch, der Seemann?«

»Der ging nach Hamburg zurück, als ich noch klein war, den hat die Münchner Kleinbürgerlichkeit auch fertiggemacht. Später hat er mir von allen schönen Inseln auf der Welt erzählt.«

Gundi nickt verständnisvoll. »Und deine Mutter? Hat sie dir diese Wohnung vererbt?«

Benz steht auf und schenkt an der Anrichte Wasser nach. Er schweigt, während er bedächtig in kleinen Schüben gießt.

»In meiner Familie bin vermutlich ich das Arschloch«, antwortet er nach einer Weile in Anlehnung an ihre Gespräche über Arschloch-Väter letzte Nacht.

Als Gundi nichts sagt, dreht er sich um und setzt sich. »Ich habe meine Mum erst vor Kurzem in ein Pflegeheim gegeben. Obwohl sie das nicht wollte.« Ein kleines böses Lächeln erscheint auf seinem Gesicht.

»Und warum hast du es getan?«

»Sie hat sich in dieser großen Wohnung leider ständig verlaufen.«

Gundi geht auf seinen Sarkasmus nicht ein.

»Beginnende Demenz und so,« erklärt er daher. »Stimmt auch ein bisschen. Hat ständig Sachen vergessen. Die Wahrheit ist, dass ich von der Last frei sein wollte. Von der Verantwortung, mich um sie und ihre Bedürfnisse zu kümmern. Vermutlich liebe ich meine Mutter nicht im Soll-Bereich. Jetzt hab ich die Wohnung für mich allein.«

Gundi ist sprachlos über so viel Offenheit. Der Kaffee ist fertig und Benz gießt zwei kleine Tassen voll mit dem schwarzen Gebräu. Er fingert eine Zigarette aus einem silbernen Etui, zündet sie an und reicht sie Gundi. Sie nimmt einen Zug, hustet den Rauch aus und gibt sie Benz zurück.

»Manchmal ist es ja das Beste für die Leute«, versucht sie, die vermeintliche Selbstanklage zu entschärfen. »Wie geht es ihr im Pflegeheim?«

Benz zuckt mit der Schulter. »Sagt, dass sie heim will.«

»Die Arme.« Gundi mustert ihre nackten Zehen und bemerkt aus den Augenwinkeln, dass Benz sie fixiert.

»Was ist schlimm daran, dass die Alten abtreten, wenn sie gebrechlich werden?«, fragt er. »Es ist doch natürlich, dass sie sterben und der restlichen Gesellschaft nicht zur Last fallen.«

»Du meinst, man soll sie aussortieren?«

Benz lacht nachsichtig. »Dass die Medizin den Tod immer weiter hinauszögert, ist wider die natürliche Ordnung. Wir können heutzutage mit dem Tod nicht mehr umgehen.«

Gundi bleibt eine Antwort schuldig. Diese Diskussion ist ihr ohnehin zu ernst für den Morgen nach einer ersten Liebesnacht. Zum Glück scheint für Benz die Debatte darüber beendet zu sein und Gundi fragt sich, ob der gewaltsame Tod seiner Freundin ihn tatsächlich hart gemacht hat, wie Ferdl sagt. Sie hat es im gestrigen Suff nicht gewagt, Benz nach seiner verstorbenen Freundin zu fragen, und tut es auch jetzt nicht. Schweigend schlürfen beide das wirklich starke Gebräu.

»Mmh!«, murmelt Gundi, um die peinliche Pause zu überbrücken.

Benz drückt die Kippe in den Aschenbecher, steht auf und nimmt ein paar Früchte aus einem übervollen Obstkorb, der von der Decke baumelt. »Bei mir gibt's keine Frühstückseier«, sagt er und beginnt zu schnipseln.

»Bist du Vegetarier?«

Benz antwortet nicht, sondern füllt die Früchte zusammen mit einem Pulver in einen Mixer. »Wusstest du, dass die Inhaltsstoffe in Nahrungsergänzungsmitteln auf Beschluss der EU drastisch gesenkt worden sind? Um heute ausreichend vor Krankheiten aller Art geschützt zu sein, musst du also Vitamine und Mineralien in fünffacher Dosis einnehmen.«

»Oder dich ausgewogen ernähren«, entgegnet Gundi und beschließt zu verschweigen, dass sie sich manchmal tagelang Wurstsemmeln reinstopft.

»So etwas existiert nicht. Die Lebensmittelproduktion gibt das schon lange nicht mehr her. Wir werden auf Fleischkonsum konditioniert. Dahinter steckt aber Absicht.«

»Die Menschen sollen krank werden?«

»Der Mensch ist eine Hochleistungsmaschine, die sich durch Selektion und Anpassung entwickelt hat. Er besiegt immer wieder auf natürliche Art und Weise Krankheiten und Seuchen. Ein starkes Immunsystem ist aber nicht erwünscht. Wäre gegen die Interessen von Big Pharma.«

Gundi wartet ab, bis Benz mit dem ohrenbetäubenden Mixen fertig ist. Er kippt den Smoothie in zwei kleine Gläser und Gundi nippt einmal, bevor sie ihre Gedanken in eine Frage fasst.

»Was sagt dir 1516?«

»In diesem Jahr wurde das bayerische Reinheitsgebot erlassen. Vermutlich das erste landesweite Lebensmittelgesetz der Geschichte.«

11. KAPITEL

Als Gundi später auf dem Weg in ihre Wohnung ihr Handy anmacht, sieht sie, dass Kommissar Pettenkofer schon dreimal versucht hat, sie zu erreichen. Sofort steuert sie ihren Fiesta Richtung Süden und kündigt telefonisch ihre Ankunft an.

»Es gibt neue Erkenntnisse«, eröffnet er ihr, noch bevor sie einen Schritt über die Schwelle getan hat. Sie folgt ihm in sein Arbeitszimmer unter dem Dach, wo er sich an den Tisch setzt. Wieder hat er sich vorbereitet, diesmal liegt nur eine einzelne Kladde in der Mitte. Er öffnet sie und legt beide Unterarme auf den Inhalt.

»Haben Sie den Fall Hacklbaur verfolgt?«, fragt er und Gundi wundert sich.

»Klar. Wieso?«

»Dann wissen Sie, dass dieser Mord ein terroristischer Anschlag war. Ein politischer Mord.«

»Ja. Von Leuten, die irgendwelchen Verschwörungstheorien anhängen.«

»Was würden Sie sagen, wenn der Mord am Fleischfabrikanten von derselben terroristischen Gruppe verübt wurde, die auch Rudolf Strangassinger auf dem Gewissen hat?«

»Waaas?«

Kommissar Pettenkofer greift nach einem Blatt in seiner Kladde und legt es Gundi hin. Es ist die Kopie eines Schwarz-Weiß-Fotos. Er legt eine andere Kopie daneben. Diesmal farbig. Und eine weitere, die das fotografierte Motiv von einer anderen Seite zeigt. Gundi braucht ein paar Sekunden, um zu erkennen, was sie hier aus verschiedenen Blickwinkeln sieht. Es ist die grässlich anzusehende, blutige Leiche eines Mannes mit weit aufgerissenen Augen.

»Ist das Strangassinger?«, fragt sie, obwohl sie die Antwort kennt. Der Tote liegt auf dem Gras vor einem Busch und in seiner Brust steckt ein ungefähr ein Meter langer Hendlspieß. Auf den Bauch der Leiche ist mit Farbe etwas geschmiert. Oder ist das Blut? Gundi nimmt eine der Fotokopien zur Hand und legt den Kopf schief. Auf dem Bauch des toten Rudolf Strangassinger prangen drei Buchstaben: SAU.

Gundi fehlen für eine ganze Weile die Worte und der alte Kommissar gibt ihr Zeit.

»Strangassinger wurde auch mit ›Sau‹ beschmiert? So wie das Anstichfass jetzt? Wie kann das sein? Nach so vielen Jahren!«, bringt sie schließlich hervor.

»Es ist ein Detail, das aus ermittlungstechnischen Gründen im sogenannten Hendlspießmord nie veröffentlicht wurde.«

Kommissar Pettenkofer lehnt sich andächtig zurück und faltet die Hände auf dem Tisch.

»Die Mörder des Wurstkönigs sind auch die Mörder von Rudolf Strangassinger.«

Gundi schüttelt den Kopf, während sie überlegt. »Also an beiden Tatorten wurde dieselbe Markierung hinterlassen.«

»Exakt!«

»Herr Pettenkofer, das kann nicht sein. Vor 40 Jahren gab es noch keine Verschwörungstheoretiker. Die Mörder des Wurstkönigs sind eine neue Spezies von Spinnern, die an ein Komplott angeblicher Bierbarone glauben …«

»Und wie nannte man den Wirt, den Strangassinger im Jahr vor seiner Ermordung zu Fall gebracht hat?« Pettenkofer scheint einen Trumpf auszuspielen. »Bierbaron!«

Er steht auf, geht an einen seiner Aktenschränke und kommt mit einem Ordner wieder, auf dessen Rücken

»Hacklbaur« steht. Zeit zu verplempern, gehört nicht zu seinen Angewohnheiten. Er entnimmt dem Ordner ein zusammengeheftetes Manuskript.

»Das Bekennerschreiben«, sagt er und schiebt es Gundi hin.

»Also«, fasst sie nach einer Weile zusammen. »Diese Terroristen sind Leute, die glauben, dass Hacklbaur mithilfe der Schweinemast das Coronavirus unter die Leute gebracht hat. Sie glauben, alles geschieht im Auftrag einer weltweiten Biermafia, die in München in einer Art Festung sitzt, die Machtübernahme plant und Kinder missbraucht.« Gundi blättert in dem Manuskript zurück. »Alles drin, was eine ordentliche Verschwörungstheorie ausmacht. Impfzwang, Erbgutmanipulation, Austausch der Menschheit, bla, bla. Das übliche Zeug.«

Gundi legt die Blätter auf den Tisch und sieht Pettenkofer an. »Die Verschwörungsgläubigen von heute haben nichts mit unserem Fall Strangassinger zu tun.«

»Mythen über mächtige Geheimgesellschaften gibt es seit dem Mittelalter«, entgegnet der Kommissar. »Der Antisemitismus ist eine davon. Der Hexenglaube. Die angeblich inszenierte Mondlandung. Solche Leute hat es auch zu Strangassingers Zeit gegeben. Hier in Bayern gibt es zum Beispiel Leute, die glauben, dass König Ludwig ermordet wurde. Dass er der Profit- und Machtgier einer Ministerverschwörung zum Opfer fiel. Leute, die bis heute an ein weiterhin existierendes Königreich Bayern glauben. Anfällig für solche Theorien sind durchwegs Personen, die sich machtlos fühlen gegenüber der herrschenden Klasse. Systemgegner. Wenn die sich radikalisieren, werden sie zu Attentätern und Terroristen.«

»Und was soll SAU bedeuten, Herr Pettenkofer? Spinner all United?«

»Ein Code?«, fragt er zurück. »Ich weiß nur, dass es an zwei Tatorten mit Blut geschrieben wurde.«

»Was sagen denn Ihre Kollegen? Haben die schon Erkenntnisse zum Mordfall Hacklbaur?«

»Ich bin natürlich sofort in die Inspektion«, antwortet der alte Kommissar und schüttelt angewidert den Kopf. »›Das steht doch auf jeder zweiten dreckigen Windschutzscheibe‹, hat dieser junge Schnösel vom Ermittlungsteam gesagt. Es wäre zu lange her und es hätte seitdem keine weiteren Fälle gegeben.«

»Könnten die nicht recht haben?«

»Sie wissen es besser. Sie wollen sich aber nicht von einem ausgemusterten Spürhund wie mir hineinreden lassen.«

»Also mal angenommen, Sie liegen richtig ...«, will Gundi zusammenfassen, aber Pettenkofer unterbricht sie.

»Kennen Sie den Grund, warum der Fall Strangassinger nie gelöst wurde?«

»Weil Sie ausgemustert wurden?«, versucht Gundi und grinst um Nachsicht heischend.

»Es gibt seit Jahrzehnten einen länderübergreifenden, rechtsgerichteten Terror in Deutschland. Und die Verantwortlichen bei Polizei und Staatsgewalt wollen das nicht wahrhaben. Das war beim Oktoberfestattentat so und auch bei den NSU-Morden. Beim Anschlag in Halle und beim Lübcke-Mord. Und bei Strangassinger und Hacklbaur ist es auch der Fall. Die Attentäter werden als ›spinnerte Einzeltäter‹ klassifiziert. Es wird konsequent weggesehen!« Julius Pettenkofer ist vor Aufregung ganz rot im Gesicht.

»Und Ihr Skinhead aus Hamburg?«

»Der Attentäter? Seien wir realistisch. Den nach 40 Jahren zu finden, ist unwahrscheinlich. Und wenn, wäre er einer von denen, die vielleicht, wenn wir Glück haben, als Einzeltäter verurteilt werden. Wir kennen nicht einmal die Spitze des Eisbergs. Wir haben keine Ahnung!«

»Was schlagen Sie vor?«

Zum ersten Mal, seit Gundi ihn kennt, lächelt Kommissar Pettenkofer. Es ist kein nettes Lächeln. Eher eins, wie man es sich beim bösen Wolf aus dem Märchen vorstellt, bevor er das Rotkäppchen frisst.

»Die Hintermänner aufspüren. Wir nehmen uns den Fall Hacklbaur vor. Begeben Sie sich auf Recherche«, antwortet er. »Die Tatwaffe ist ein Bolzenschussgerät aus einem seiner Schlachthöfe gewesen. Finden Sie heraus, welche Feinde er sich im Zuge der Corona-Schließungen gemacht hat. Ich muss Ihnen Ihren Job nicht erklären. Ich habe Fingerabdrücke im Fall Strangassinger. Und die Bierflasche vom Tatort in der Asservatenkammer, auf der man heute DNA-Spuren finden kann. Sobald es einen Verdächtigen im Fall Hacklbaur gibt, vergleichen wir die Spuren. Stimmen Sie überein, haben wir auch den Fall Strangassinger gelöst. Und den Beweis angetreten, dass es eine Organisation hinter beiden Morden gibt.«

Gundi beschleicht das Gefühl, dass sich gerade die Vorzeichen ändern.

»Ich will eigentlich einen Knüller landen«, wendet sie ein. »Exklusiv veröffentlichen. Nicht der Staatsanwaltschaft zuarbeiten.«

Jetzt zeigt Pettenkofer zum ersten Mal auch seine Zähne. Ein künstliches Gebiss mit viel sichtbarem rosa Kunststoff.

»Genau«, antwortet er. »Wir schreiben ein Buch. ›Mein letzter Fall‹ oder so. Denken Sie sich was aus.«

Gundi geht ein Licht auf. Hacklbaur ist ihm eigentlich egal. Pettenkofer hat seine Suspendierung nie geschluckt. Er will nur seinen alten Fall lösen. Er will Genugtuung.

»Sie meinen, ich schreibe das Buch unter Ihrem Namen? Als Ghostwriter?«

»Natürlich beteilige ich Sie an den Verkaufserlösen.«

Wie immer, wenn Gundi nachdenken muss, steuert sie zur gewohnten Abendstunde das »Monarch« an. Sie fühlt sich gekapert. Als sie jung war, ist ihr das öfter passiert. Dass andere sie für ihre Zwecke einspannten. Als Hilfsredakteurin beim Tagblatt, die sie im ersten Jahr dort war, musste sie ständig Dinge zusammentragen, wofür die Star-Reporter die Lorbeeren kassierten. Später, als sie selber Reporterin war, hat sie sorgsam darauf geachtet, dass keiner von den Kollegen ihr die Butter vom Brot klaut. Es herrschte in der Tagespresse ein immenser Konkurrenzkampf um die beste Schlagzeile. Und am nächsten Tag begann das Spiel von vorn.

Gleichzeitig spürt sie diese Erregung wieder. Dieses rauschige Glücksgefühl, wenn man glaubt, an einer großen Sache dran zu sein. Was, wenn Pettenkofer recht hat? Wenn beide Morde, der an Strangassinger und der an Hacklbaur, einer bis heute unentdeckten Terrorgruppe zuzurechnen sind, wäre das eine Sensation! Es wäre der Ober-Hammer-Mega-Knüller!

Gundi läuft von ihrer Wohnung aus zu Fuß den Gasteig hoch Richtung Max-Weber-Platz und ordnet auf dem Weg ihre Gedanken. Sie ist, zusammen mit Pettenkofer, vermutlich die Einzige, die bisher etwas von der Verbindung der beiden Morde weiß, und die Polizei geht dieser Spur zumindest nicht offensiv nach. Wenn Pettenkofers Theorie stimmt und sie die beiden Fälle löst, braucht sie sich keine Sorgen mehr um Geld zu machen. Mit einer ersten Reportage wäre ihre Miete erst mal gesichert. Und ein Buchdeal unter Pettenkofers Namen ist auch nicht zu verachten. Morgen muss sie mit ihren Recherchen zum Hacklbaur-Fall beginnen. Aufholen. Sie muss sich Informationen über die Corona-Verschwörer verschaffen. Und über die rechtsradikalen Gruppen, die in München ihr Unwesen treiben. Der Sohn von Sonja fällt ihr ein, der frühere Skinhead. Der wäre ein erster Anlaufpunkt. Den will sie ohnehin anrufen, sobald sie Ferdl all ihre aufregenden Neuigkeiten erzählt hat. Und dann ist da noch die heiße Nacht mit Benz, von der Ferdl nichts ahnt. Sie kann es nicht erwarten, mit ihrem besten Freund beim Weißbier ausführlich über alles zu sprechen.

Aber Ferdl ist nicht da. Gundi kann sich nicht erinnern, dass ihr das schon einmal passiert ist. Ferdl ist nicht im »Monarch«? Er schläft doch meistens sogar hier!

Auch Barmann Toni kommt das komisch vor. »Eine dringende familiäre Angelegenheit«, rätselt er.

12. KAPITEL

Ferdl weiß, dass es wichtig ist. Sonja hat ihn in all den Jahren, in denen sie sich kennen, noch nie zu sich befohlen. Mitten am Nachmittag! Sonja muss gerade erst aufgestanden sein, Nachteule, die sie ihr Leben lang schon ist.

Als Ferdl jung war, verkehrte Sonja in den Lokalen, in denen Ferdl arbeitete, und die beiden freundeten sich an. Sonny ist, wie er, in der Sendlinger Straße aufgewachsen.

»Gleicher Stallgeruch«, hat Sonny das genannt.

Zu ihrer Jugendzeit war diese Nachbarschaft noch Rotlichtmilieu.

»Da wächst du rein«, sagte sie.

Mit 16 hatte sie ihren ersten Freier, erzählte sie Ferdl einmal. Und auch, dass sie hart daran gearbeitet hat, aus dieser »Fuchzgerl-Schnalln«-Umgebung wegzukommen. In den 1970er-Jahren gehörte sie zum Jetset und bezeichnete sich als »Mannequin«.

Als Ferdl aufgrund der bayerischen Treibjagd auf Homosexuelle in der Luft hing, vermittelte ihm Sonja eine wunderschöne und unglaublich günstige Wohnung in einem Haus in der Müllerstraße, in dem es niemand genau nahm mit der sexuellen Orientierung. Ferdl vermutet, dass es ihrem Einfluss zu verdanken gewesen ist, dass er den Job im »Monarch« bekam. Im Laufe der Zeit wurde aus »der Sonny« die ehrenwerte »Madame Sonja« und für Ferdl wurde sie zur vertrauten Mentorin. Sie kam immer wieder auf einen Martini in seine Bar. In dieser Zeit war sie die uneingeschränkte Königin der Nacht. Sie kannte jeden, der in München etwas war. Vom Fußballgott bis zum Aktienmillionär. Politiker, Geschäftsführer und sogar manchen Pfarrer. Man munkelte, sie wusste von jedem ein Geheimnis.

»Politik, Wirtschaft und Verkehr«, scherzte sie gerne anzüglich, wenn man sie darauf ansprach. Ferdl überlegt, wann sie zum letzten Mal bei ihm an der Theke saß. Zu ihrem 70., als er seine 20 Jahre Direktion feierte, ist er sich sicher. Ist das wirklich schon zehn Jahre her? Es war zu der Zeit, als Markus wieder bei ihr eingezogen ist, besinnt er sich. Geht sie wegen ihm nicht mehr aus dem Haus?

Sonja verfügt immer noch über beste Beziehungen und viele Menschen sind ihr zu Dank verpflichtet. Wie Ferdl auch. Es existiert eine Art Ehrenkodex, untereinander zusammenzuhalten und nichts zu vergessen. Um sie herum gibt es Leute, die, sofern nötig, »überzeugend« sein können, das weiß Ferdl ebenso. Wenn er ein Problem hat, wie letztens mit seinem Stargeiger, das weder über Spezlwirtschaft noch über die Polizei gelöst werden kann, weiß Sonja, was zu tun ist. Ferdl ist überzeugt, dass sie über eine geheime Untergrundarmee verfügt. Er kann sich nicht vorstellen, wofür Sonja ausgerechnet seine Hilfe brauchen sollte.

Sonja öffnet ihm die Haustür, bevor er klingeln kann. Sie bedeutet ihm, leise zu sein, und führt ihn durch ihr Wohnzimmer hindurch in einen kleinen Wintergarten. Ferdl ist überrascht, wie gemütlich es in der versteckten kleinen Sitzecke unter Palmen ist.

»Was tust du denn so geheimnisvoll?«

»Der Bub muss nicht mitkriegen, dass ich Besuch habe«, bescheidet sie ihm. Ferdl wusste nicht viel von Markus, ihrem Sohn. Weil er sich mit Hakenkreuzträgern herumtrieb, hatte Sonja ihn für ein paar Jahre zu ihrer Verwandtschaft nach Amerika geschickt. Seinetwegen sei Sonja schwermütig geworden sei, sagen manche.

Andere haben den Verdacht, dass Markus sie zu Hause einsperrt, seit er wieder bei ihr lebt. Ferdl glaubt, dass Markus das einzige Problem ist, das Sonja nie lösen können wird, doch sein Respekt vor der alten Dame ist immer zu groß gewesen, um sie direkt danach zu fragen.

»Was du jetzt hörst, wird bis zu deinem Lebensende nie über deine Lippen kommen«, beginnt sie und Ferdl verstummt wie auf Kommando. Sie rückt ihren kleinen Sessel etwas näher an ihn heran und flüstert.

»Du weißt ja, dass ich früher die Herren aus dem Rathaus beruflich kannte.«

Ferdl nickt.

»Markus ist das Produkt einer solchen Liaison.«

Ferdl traut sich immer noch nicht, etwas zu sagen, und Sonja fährt fort.

»Es ist nicht, wie mancher vielleicht denkt. Ich hab das Kind in Liebe empfangen.« Sonja lehnt sich zurück und schaut Ferdl misstrauisch an, während der über die altmodische Wortwahl nachdenkt. Endlich nickt er erneut.

»Damals hatte ich viele wechselnde Bekanntschaften, wie du weißt. Manchmal war ich auch exklusiv für jemanden da. Mit ihm war es etwas ganz anderes. Er war anders. Nicht so derb. Irgendwie fein. Aus gutem Hause. Er war eigentlich nur im Schlepptau von den anderen Mitarbeitern der Staatskanzlei mitgekommen und wollte überhaupt nichts. Wir haben uns angefreundet. Bevor wir uns verliebten und eine Affäre begannen.«

Dass Sonja sich scheinbar rechtfertigt, ist Ferdl unangenehm. Deswegen ergreift er doch das Wort.

»Und wer ist deine große Liebe?«

»Ich halte meine Versprechen, Ferdl«, gibt sie zur Antwort.

»Und ich bin mir sicher, dass du nie jemanden hintergangen hast, Sonja«, bekräftigt er. »Du bist die vertrauenswürdigste und anständigste Person, die ich kenne.«

»Dann musst du mir jetzt auch vertrauen, Ferdl. Es ist nur zum Besten.«

»Wobei denn, Sonja?«

»Pfeif deine Freundin zurück.«

»Wen? Gundi? Wovon denn?«

»Dem Fall Strangassinger, mein Lieber«, antwortet Sonja. »Es ist auch für sie nicht gut, wenn sie an dieser vergessenen Sache rührt.«

»Aber warum denn?«

Ferdl hat nicht die geringste Ahnung, worauf Sonja hinauswill. Seine Frage steht eine ganze Weile im Raum, bevor Sonja antwortet.

»Rudolf Strangassinger ist der Vater von Markus.«

»Du meinst, Strangassinger war dein Liebhaber? Also der Typ, in den du verliebt warst?«

Sonja nickt und Ferdl überlegt.

»Aber deine Affäre hatte nichts mit seiner Ermordung zu tun«, kommt ihm endlich über die Lippen und eine Sekunde später sieht er in Sonjas Augen, dass das nicht so ist. Sonja steht auf und öffnet eine kleine Kommode, auf der mindestens 20 kleine Töpfe mit Kakteen stehen. Hinter leeren Blumentöpfen fischt sie einen Flachmann heraus und zwei winzige silberne Becher. Die beiden trinken andächtig nacheinander zwei Stamperl Brandy aus.

»Es ging natürlich nicht gut mit mir und Rudolf«, erklärt sie, nachdem sie die kleine Flasche zugeschraubt hat. »Seine Frau hat von unserer Affäre erfahren und ihm das Messer auf die Brust gesetzt. Kannst dir ja vorstellen.«

»Du hast ihn doch nicht …?«, entfährt es Ferdl, aber Sonja winkt ab.

»Ich war schwanger. Er wollte nichts von dem Kind wissen und das hab ich akzeptiert. Er ging zurück zu seiner Frau und ich hab Markus allein aufgezogen.«

»Ja, und?«

»Ich habe Rudolf geliebt, Ferdl. Für ihn war das alles nicht leicht. 1967 war das und in München war kein ›Swinging London‹. Er hat sich bekanntermaßen in den darauffolgenden Jahren zum obersten Moralhüter aufgemandelt. Weißt ja, wie das ist, mit den radikalsten Verfechtern. Sperrbezirk, Schließungen, Razzien. Dann die Zwangsmaßnahmen gegen uns. Er kämpfte gegen seine eigenen Dämonen, weißt du. Irgendwie hab ich das auch nachvollziehen können. Aber ich hatte ihm versprochen, dass nie jemand etwas von dem Kind erfährt und, wie gesagt, ich halte meine Versprechen.«

»Also hattest du nichts mit dem Mord an ihm zu tun!«

»Na ja.«

Ferdl weiß nicht, ob er den Rest der Geschichte hören will. Am liebsten würde er aufstehen und davonlaufen und so tun, als wäre er niemals hier gewesen. Aber er bleibt sitzen.

»Als er größer wurde, wollte Markus unbedingt wissen, wer sein Vater ist«, beantwortet Sonja seine ungestellte Frage. »Er hatte Probleme als Jugendlicher. Mit meiner Profession. Und außerdem ist er an falsche Freunde geraten, wie du weißt. War bei den Glatzen. Ich habe irgendwie gedacht, wenn er es weiß … dass er dadurch mehr Halt findet.«

»Sonja, bitte!«, ruft Ferdl. »Was willst du mir sagen?«

»Der Markus hat seinen Vater umgebracht!«

Im ersten Stock des Hauses sitzt Markus, der sich seit seinem USA-Aufenthalt »Mack« nennt, an seinem Computer und ahnt von Ferdls erneutem Besuch bei seiner Mutter nichts. Über seinem Schreibtisch hängt ein Banner mit einem Weißkopfadler, der gekreuzte Gewehre in den Krallen hält. Er starrt auf seinen Bildschirm, wie die meiste Zeit, seit er wegen der Corona-Lockdowns seinen Job verloren hat. Aber er hat die Zeit genutzt. Nie wäre er ohne diese Fügung, die ihm jede Menge Zeit verschaffte nachzudenken, darauf gekommen, was wirklich abgeht. Und was seine Rolle ist. Er ist zu Großem geboren.

Sie hat ihn sein Leben lang belogen, die Alte. Die Einladungen nach Nizza, die Ferien auf Landsitzen, die vielen »Freunde« seiner Mutter, die lustigen Abende in der »Kanne«, die »Nannys«, die sich um ihn kümmerten, während seine Mutter »arbeitete«. Es waren alles Sexgeschäfte, Bordelle, Zuhälter, Freier und Nutten. Seine Mutter war die Oberhure Münchens und er ist das Kind eines Heuchlers.

Nachdem sein Vater ins Gras gebissen hatte, hat sie es kaum erwarten können, ihn abzuschieben. Im Nachhinein das Beste, was ihm passieren konnte. Erst in Amerika lernte er zum ersten Mal aufrechte Menschen kennen. Keine durch und durch verdorbenen Reichschweine, die sich alles kaufen konnten. Die sich auch seine Mutter kaufen konnten. In den USA darf man viel offener rechts sein als in Deutschland, wo man die Geschichtsschreibung den Staatsfeinden überließ. Im Vergleich zu den amerikanischen »Rights« waren die Skins, mit denen er sich in München zum Kanackenklatschen in der Zenettistraße getroffen hatte, Weicheier. Deshalb hat er sich gleich der neuen »Führerschaft« im gerade befreiten Thüringen angeschlossen, als er wegen dieser anderen Nutte zurück nach Deutschland musste. Später, in der Kameradschaft »Wolfshof«, einer Wehrsportgruppe im Hessischen, lernte er Frank kennen, der die »Völkische Kulturrevolution« als seine Mission verstand. Sie waren schon weit fortgeschritten in ihren Planungen, als Frank ins Visier der Bullen geriet und beschloss, als »einsamer Wolf« weiterzuarbeiten. Mack wollte sein wie er.

Er war Anfang 40, als er in der Wohnung seiner Mutter in Deckung gehen musste. Dass er wieder bei der alten Schlampe andocken musste, hat ihn zunächst sauber gewurmt.

Immerhin hält sich die Alte an das Off-Limits-Schild an der Tür im ersten Stock des Hauses. Mütterliches Getüddel, gemeinsame Familienabende oder gar feste Essenszeiten hat es in diesem Haus ohnehin nie gegeben. Ursprünglich war es als Übergang gedacht. Er und die Kameraden mussten den Ball flach halten, nachdem es zu diesen Verhaftungen kam. Der »Orden« war von V-Männern des Verfassungsschutzes infiltriert worden. Er suchte sich in München einen Job, der ihm Spaß machte, und kommunizierte mit seinen ehemaligen Kameraden im Darknet. Bis er seine wahre Bestimmung erkannte.

Heute zockt Mack nicht und treibt sich auch nicht in seinen Netzwerken herum, wo er die Wahrheit über den Endkampf, der gerade begonnen hatte, erst richtig begriff, als er von diesem Drecksschwein rausgeschmissen wurde.

Heute ist er Gundi Starck auf der Spur. Der Reporterin, die sich nach seinem Vater erkundigt hat.

»Kenne deine Feinde und nutze ihre Stärken.« Das hat sein Ausbilder gesagt. Damals im Taunus. Und befohlen, dass sie alle Sunzi lesen sollen. »Die Kunst des Krieges«. Sein Blick fällt auf den kleinen Band, der zwischen anderen Büchern im Chaos auf seinem Schreibtisch liegt. Hinter ihm ragen zwei Paar Gummistiefel unter dem ungemachten Bett hervor, auf dem Bettkasten steht ein Fernseher. Seine überschaubaren Kleidungsstücke hängen an Haken an der Wand und liegen in kleinen Haufen auf dem Boden. Er zieht das Büchlein heraus und lässt die darüber liegenden Bücher und Manuskripte zu Boden fallen. Über die ersten Seiten ist er nie hinausgekommen. Zu anstrengend. Doch er hat genug darüber gehört, um bei Frank damit zu punkten.

»Der Grund, warum wir den Krieg verloren haben, war die Kriegsführung nach preußischem Vorbild«, hatte sein Lehrmeister doziert. »Die Generäle bevorzugten aus falsch verstandenem Ehrbegriff den Frontalangriff, obwohl die Taktik der Täuschung besser gewesen wäre.«

Mack blättert in dem Band, er kennt die entsprechende Stelle auswendig: »Wenn wir nahe sind, müssen wir den Feind glauben machen, dass wir weit entfernt sind. Wenn wir weit entfernt sind, muss er glauben, dass wir nahe sind«, proklamiert er leise.

Er legt das Buch zur Seite und tippt in die Google-Suchmaske ein: Kunigunde Starck. Sie sei eine Reporterin des Tagblatts, hat sie gesagt, und da ist sie auch schon. Als Erstes klickt er sich durch einige Reportagen von ihr, in denen sie über ungeklärte Verbrechen schreibt. Scheint ihr Ding zu sein. Etwas ältere Sachen von ihr findet er auf ein paar uninteressanten VIP-Seiten. Er geht auf Facebook und klickt sich durch ihre Fotos und Freunde. Er sieht sie an einer Bar sitzen. Den Typ kennt er irgendwoher. Er sieht sie mit ein paar affigen Fernsehstars abgelichtet. Sie grinst blöde. Er sieht sie an einem Strand, halb nackt ihre Titten zur Schau stellend. Er sieht ihren BH-Träger unter dem verrutschten T-Shirt. Betrunken, das geile Luder.

»Infiltration« hat Frank das genannt. Mack stellte sich das wie einen Kaffeefilter vor. Glatzen waren unter Frank verboten.

»Wir dürfen nicht wie Schläger oder Schreihälse auftreten.«

Franks geplanter Feldzug – bevor er untertauchen musste – hat den »Mainstream-Medien« gegolten.

»Es reicht nicht, dass wir uns innerhalb unserer Unterstützer verbreiten«, hat er zuletzt gesagt. »Wir brauchen für die Rückeroberung des deutschen Volkes die Massen.«

Die kleine dumme Journalistin kommt Mack gerade recht.

13. KAPITEL

Ferdl hat mit einem Versprechen das Haus in Milbertshofen verlassen und die Frage, wie er es halten soll, hat ihn die ganze Nacht wachgehalten. Als er am nächsten Morgen die in Tracht herausgeputzten Gäste zum Frühstück begrüßt, kommt ihm das so befremdlich vor, als wäre er plötzlich in eine andere Galaxie katapultiert worden.

Es ist Wiesn in München, muss er sich erinnern. Am Freitag werden die ersten Gäste abreisen und neue ankommen. München erwartet einen Ansturm von italienischen Touristen, die auch nach Corona an ihrer Tradition festhalten und das zweite Wiesnwochenende zu dem ihren machen. Die Radiosender Münchens senden seit heute zweisprachige Verkehrsmeldungen, die Polizei wird von Einsatzkräften aus Südtirol unterstützt und Ferdl hat noch keine Vorbereitungen getroffen. München wird sich in den nächsten Tagen in die nördlichste Stadt Italiens verwandeln und sein Job ist es, dafür zu sorgen, dass sich die italienischen Gäste wie zu Hause fühlen.

Er kann es immer noch nicht glauben: Sonjas Sohn Markus ist das Kind von Rudolf Strangassinger. Markus hat seinen Vater – vermutlich im Affekt – auf dem Oktoberfest Mitte der 1980er-Jahre mit einem Hendlspieß erstochen. Ferdl hat versprochen, darüber Stillschweigen zu bewahren. Und darüber hinaus dafür zu sorgen, dass die Tat ungelöst bleibt.

»Rudolf ist tot und nichts macht ihn wieder lebendig«, hat Sonja gesagt. »Der Bub war noch ein halbes Kind damals«, hat sie die Tat gerechtfertigt und beinahe hätten sie gestritten.

»Es bleibt Mord«, hat Ferdl ihr entgegnet und dass es zu viel von ihm verlangt wäre, dabei Komplize zu sein.

»Das bist du mir das schuldig!«, hat sie ihn angeherrscht und ihren letzten Trumpf ausgespielt. »Ich habe dir auch geholfen damals, vergiss das nicht!«

Natürlich kann Ferdl das nicht vergessen. Sonja ist wie eine Ersatzmutter für ihn. Eine andere »Familie« hat er nicht mehr.

Er ist ein Einzelkind gewesen, das lieber in seinem Zimmer saß, als mit den anderen Buben in den Hinterhöfen der Sendlinger Straße Fußball zu spielen. Eine Superman-Figur, die ihm sein Vater schenkte, servierte im Kinderzimmer Getränke, anstatt loszufliegen und die Welt zu retten. Immer wenn Oktoberfest war, schlich er sich heimlich hinaus auf die Theresienwiese, um davon zu träumen, einfach mitzufahren, wenn die Schausteller weiterzogen. Als er mit 17 Jahren seinen Schulkameraden im inzwischen bezogenen Fürstenfeldbruck offenbarte, dass er glaube, vielleicht schwul zu sein, reagierten die mit Ausgrenzung. Bei seinen Eltern stieß er auf Ablehnung und Verzweiflung. Wie bei Gundi war die Flucht in die Großstadt Ferdls Rettung. Bis wenig später das Aidsvirus die neu gefundene Freiheit und vor allem die Unbeschwertheit zerstörte.

»Nicht das Virus war die Gefahr, sondern die Betroffenen«, fasst Ferdl sarkastisch die damalige Situation zusammen. Ohne Sonjas Unterstützung wäre er auf der Straße gelandet und hätte sich wahrscheinlich angesteckt. Ohne sie hätte er nicht so bald wieder einen Job in der Gastro gefunden, die seine Leidenschaft geworden war. Ohne sie hätte er nie den Mut gefunden, offen schwul zu leben.

Soll er Gundi ins Vertrauen ziehen? Darauf hoffen, dass sie wegen Ferdls Loyalitätsschulden die Finger vom Fall Strangassinger lässt? Auf Gundi kann er eigentlich immer zählen. Aber was, wenn sie nicht auf ihn hört?

Gundi hat zur selben Zeit die Ermittlungen im Fall Hacklbaur aufgenommen.

@Gundi Starck
Betreff: Interviewanfrage
Aus Anlass der Berichterstattung über Michael Hacklbaur junior hat uns Familie Hacklbaur beauftragt, ihre Interessen zu wahren. Hiermit weisen wir darauf hin, dass Berichterstattung über die Privatsphäre des verstorbenen Michael Hacklbaur die Persönlichkeitsrechte der Mitglieder der Familie Hacklbaur verletzt. Wir sind daher beauftragt, presserechtliche Schritte einzuleiten …
Hochachtungsvoll
Bruch & Messerschmidt, Kanzlei für Medien- und Presserecht

»Mist.« Seit dem frühen Vormittag sitzt sie zu Hause an ihrem Laptop, auf dem vor wenigen Minuten diese E-Mail eingegangen ist. Sie hatte ein Interview mit der Unternehmenssprecherin des Fleischfabrikanten angefragt. Natürlich hatte sie nicht erwartet, dass sie von ihr etwas über die Verbindungen und Machenschaften des ermordeten Juniorchefs erfährt, aber es wäre ein Anfang gewesen. Seit ihrem letzten Gespräch mit Pettenkofer hat sie sich – in

Ermangelung von Ferdls Einordnung der Dinge – in die Fantasie hineingesteigert, beide Fälle mit einer viral gehenden Enthüllungsgeschichte zu lösen.

»Ihr schreckt mich nicht mit euren Anwälten«, murmelt sie. Die Faktenlage der Polizeiberichte hatte sie schon durch. Michael Hacklbaur, der ebenso reiche wie umtriebige Fleischerei-Erbe, war zuletzt am Vortag der Oktoberfesteröffnung beim Frühsport gesehen worden. Er wurde nach den Erkenntnissen der Ermittlungsbehörden mit einem Apparat für Rinderschlachtungen umgebracht. Am darauffolgenden Morgen wurde er auf der Tribüne des »Schottenhamel« in einer Wanne mit Schweineblut aufgefunden. Der Tod trat nicht durch Ertrinken im Blut ein, wie es die Presse kolportierte, und auch nicht am Leichenfundort. Dieser arrangierte Tatort ist wie das Bekennerschreiben Ansatzpunkt für die Fallanalytiker.

Sie wollte nicht warten, bis die Polizei einen Verdächtigen präsentiert. Sie wollte dem Mörder selbst auf die Spur kommen. Und dann die Connection zu Strangassinger platzieren. Gundi sondiert die Klatschhefte der letzten Jahre nach Berichten über den Juniorchef. Hacklbaur war ein überzeugter Junggeselle und trieb sich gerne in noblen Klubs herum. Umgab sich mit Models und anderen Schönen und Reichen. Gibt es irgendwo ein Mordmotiv aus dem rechten Untergrund? Einen Falschen, mit dem er sich angelegt hat? Sie öffnet ihr altes Filofax aus den Society-Reporter-Tagen. Kontakte abtelefonieren. Irgendwann findet sich meistens jemand, der plaudern mag, weil er seinen Namen gerne in der Zeitung liest. Vielleicht gab es vor dem Mord Drohanrufe oder Hassmails aus Verschwörerkreisen. Oder Hacklbaur hatte einen Feind. Jemand fühlte sich betrogen …

Die meisten Angerufenen blocken ab. Manche der selbst ernannten Freunde des Juniorchefs faseln von exklusiven Informationen und wollen unverblümt Geld sehen, bevor sie reden. Ohne Finanzierung durch eine Redaktion stößt Gundi an ihre Grenzen. Sie ruft ihre Kontakte in der Ettstraße und in der Staatsanwaltschaft an, um Hinweise auf vertrauliche Ermittlungsergebnisse zu erhaschen, und erfährt, dass die Polizei weitere Angriffe des »Widerstands 1516« nicht ausschließe und verdeckt auf dem Festgelände im Einsatz sei. Sie googelt sich durch verschiedene Webpages und Blogs, um herauszufinden, ob sich eine Gruppierung findet, die es auf Hacklbaur abgesehen hat, und findet Querdenker, Tierschützer, Corona-Leugner, Waldorfschüler, Globoli-Fans und Jesus-Freaks. Sie alle sehen in der Fleischproduktion die Wurzel allen Übels und haben den Wurstkönig zu ihrem Feindbild erkoren. Treiben sich hier seine Mörder herum?

Dass sie in ihren Berufsjahren als Reporterin eine Einzelkämpferin war, rächt sich jetzt. Hätte sie ein Netzwerk, könnte sie sich mit anderen Journalisten austauschen. Möglicherweise einen Faden aufnehmen, den ein anderer gefunden hat, auf Recherchen aufspringen, die ein Kollege angestellt hat. In der Horde der freien Journalisten, die seit Tagen dem Saublutmord hinterherschnüffeln, steht Gundi ganz hinten in der Reihe.

Erschöpft von ihrer erfolglosen Arbeit lehnt sie sich zurück. Gestern ist sie einfach ohne Ankündigung zu Benz gefahren, als Ferdl nicht im Hotel war. Sie hat sich eingeredet, dass es eine gute Idee sei, die Verstrickung der Fälle sacken zu lassen und sich abzulenken. Außerdem fühlt es sich gut an, begehrt zu werden.

»Erzähl mir von Guernsey«, hat sie ihn aufgefordert und kam sich wie in einem alten Hollywoodschinken vor, als er sich im Bett mit ihr eine Zigarette anzündete und sie mit ihr teilte.

»Weißt du, was das Erste war, was man dort zu mir sagte?« Gundi verneinte.

»Nice hat!« Benz lachte. »Die Zollbeamtin am Flughafen deutete zur Begrüßung auf meinen Hut. Kannst du dir das in Deutschland vorstellen?«

»Eine Polizistin, die dir ein Kompliment macht? Auf keinen Fall.«

»In München hat mir ein Wildfremder auf der Straße mal meinen Borsalino vom Kopf gehauen und gesagt, ich solle mir eine Arbeit suchen«, hat Benz ergänzt und Gundi hat sofort verstanden. Nicht willkommen zu sein, kannte sie.

Mit einer Mischung aus Verwunderung und Glückseligkeit erinnert sich Gundi, wie vertraut sie sich nach so kurzer Zeit mit Benz gefühlt hat. Fasziniert hat sie sich die Geschichte von der Fermain Tavern und Bernie, dem Booker, angehört. Dass man sich auf der Insel weder um Meldebescheinigungen oder Arbeitserlaubnis kümmern musste noch um Krankenversicherung und erst recht nicht um Steuern. In Benz' Erinnerung war die Insel ein Paradies für alle, die nirgendwo zu Hause sind.

»Irgendwann hat Bernie plötzlich von seinen ›foreign workers‹ gesprochen und ein Mitmusiker fragte mich, ob ich lieber Brite oder Europäer sein wolle«, hat Benz seine Geschichte beendet.

Das Gefühl, nicht dazuzugehören, kennt Gundi von zu Hause. Vielleicht hat sie deswegen Benz Dinge erzählt, die sie sonst nur Ferdl anvertraut. Über ihre einsame Kindheit. Dass sie sich in manchen Situationen immer noch wie die kleine, dicke Bäckerstochter fühlt, die nirgends erwünscht ist. Über ihre Minderwertigkeitskomplexe. Benz hat sie ausgelacht.

»Wir sind die, die wir sein wollen«, hat er gesagt und sie hat andächtig genickt.

»Alle Menschen haben die gleichen Rechte und Freiheiten«, sagte er. Es wäre eine Charakterfrage, wer sich durchsetze. »Survival of the Fittest.«

Gundi bewundert Benz für sein Selbstbewusstsein, trotz seiner schwierigen Kindheit ohne Vater. Er weiß immer genau, was er will.

Unvermittelt ist er aufgestanden und hat sich angezogen. »Ich muss noch taxeln heute Nacht«, hat er in seiner entwaffnenden Ehrlichkeit gesagt, als er sie aus seiner Wohnung warf.

Von ihrem Fenster in ihrer Wohnung in der Au blickt sie auf einen begrünten Innenhof und auf zahlreiche Nachbarbalkone mit riesigen Satellitenschüsseln. Die schräge Vormittagssonne taucht diese Hässlichkeiten in goldenes Licht. Es ist Oktoberfest in München, also herrscht per Naturgesetz schönes Wetter. Regen während der Wiesn löscht sich wie von selbst aus dem Gedächtnis der Münchner. Ihr Magen meldet sich. Weißwürste und Brezn wären jetzt was. Da schießt ihr eine Erinnerung in den Kopf. Herrje, das hat sie vor lauter Hacklbaur und Benz ganz vergessen! Sie springt auf, greift ihre Tasche und sprintet aus der Wohnung.

14. KAPITEL

1985

Auch die Huber Sonja hatte nie einen Vater gehabt. Er ist »im Krieg geblieben«, sagten die Nachbarn. Sonja, zu klein, um sich an ihn zu erinnern, konnte lange nicht verstehen, warum der Vater den Krieg ihr und der Mama vorgezogen hatte. Von ihrer Mutter kam keine Erklärung, sie war jede Nacht unterwegs und schlief tagsüber. Irgendwann brachte sie Jeff mit. Ein Hüne von einem G. I. mit semmelblondem Bürstenschnitt und einem Hals so dick wie sein Kopf. Er nannte ihre Mutter »Dolly«.

»Jeff ist ein Green Beret«, raunte ihre Mutter ehrfurchtsvoll.

Mitte der 50er-Jahre hatte Sonja, gerade 15, für sich selber sorgen müssen. »Dolly« war ihrem Verehrer in die USA gefolgt und für Sonja war dort kein Platz. Aber sie hatte Jeff ohnehin nicht ausstehen können. Im »Donisl« wurde sie zur »Bedienung mit dem schönsten Dekolleté« gewählt. Dort kam sie zum ersten Mal in Kontakt mit der Faschingsgesellschaft in München. Mit den feinen Herrschaften, die unter dem traditionsbewussten Deckmantel der Narrhalla gerne inkognito einen draufmachten. Wenig später wurde sie auf den legendären »Schnallenball« eingeladen. Weil sie blutjung und bildschön war, hatte sie bald die Aufmerksamkeit der sogenannten höheren Kreise, und weil sie nicht auf den Kopf gefallen war, lernte sie schnell, deren Aufmerksamkeit für sich zu nutzen. Mit 20 hatte sie ein gut gehendes Geschäft und einen festen Privatkundenstamm. Mit einem der sogenannten Playboys reiste sie mehrmals nach St. Tropez. Sie trug die schönsten Kleider und musste sich um ihr Auskommen nicht mehr sorgen.

Als sie ihren Sohn bekam, beschloss sie, dem Buben eine gute Mutter zu sein, und kaufte sich ein Häuschen in einer gutbürgerlichen Nachbarschaft. Von ihrer ausgewanderten Mutter kamen ab und zu Briefe. Später Bilder von ihren Halbbrüdern, die im Teenageralter zu »Rednecks« geworden waren, in Holzfällerhemden und mit dumpfem Gesichtsausdruck. Einladungen ihrer Mutter, sie im Hinterland Amerikas zu besuchen, schlug sie höflich aus. Sie folgte lieber den Einladungen an die Riviera oder nach St. Moritz, während sich ihre Mädls um Markus kümmerten. Irgendwann bemerkte sie, dass sie eine ebenso schlechte Mutter war wie Dolly.

»Ich habe ein Geburtstagsgeschenk für dich«, hatte sie ihrem halbstarken Sohn bei Kaffee und Kuchen eröffnet. »Eines, das du dir schon lange wünschst.«

Auf dem Wohnzimmertisch standen noch die leeren Teller mit den Krümeln vom Geburtstagskuchen, den sie bei Bodo, dem Konditor der Reichen und Schönen, hatte anfertigen lassen. Mit einer Südstaaten-Flagge vorn drauf, weil ihr Bub ein Country & Western-Fan gewesen war, bevor er sich die Haare rasierte, wortkarg wurde und sich mit falschen Freunden umgab. 18 Sterne zierten die Zuckergussflagge, für jedes Lebensjahr einen. Obwohl Bodo geäußert hatte, dass er die Kuchendeko für eine ziemlich reaktionäre Scheiße hielt, hatte er ihr den Gefallen getan. Ihr Bub träumte sich heimlich zu seiner Oma in

Amerika, das wusste sie. Und der Opa, jetzt Farmer, war in seiner Fantasie zu einem fernen Idol geworden. Die Vaterfigur, die sie ihm vorenthalten hatte.

»Du bist eine Hur gewesen in all der Zeit!«, hatte der Bub sie erst wenige Wochen zuvor angeschrien und war die ganze Nacht nicht nach Hause gekommen. Seit er der Pubertät entwachsen war, fürchtete sie seine Ausraster. Wegen jeder Kleinigkeit tobte Markus herum und schmiss Dinge an die Wand. Manchmal erwartete sie, dass er auch gegen sie die Hand erhebt. Außerdem belästigte er Frauen.

Seine erste Lehrstelle verlor er, weil er eine tief liegende Schublade durch die Beine einer jungen Kollegin öffnete. Es waren die Beine der Tochter seines Lehrherrn gewesen, sonst wären die Sanktionen nicht gleich so drastisch ausgefallen. Der nächste Arbeitgeber beschwerte sich bei ihr über sein Busengrabschen, die Stelle behielt er immerhin ein halbes Jahr. In seiner Freizeit trieb er sich mit einer Bande grölender und saufender Dummköpfe herum und Sonja musste ihre Kontakte zur Polizei mehrfach arg strapazieren, um ihren Buben aus den Ermittlungsakten herauszuhalten.

Deshalb hatte sie wieder mit Rudi gesprochen. Vielleicht konnte er dieser Entwicklung etwas entgegensetzen. Der Sohn eines hochrangigen Politikers zu sein, sollte einen guten Einfluss auf den Buben haben.

»Du hast dir doch gewünscht zu erfahren, wer dein Vater ist«, hatte sie ihm nach dem verspeisten Geburtstagskuchen eröffnet.

Und dann verriet sie ihrem Sohn, dass sein Vater ein angesehener Mann war. Ein städtischer Beamter. Einer, der sich nicht zu einem unehelichen Sohn bekennen durfte.

»Ein lediges Kind zu haben, hätte seine politische Karriere sofort beendet, damals in den 60er- und 70er-Jahren«, erklärte sie ihrem Buben.

Wenige Wochen lang schien ihr Plan zu funktionieren. Markus schwärmte von der Tatkraft seines Vaters und von der richtigen Seite, auf der dieser stehen würde. Er schlägerte sich nicht mehr. Doch es stellte sich heraus, dass sie Rudolf überschätzt hatte. Ihr Ex willigte ein, Markus zu sehen, aber ein reservierter Besuch in Milbertshofen blieb der einzige. Er kümmerte sich nicht um eine neue Lehrstelle für den Buben. Also ermunterte sie Markus, ihm Briefe ins Büro zu schreiben. Immerhin antwortete Rudi. Sporadisch nur, aber immer steckte Geld im Umschlag.

Das Unglück mit dem Buben war dennoch nicht aufzuhalten. Markus verlor erneut seine Stelle. Sie hatte ihn als Lagerist bei Reithofer untergebracht. Dort hatte der Bub eine junge Kollegin an die Wand gedrückt und ihr unter den Rock gefasst. Als der Chef ihn zurechtwies, hatte Markus einen Staubsauger nach ihm geworfen und in der Nacht nach seinem stürmischen Abgang waren aus dem Lager alle Küchenkleingeräte entwendet worden, die tragbar waren. Markus blieb über eine Woche lang verschwunden und Sonja bezahlte den Schaden. Sie vermutete, dass er sich bei den Neonazis herumtrieb. Dann kam er mitten in der Nacht blutverschmiert nach Hause.

»Um Gottes willen, was ist passiert, Markus?«

»Geschlägert hab ich mich, was sonst?«

»Aber mit wem denn? Und warum?«

»Des geht dich einen Scheißdreck an!«

»Blutest du aus der Nase? Mein Gott, Markus, wie schauen deine Hände aus? Wo bist du gewesen die ganze Zeit?«

»Ich hab auf der Wiesn gearbeitet. Und jetzt lass mich in Ruh!«

»Und da hast du dich schon wieder gerauft? Hast du den Job auf der Wiesn noch?«

Markus wurde rot im Gesicht.

»Kann nicht jeder so einem sauberen Beruf nachgehen wie du!«, schrie er und Sonja trat einen Schritt zurück.

»Mei, Markus, was soll ich denn mit dir noch machen? Was soll dein Vater von dir denken?«

»Der kann mir den Buckel runterrutschen, die scheinheilige Drecksau!«

»Wie kommst du denn auf so was, Markus? So was sagt man nicht über seinen Vater.«

»Weißt du, wie der mich genannt hat, mein beschissener Vater? Einen Bastard hat er mich genannt!«

Sonja legte ihren Kopf schief. »Das stimmt nicht. Das hat der nie gesagt.«

»Doch! Jetzt grad auf der Wiesn!« Tränen der Wut liefen über Markus' Gesicht und Sonja zog ein Taschentuch aus ihrem Morgenrock.

»Der hält mich für einen Schmarotzer.«

»Das glaub ich nicht, Markus, das ist ein feiner Mann, dein Vater«, tröstete Sonja, doch Markus schlug ihre taschentuchbewehrte Hand weg.

»Eine Hur hat er gevögelt, so ein feiner Mann war er!«

»Aber er hat dir doch helfen wollen. Dich unterstützen …«

»Verschwinden soll ich, hat er gesagt!« Markus baute sich vor seiner Mutter auf, die sich nach dem heftigen Schlag ihres Sohnes auf einen Sessel zurückgezogen hatte und ihren Daumenballen rieb.

»Aber ich brauch den nicht«, fuhr er schnaubend fort.

»Ich hab ihm eine gesteckt, dass er nimmer aufsteht. Ich brauch euch beide nicht.«

Als Sonja am nächsten Morgen die Nachrichten hörte, riss es ihr den Boden unter den Füßen weg.

»Wiesn-Mord: Bierwächter Strangassinger mit Hendlspieß erstochen.« Markus heulte auf wie ein angeschossenes Tier, als er die Meldung aus dem Küchenradio hörte, und sperrte sich in sein Zimmer ein.

Sonja war, als würde sie in einen Abgrund blicken. Ihr Bub hatte nicht nur jemanden umgebracht. Er hatte seinen Vater getötet, das hatte er ihr gestern klar und deutlich gestanden. Sie kannte Markus' Wutausbrüche. Sicher hatte er im Affekt gehandelt, erklärte sie sich selbst. Gleichzeitig wusste sie, was sie als seine Mutter zu tun hatte. Sie musste ihn beschützen. Er war zu jung, um damit zurechtzukommen, und es war nur eine Frage der Zeit, bis er sich verriet, das wusste Sonja. Noch am selben Abend telefonierte sie mit ihrer Mutter in Idaho. Der Bub sollte in der weitläufigen Familie des Großvaters untertauchen, bis Gras über die Sache in München gewachsen war. Innerhalb weniger Tage war alles vorbereitet. Markus, der sich seit der Nachricht in seinem Zimmer verbarrikadiert hatte, nahm es kommentarlos hin. Die Frauen weihten niemanden ein. Die alte Mutter schwieg bis an ihr Lebensende und Sonja erwähnte die Tat mit keinem Wort mehr. Es war, als wäre sie nie geschehen. Bis diese Reporterin auftauchte.

15. KAPITEL

Gundi lässt sich nach ihrem Sprint zum »Hüller« auf einen der Stühle auf dem Gehsteig des Bereiteranger plumpsen. Sie muss endlich anfangen, wieder Sport zu machen, nimmt sie sich fest vor. Seit den ersten Corona-Lockdowns hat sie den Weg ins Fitnessstudio nicht mehr gefunden und locker fünf Kilo zugelegt. Bei ihrer stattlichen Körpergröße kein Problem, der Hosenbund kneift dennoch. Zum Glück ist ihre Verabredung auch nicht pünktlich. Sie hat vor lauter Hacklbaur-Recherchen ganz vergessen, dass sie Markus Huber zum Thema Skinheads löchern wollte.

»Habt ihr euren feinen selbst gemachten Schokokuchen da?«, fragt sie die Bedienung, nachdem sie zu Atem gekommen ist. Ohne Umwege zur Nachspeise überzugehen, ist einer ihrer geheimen Diättricks. Als die Bedienung bejaht, bestellt sie zwei Stück. Eines für jetzt und eines für heute Abend. Sie ärgert sich, dass sie diesen Termin nicht rechtzeitig abgesagt hat, denn Pettenkofers Ansatz kommt ihr bei ihrer mühseligen Spurensuche im Fall Strangassinger wie eine Abkürzung vor. Sofern Pettenkofer mit seiner Theorie, dass beide Morde von denselben Tätern begangen worden sind, recht hat, fällt ihr die Aufklärung ihres Cold Case um einen Täter aus der Skinheadszene zwangsläufig in den Schoß. Was sagte er noch mal? Er hätte Fingerabdrücke an der Mordwaffe festgestellt und eine DNA-Spur, mit der er 1985 noch nichts anfangen konnte. Gundi muss nichts anderes tun, als den polizeilichen Ermittlungen im Fall Hacklbaur zu folgen und zuzuschlagen, wenn sich die Fahndung auf eine Spur konzentriert. Genüsslich schiebt sie sich ein großes Stück Schokokuchen in den Mund. Sie beschließt, nach ihren ziellosen Recherchen am Vormittag die Sache langsam anzugehen. Vielleicht kann sie André reaktivieren, fällt ihr mit Blick auf die jungen Gäste im »Hüller« ein. Er ist Polizeireporter beim Bayerischen Rundfunk geworden, nachdem er beim Tagblatt volontiert hat. Die Kollegen dort haben die Volontäre meist ausschließlich zum Kaffeekochen angeleitet. Sie dagegen nahm ihn oft zu ihren Interviewterminen mit und ließ ihn auch schreiben, obwohl er über die Klatsch- und Tratsch-Geschichten, für die Gundi zuständig war, immer ein bisschen die Nase rümpfte. Sie beschließt, nicht allzu viel Zeit mit dem ehemaligen Skinhead zu verschwenden, und öffnet ihre Kontakte im Handy. Als sie den nächsten Riesenbissen des saftigen Kuchens im Mund hat, fällt ein Schatten auf sie.

»Süße Kost für süße Ladies«, hört sie hinter sich und dreht sich um. Hinter ihr hat sich Markus Huber breitbeinig aufgebaut.

Gundi würgt den Kuchenbissen hinunter, ohne etwas davon zu schmecken. Sie muss den Hals verdrehen. Um den Typen anzusehen, legt sie die Gabel weg und rückt ihren Stuhl in seine Richtung.

»Danke, dass Sie gekommen sind. Darf ich Markus sagen?«

»Mack«, verbessert er sie und schiebt seinen Zahnstocher von einem Mundwinkel in den anderen. Seine Haare glänzen in der Sonne wie Krähenfedern. Als hebe er einen Kinderhocker, greift er nach dem Biergartenstuhl vom Nachbartisch und schwingt ihn in der Luft an ihren Tisch.

»Gundi«, antwortet sie. Ihr Gast trägt einen schwarzen Hoodie, am Kragen und unter den zurückgeschobenen Ärmeln ragen Tattoos hervor. Die Klamottenwahl passt nicht zu diesem warmen Tag, fällt Gundi auf, und Mack schwitzt entsprechend. Er setzt sich schon wieder zu nah und mustert sie ungeniert.

»Gundi Starck«, sagt er mit Blick auf ihren Busen und Gundi unterdrückt eine schlagfertige Antwort, die die Schlauheit ihres Gegenübers infrage gestellt hätte.

»Der Skorpion ist mir vor ein paar Tagen schon aufgefallen«, sagt sie stattdessen und deutet auf seinen Hals, auf dem sich das Spinnentier-Tattoo mit aufgerichtetem Hinterleib vom Ohr bis hinunter zum Adamsapfel erstreckt. »Dein Sternzeichen?«

Mack lacht nachsichtig. »Der Skorpion ist ein Krieger. Oft unterschätzt«, erklärt er. »Man sollte ihn unbedingt in Ruhe lassen, wenn man ihn in freier Wildbahn trifft. Wenn der sticht, ist das tödlich.« Mack macht eine eindeutige Kopf-ab-Geste quer über seinen Hals.

»Okay«, antwortet Gundi gedehnt. Wenn dieser Mack glaubt, dass sie sich von solchem Gerede einschüchtern lässt, täuscht er sich, beschließt sie.

»Und was will uns der Träger dieses Kunstwerks damit sagen?«, entgegnet sie mit einem Lächeln.

»Dass ich immer Rache nehme. Wer sich mit mir anlegt, bekommt es zurück. So einfach ist das.«

Gundi schluckt. »Wie schon gesagt, interessiere ich mich für die 80er-Jahre. Die politischen Verhältnisse, die Jugendbewegungen …«

»Und die wahren Machtverhältnisse, ja«, ergänzt Mack.

»Du warst bei den Skinheads als Jugendlicher, ist mir aufgefallen. Worum ging es euch dabei? Nur um Fußball oder ums Jackenabziehen?«

Gundi erwartet, dass Mack aufsteht und geht. Es wäre ihr recht. Sie hat genug zu tun mit der Aufholjagd im Fall Hacklbaur. Aber sie täuscht sich.

»Wir waren Dummköpfe, die die wahren Zusammenhänge nicht gesehen haben«, erklärt er.

Sie schiebt den Kuchenteller weg aus seiner Spuckreichweite.

»Okay«, beginnt sie. »Mitte der 80er-Jahre gab es in München mehrere tätliche Angriffe von Skins auf Ausländer. Im Schlachthofviertel wurde 1984 ein 29-jähriger Türke von Skins totgeprügelt. Hat sich einer damit gebrüstet? Kennst du vielleicht sogar den Täter?«

»Das lasse ich unkommentiert.«

»Wart ihr Skins irgendwie organisiert? Hattet ihr Kontakt zu anderen Gruppen? Vielleicht nach Hamburg?«

Mack runzelt die Stirn. »Du stellst nicht die richtigen Fragen. Wogegen wir gekämpft haben, musst du fragen.«

»Und wogegen habt ihr gekämpft?«

»Gegen die, die uns Deutsche mit Füßen treten.«

»Also doch Ausländer?«

Gundi fängt einen gelangweilten Blick ein. »Was deinen Wissensstand angeht, bräuchtest du jahrelangen Nachhilfeunterricht.«

»Und warum klärst du mich nicht auf?«

»Es geht um Kontrolle. Es ging immer um Kontrolle. Mit dem Virus zum Beispiel. Die heimlichen Machthaber wollen …«

»Corona? Das Sars-Virus gab es noch nicht, als du ein Skinhead warst.«

Damit hat sie den Bogen überspannt, bemerkt Gundi, denn Mack wird laut.

»Einfach mal nachdenken, Tintenkleckserin! Die Spanische Grippe, Aids und jetzt Corona. Auf einmal breitet sich ein unbekannter Virus in der ganzen Welt aus, von dem man vorher noch nie was gehört hat? Schnallst du es nicht? Nichts passiert durch Zufall. Die anderen Attacken waren die ersten Versuche. Heute sind wir Zeugen von einem groß angelegten … von dem ultimativen Angriff!«

»Grippeviren, das Aidsvirus und das Coronavirus wurden also absichtlich in die Welt gesetzt?«

»Jetzt spannst du es! Durch den jetzigen Virus und das Impfgift wird nur jeder 14. Weiße überleben. Von den Deutschen werden genau sechs Millionen übrig bleiben. Kommt dir diese Zahl bekannt vor? Der Rest wird mit Afrikanern und Afghanen aufgefüllt.«

Gundi reißt ihren rechten Arm zu einem ironischen Hitlergruß hoch, aber Mack hat keinen Sinn für diese Art von Humor. Er verschränkt die massigen Arme vor seinem Oberkörper und sieht sie an, als würde er sich vorstellen, wie er ihr den Hals umdreht.

»Du kannst mir jetzt noch exakt fünf Fragen stellen, dann ist deine Chance vorbei.«

Gundi reißt sich zusammen. Es macht keinen Sinn, Markus Huber zu provozieren.

»Sie haben recht.« Ohne einen Beschluss darüber gefasst zu haben, fällt Gundi wieder ins Siezen. Es fühlt sich besser an, zu diesem latent aggressiven Gegenüber auf Abstand zu gehen.

»Also zurück zu Ihnen und den Skins in München. Hatten Sie einen Anführer? Einen Oberskin? Gab es außerhalb Ihrer Clique noch andere Gruppen?«

»Warum fragst du Oberschlaubergerin mich nicht nach Strangassinger? Nach dem hast du doch meine Mutter ausfragen wollen, stimmt's?«

Gundi ist überrascht. Offenbar hatte Markus Huber sie bei seiner Mutter belauscht, bevor er sich ins Gespräch einschaltete. Langsam versteht sie, warum Madame Sonja das unangenehm war. Der Typ hat etwas Unheimliches an sich.

»Hatten die Skins oder einer in Ihrer Gruppe Streit mit Strangassinger?«

Mack überlegt eine Weile, bevor er antwortet.

»Er wurde von denselben Leuten umgebracht, die heute wieder mithilfe einer Viruspandemie die Weltherrschaft anstreben.«

»Und wer sind diese heimlichen Machthaber?«

»Sie sind weltweit organisiert. In München haben sie Wirtschaft, Politik und die Medien in der Hand.«

»Und welche Rolle spielte Strangassinger in dieser Verschwörung?«

»Er hat die großen Zusammenhänge nicht gesehen. Er hat vielleicht Deutschland in Gefahr gesehen, aber er hat keine Ahnung gehabt, dass der Aidsvirus mit Absicht in die Welt gesetzt wurde. Damit die überlegene Rasse geschwächt wird.«

»Also wurde er aus dem Weg geräumt?«

»Mein Vater wurde von den linken Knechten der Volksverräter hingerichtet.«

»Ihr Vater? Strangassinger war Ihr Vater?« Gundi fällt aus allen Wolken.

»Jawoll. Rudolf Strangassinger. Ich bin der Sohn eines gefallenen frühen Kriegers.«

»Moment!« Gundi braucht Zeit, um die neue Information zu verarbeiten. »Sie meinen … also hatte Ihre

Mutter ein Verhältnis ...« In Gundis Kopf rattert es. Der Sittenwächter Strangassinger machte sich mit seiner restriktiven Politik für Moral und Anstand keine Feinde in den eigenen, nicht ganz so tugendsamen Reihen. Er war selbst Kunde im Rotlichtviertel! Und er hatte kurz vor seinem Tod Streit mit einem Skinhead. Dem Mitglied einer Truppe, in der sich sein illegitimer Sohn herumtrieb. Haben die Skinheads Strangassinger mit der Vaterschaft erpresst? Es hätte ihn die politische Existenz gekostet, wenn diese Sache ans Licht gekommen wäre.

»Also, jetzt ganz langsam«, ordnet sie ihre Gedanken beim Reden. »Ihr Vater war Rudolf Strangassinger, der Hohepriester von Recht und Ordnung ...«

»Das war sein größter Fehler. Er glaubte an diesen lächerlichen Staat.«

»Und warum musste er sterben?« Gundi muss sich beherrschen, nicht zu stottern.

»Du kapierst es immer noch nicht, oder? Mach dich schlau, kleine Reporterin. Lies über die Zionisten und ihre Komplizen. Die sitzen in den großen Firmen und die regieren die Welt. Bier regiert München. Die heimlichen Machthaber von München sitzen an der Spitze der Brauereien. Und mein Vater hat denen ans Bein gepinkelt.«

Damit steht er auf. »Für heute hast du genug gelernt«, sagt er zum Abschied und lässt Gundi auf seiner Getränkerechnung sitzen.

16. KAPITEL

1985

Jubel brandete auf, als der Landesvater zu den Klängen des bayerischen Defiliermarsches durch das Hofbräuzelt schritt. Nach dem feierlichen »Ozapft is« auf der Jubiläumswiesn am 21. September 1985, wo er um 12 Uhr traditionell die erste Maß der Wiesn vom Münchner Oberbürgermeister Georg Kronawitter überreicht bekam, ließ es sich der Weinliebhaber Franz Josef Strauß nicht nehmen, am Abend ein Bad in der Menge zu nehmen. Als er die Bühne der Festhalle erreichte, standen die Leute auf den Bierbänken und klatschten rhythmisch. »Bayern, Glück auf!«, rief er von dort in die tobenden Massen.

Das 175. Oktoberfest war besonders intensiv vorbereitet worden. Obwohl es in Wahrheit erst das 151. war, denn es war wegen Krieg, der Cholera und der Inflation schon 24 Mal ausgefallen. Ein Oktoberfestplakat des Malers Michael Mathias Prechtls hatte für großen Ärger unter den CSU-Granden gesorgt, weil es unter der Überschrift »175 Jahre bayerischer Nationalrausch« neben Oskar Maria Graf und Karl Valentin auch Lenin und Hitler zeigte. Man hatte sich seitens der bayerischen Landesregierung mehr Geschichtsverklärung gewünscht.

700 Betriebe und Aussteller beschäftigten über 6.000 Menschen und mehr als die Hälfte davon kümmerte sich um den Durst der Festbesucher. Überwacht

von 36 Mitarbeitern des Kreisverwaltungsreferats. Nach dem Schankskandal vom letzten Jahr, der mit der Schließung von Bierbichlers Festzelt endete, überprüften sie die 13.000 Maßkrüge auf ihren gesetzlichen Inhalt. Dieses Jahr würde es keinerlei Beanstandungen geben.

Es war ein außergewöhnlich warmer Septembertag und an diesem späten Samstagabend kletterte das Thermometer im Hofbräuzelt über die 30-Grad-Marke.

»Geh ausm Weg, Depp!«, schrie ihn einer an. Markus war hinter der Hendlausgabe eingeteilt und seine Aufgabe war es, von Kopf bis Fuß im Gummi gehüllt, die fettigen Hendlspieße zu säubern. In der Küche hinter dem Ausschank dampfte es. Er hatte den Job kurzfristig ergattert, ein Tipp von einem Kameraden. 800 Mark verdiente er hier, ein Vermögen im Vergleich zu dem mickrigen Lehrlingsgehalt, das ihm der Halsabschneider Reithofer gezahlt hatte. Vorne hauten die Griller und Hacker die Hendl raus, hinten wusch er zusammen mit ein paar Kollegen Teller. Er hatte gerade eine Ladung verkrusteter Hendlspieße entgegengenommen, als er vom Vorarbeiter zurechtgewiesen wurde.

»Jawoll«, antwortete er, man widersprach bei solchen Jobs nicht.

Er ging, einen Schlauch hinter sich herziehend, mit seiner unhandlichen Last hinter das Zelt ins Freie. Es war kühler hier und ruhig. Die Jubiläumswiesn hatte zum Endspurt ihres ersten Tages geblasen, in den Zelten hinter ihm schleppten die Bedienungen im Akkord so viele Maßen, wie sie tragen konnten, an die Biertische und die Stimmung kochte zum Siedepunkt hoch. »Live Is Life«, grölte die Menge.

Rudolf Strangassinger hatte sich absichtlich betrunken. Das vergangene Jahr hatte ihm schwer zugesetzt. Die Aufmerksamkeit nach den Ordnungswidrigkeiten auf dem Oktoberfest im Vorjahr hatte ihn in eine höchst unliebsame Bedrängnis gebracht. Dass er wegen der illegal Beschäftigten im Recht war, kümmerte niemanden. Stattdessen lag alle Aufmerksamkeit auf der unglücklichen Stückzahlmessung. Vor allem seine Frau hatte zu Recht mehr von ihm erwartet. Und zu allem Überfluss hatte ihn sein Fehltritt aus längst vergangenen Zeiten eingeholt. Er musste an mehreren Fronten kämpfen.

Nach dem Eklat beim Anstich heute Mittag war er vor der sensationslüsternen Presse richtiggehend geflüchtet. Er bediente sich an der Schreibtischbar in seinem Büro und verfasste eine gesalzene Pressemitteilung, in der er jegliche Verbindung zu Prostituierten dementierte. Noch bevor er fertig war, zerknüllte er den Wisch. Gegen die Verleumdungen dieser grünen Emanze hatte er keine Chance. Es blieb immer etwas hängen und es gab diesen verfluchten Bankert nun einmal. Seine Entdeckung war nur eine Frage der Zeit. Der Ausrutscher vor so langer Zeit, den er beinahe schon vergessen hatte, würde ihn ruinieren. Nicht finanziell, aber gesellschaftlich und politisch. Wie hatte er nur so blöd sein können, sich auf die weinerlichen Beteuerungen von Sonny einzulassen?

Am frühen Abend hatte er sich von seinem Fahrer ins Maximilianeum fahren lassen, zu einem Umtrunk der Abgeordneten. Er wusste noch, dass er dort von Dr. Jakob überredet worden war, einen Abstecher auf die Wiesn zu machen, aber wie er hinter das Zelt kam, war ihm nicht mehr in Erinnerung. Nur wer da vor ihm stand, das wusste er genau. Der vermaledeite Bankert. In einer

Gummischürze mit einer Ladung Hendlspieße in der Hand.

»Vater?«

Strangassinger wollte sich umdrehen und weggehen. Aber er stolperte und landete auf den Knien. Schon griff ihn der verfluchte Bub unter den Achseln, um ihn hochzuheben.

»Soll ich dich heimbringen, Vater?«

»Sag ned Vater zu mir!«, wehrte sich Strangassinger und schlug gegen die Hände des unerwünschten Helfers. Er rappelte sich selbstständig auf und starrte den Buben an. Wie er da stand mit seinem rasierten Kopf und seinem dümmlichen Gesichtsausdruck, war er in Strangassingers Augen die personifizierte Heimsuchung. Er war fassungslos darüber, dass ihm das Schicksal so übel mitspielte. Nachdem ihm damals die Konsequenzen seines Fehlverhaltens bewusst geworden waren, hatte er alles richtig gemacht, schoss ihm durch den Kopf. Er hatte sofort einen Schlussstrich gezogen. Und sich strikt ferngehalten. Er hatte sich mit der Zeit immer sicherer gefühlt. In den letzten Jahren hatte er sich an seinen Ausrutscher nicht mehr erinnert.

»Hast du der Schmidt-Rielke was gesagt?«, lallte er den verfluchten Buben an.

»Wem? Was denn gesagt?«

Langsam dämmerte es Strangassinger. Als ihn Sonny nach so langer Zeit wieder anrief, dachte er sofort, dass sie Geld wolle. Eine miese Erpressung getarnt als Kindeswohl.

»Du willst mich hinhängen, ha?«

»Ich könnt dir helfen, Vater! Ich möcht mitmachen. Ich steh auf der richtigen Seite!«

Die Empörung stieg in Strangassinger hoch wie kochende Milch. Nicht genug, dass dieser Schandfleck wieder da war. Sonnys Absichten waren noch heimtückischer als gedacht. Sie und ihr missratener Abkömmling wollten einen Platz in seinem Leben. Der glatzköpfige Prolet war nicht zufrieden damit, dass er, Rudolf Strangassinger, seine Erpresserbriefe regelmäßig mit beachtlichen Geldsummen beantwortete. Er wollte Öffentlichkeit. Der Politiker setzte zu einer Abwehrrede an, doch der Bub war schneller.

»Ich werd mit dem Gesocks aufräumen, Vater. Mit den Kanacken, den Emanzen und den warmen Brüdern! Vielleicht geh ich zu den Republikanern!«

Das war zu viel für den CSUler.

»Des Gesocks, des bist du selber, du Bastard! Du und dei vermaledeite Mutter! Ihr habt mich nei'zogen in euern Dreck! Ein Rauschkind bist und ein Nichtsnutz!« Er fummelte nach seiner Brieftasche, fand sie aber nicht. »Was kost das, dass ich von dir keine Bettelbriefe mehr bekomm, ha? Reichen ein paar Hunderter? Oder soll's ein Tausender sein? Hab ich dann endlich a Ruh vor dir?« Er tippte dem Schmarotzer hart gegen die Schulter und stutzte, weil er in zusammengekniffene, tränende Augen blickte.

In der nächsten Sekunde riss ihn ein Faustschlag von den Füßen. Strangassinger schlug hart auf dem Asphalt auf. Ein brennender Schmerz pochte in seinem Gesicht. Weil er nichts mehr sah, fuhr er mit der Hand über sein Gesicht. Blut tropfte von seinen Fingern.

»Was passiert'n hier?«, fragte er sich halblaut. Als der Bub auf ihn eintrat, sah er als Letztes dessen Springerstiefel.

17. KAPITEL

Also doch. Strangassinger hatte eine Affäre mit einer Prostituierten. Der oberste Moralprediger Münchens hatte selber Dreck am Stecken. Und der Beweis ist ein inzwischen erwachsener Sohn, der aus diesem Techtelmechtel hervorging. Ein strenger Sittenwächter im öffentlichen Amt und ein illegitimer Sohn, das ist in ihrer Branche der Stoff, aus dem die Journalistenträume sind. Gundi erkennt ihre Chance.

Die Ermordung des Beamten Rudolf Strangassinger, dessen Messungen beim Ausschank auf dem Oktoberfest 1984 zur Schließung des Festzelts von Valentin Bierbichler führten, beschäftigte die Medien wochenlang«, beginnt sie ihren Artikel.

Denn Rudolf Strangassinger hatte einen Fehler gemacht. Es war nicht sein erster.

In den nächsten Zeilen beschreibt sie das letzte Lebensjahr Strangassingers, das von dem Skandal um seine falsche Biermessung überschattet war.

Der von Strangassinger um seine Existenz gebrachte Wiesnwirt Valentin Bierbichler wurde wenige Wochen nach der Skandalwiesn vom Schankbetrug freigesprochen und die Zeitungen jubelten vom ›Bierwunder von München‹. Fortan nannten sie den städtischen Beamten ›Bierkapo‹. Einer, der im Unrecht war. War die

Münchner Bevölkerung während der Wiesn noch ganz auf Seiten Rudolf Strangassingers und seines Feldzugs für korrektes Einschenken, kippte jetzt die Stimmung. Der rehabilitierte Wirt gewann mit Freibier und dem Slogan ›Aus Schaum wird Bier, aus Limo nicht‹ in seinem Münchner Wirtshaus die Herzen der Einheimischen zurück und verzieh seinem Verfolger gönnerhaft. Rudolf Strangassinger stand als unsympathischer Erbsenzähler da. Als er im Jahr darauf, 1985, auf dem Oktoberfestgelände erstochen wurde, galt er in der Öffentlichkeit als einer, der seinen Tod mitverschuldet hatte. Seine lästige Ermordung drohte die schöne ›Rekordwiesn‹ zu überschatten.

Jetzt wurde bekannt, dass der oberste Hüter von Anstand und Sitte eine außereheliche Affäre hatte …

Gundi stoppt. Rudolf Strangassinger als Heuchler zu outen, kommt ihr mit einem Mal nicht mehr richtig vor. In Wahrheit war er Opfer der bigotten Moralvorstellungen, die zu seiner Zeit in München herrschten. Er stand zwischen allen Fronten. Wie hat Mack gesagt? Der hat denen ans Bein gepinkelt!

Die Causa Strangassinger verdient eine größere Abrechnung, überlegt sie. Mit der Doppelmoral und mit der Spezlwirtschaft und mit dem korrupten Amigo-System, das die bayerische Landespolitik bis heute kennzeichnet. Sie will ein ganz großes Fass aufmachen.

Bier und Politik leben in Bayern in einer für beide Teile vorteilhaften Symbiose, Politik wird traditionell an den Biertischen gemacht. Von Bierhallen gingen Aufstände aus, dort wurden Revolutionen geplant und Staatstreiche ange-

zettelt. Wer in Bayern politisch etwas werden will, muss Bier und Bierhallen können.

Gundi ist sich sicher, dass sie mit ihrem Artikel anecken wird. Dennoch fährt sie mit dem Schreiben fort.

Auch Adolf Hitler löste im Bierdunst bei den Münchnern helle Begeisterung aus. Im Jahr seiner Machtergreifung wurde auf der Wiesn der Preis für die Maß gesetzlich gedeckelt und die Münchner feierten ihr Fest bierselig unter der Hakenkreuzfahne. Nach dem Zweiten Weltkrieg erfand Münchens erster gewählter Bürgermeister, der ›Wimmer Damerl‹, nach den jahrelangen kriegsbedingten Ausfällen das ›Ozapfen‹. Er wird bis heute kultisch verehrt. Wenige allerdings haben die Bierhallenkunst so beherrscht wie der spätere Ministerpräsident Franz Josef Strauß, der, wie soll es anders sein, am vorletzten Wiesntag 1988 mit einem Hubschrauber direkt vom Festgelände zur Hirschjagd auf- und am Landeplatz leblos zusammenbrach.

Beim Bier werden in Bayern Erfolge propagiert, Positionen verhandelt und Entscheidungen besiegelt. Auf dem größten Volksfest der Welt darf staatlich verordnet ausschließlich Bier von ›leistungsfähigen und bewährten‹ Münchner Brauereien ausgeschenkt werden.

Bier belebt die Politik und die Politik schützt das Bier. Rudolf Strangassinger mit seinen Schankkontrollen hatte diese stille Übereinkunft empfindlich gestört. Er hatte sich mit seinem Kampf gegen das betrügerische Einschenken mächtige Feinde gemacht.

Gundi überlegt. Sie braucht einen Schwenk zum illegitimen Sohn. Erst jetzt fällt ihr auf, dass sie nichts über das

Verhältnis zwischen Strangassinger und Mack weiß. Und warum hält Sonja die Vaterschaft geheim? Für den Zusammenhang der Oktoberfestmorde und einer unentdeckten rechtsradikalen Terrorgruppe hat sie noch zu viele lose Enden. Sie sichert ihr Dokument, schaltet den Computer aus und fährt zu Ferdl ins »Monarch«.

Entgegen der Gewohnheit findet sie ihren Freund schon in der Kellerbar vor, wo er vor einer unberührten Weißbierflasche sitzt. Sie nimmt sich keine Zeit, sich zu setzen, sondern sprudelt sofort los.

»Erstens: Sonjas seltsamer Sohn ist vom Strangassinger. Ein illegitimes Kind! Zweitens: Der Saublutmord und der Hendlspießmord hängen zusammen! Oder besser gesagt, beide Morde wurden von einer rechtsextremen Terrorzelle verübt! Und drittens: Ich habe mit Benz geschlafen!«

Gundi bemerkt Ferdls gerunzelte Stirn und erbarmt sich.

»Okay, okay. Ganz von vorn, Ferdl«, beginnt sie erneut. »Also: Pettenkofer vermutet, dass Strangassinger von einem Rechtsradikalen erstochen wurde. Von einem Skinhead. Seine Spur führte nach Hamburg.«

Ferdl nickt müde und Gundi muss sich zwingen, alles der Reihe nach zu erzählen.

»Und jetzt kommt der Hammer. Seine Leiche wurde mit den Buchstaben S, A und U markiert. Wie beim Wurstkönig.«

»Wer sagt das?«

»Na, Pettenkofer! Es ist eine Tatsache, die im Mordfall Strangassinger zurückgehalten wurde.«

»Und was folgt daraus?«

»Dass Strangassinger und Hacklbaur von ein und demselben Täter hingerichtet wurden. Ein geheimer rechtsextremer Untergrund, vermutet Pettenkofer.«

»Der ›Widerstand 1516‹, der vor ein paar Tagen den Wurstkönig in Saublut ertränkt hat, war schon für den Mord an Strangassinger verantwortlich?« Ferdl schlendert langsam hinter die Bar, um für Gundi ein Weißbier zu holen.

»Nicht ertränkt. Er wurde erschossen. Mit einem Bolzenschussgerät.« Gundi nimmt einen tiefen Zug aus der Flasche. Sie registriert, wie derangiert Ferdl aussieht. Seine grau melierten Haare sind nicht pomadisiert.

»Ist was los, Ferdl? Hast du Stress?« Gundi wird nicht zum ersten Mal bewusst, dass Feingefühl und Antennen für die Bedürfnisse von Ferdl nicht gerade ihre Stärken sind.

»Woher weißt du, dass Markus der Sohn von Strangassinger ist?«, fragt er.

»Er hat es mir selbst gesagt. Ich habe mir Folgendes überlegt, Ferdl: Das Oktoberfest ist mit Abstand das größte Geschäft in München. Eine Gelddruckmaschine. Das war 1985 so und ist es auch heute. Erst recht nach den Ausfällen durch Corona. Es muss im Hintergrund der Wiesn ein Hauen und Stechen um die größten Stücke vom Kuchen geben. Eine Biermafia, organisiertes Verbrechen. Wie die Hells Angels, die das Rotlicht, den Drogen- und Waffenhandel kontrollieren. Strangassinger kam ihnen mit seiner Schankmoral in die Quere. Mehr Bier in der Maß, weniger Profit, du verstehst. Ich glaube, dass auch Hacklbaur zwischen die Fronten der Geschäftemacher geraten ist. Vielleicht verschärfte sich durch Corona der Kampf …« Sie unterbricht sich. »Ich muss dran denken, André anzuzapfen.«

Ferdl denkt nach. »Und du und der Kommissar, ihr seid sicher, dass beide, Strangassinger und Hacklbaur, von demselben Täter ermordet wurden?«

»Ja. Wegen S – A – U.«

»Ich war in der Nacht des Saublutmords bei Sonja, Gundi«, entgegnet Ferdl bedacht, als würde er die Worte gerade erst erfinden. »Markus war auch da. Der saß während des Saublutmords vorm Fernseher.«

»Häh?«

»Sonjas Sohn kann den Wurstkönig nicht ermordet haben. Folglich hat er nach deiner Theorie auch Strangassinger nicht erstochen.«

»Wie kommst du denn jetzt darauf?«

»Na, weil doch ein Skinhead den Strangassinger ...« Ferdl spricht nicht weiter.

»Du warst bei Sonja am Abend des Saublutmords? Das hast du gar nicht erzählt.«

»Hatte nichts mit den Morden zu tun, dieser Besuch.« Ferdl greift sich an die Nase.

Gundi ist verwirrt. »Du meinst, dass Markus Huber seinen Vater ermordet hat? Dass er der mordende Skinhead war?«

»Findest du nicht, dass das alles ein bisschen weit hergeholt ist? Zwei Morde, die Jahrzehnte auseinanderliegen. Das Wort ›Sau‹, das die Morde verbindet?« Aus irgendeinem Grund scheint Ferdl sich zu ärgern.

»Beide wurden unter Aufsehen erregenden Umständen auf dem Oktoberfestgelände ermordet«, wendet Gundi ein. »Beide Mordopfer hatten mit den Geschäften auf dem Oktoberfest zu tun.«

Ferdl lacht laut auf und schüttelt den Kopf. »Wer hat das nicht in München? Du verrennst dich wirklich.«

Gundi versteht nicht, warum ihr Freund plötzlich so anti ist. Aber sie will nicht streiten und stupst Ferdl mit ihrer Weißbierflasche an.

»Dass der ermordete Moralapostel von 1985 ausgerechnet mit einer Prostituierten einen Sohn hat, ist doch eine Story wert«, wechselt sie das Thema. Über die Verlogenheit der Münchner Bürgerlichkeit war mit Ferdl schon immer gut lästern. Sie will ihrem Freund erneut zuprosten, aber der ignoriert ihre Geste. Da geht ihr ein Licht auf.

»Sonja will nicht, dass ihr Geheimnis gelüftet wird, oder, Ferdl? Mir gegenüber hat sie jede Verbindung zu Strangassinger geleugnet.«

»Ich meine, dass man das respektieren sollte.«

»Mack hat seinen Vater selbst ins Spiel gebracht.«

»Sonja ist eine alte Freundin, der ich viel zu verdanken habe.«

»Mein Eindruck ist, dass die gute Frau unter der Fuchtel ihres Sohnes steht.«

»Du weißt schon, dass hinter deinen Sensationsberichten immer echte Menschen stehen, oder?«

Gundi hat das Gefühl, ein anderer als ihr Sparringspartner in Sachen kriminalistischer Schlussfolgerung steht vor ihr.

»Meinst du das jetzt ernst? Du hast mich deiner Bekannten Sonja vorgestellt! Dir hat das Schnüffeln doch auch Spaß gemacht!«

»Ja, weil es lustig war. Aber jetzt? Das ist kein Spiel mehr.«

Ferdl steht auf, geht erneut hinter die Bar und lehnt sich sachte an die Wand mit den vielen bunten Flaschen. Er macht den Eindruck, als könne er Gundis Nähe nicht ertragen. Gundi beschleicht ein Verdacht.

»Wieso soll die Vaterschaft Strangassingers unter der Decke bleiben? Weißt du etwas, was du mir nicht sagst, Ferdl? Über Sonja?«

»Du warst doch früher nie so, Gundi.«

»Wie?«

»So skrupellos.«

»Was?« Gundi glaubt, sie hört nicht richtig, und wird laut. »Früher musste ich mir keine Gedanken machen, wo das Geld für meine nächste Stromrechnung herkommt. Mit Storys verdiene ich mein Geld!«

Ferdl zieht eine seiner schmalen Augenbrauen hoch. »Und ist es zu viel verlangt, dabei anständig zu bleiben? Nicht über Leichen zu gehen?«

»Meinst du das wirklich?«, bricht es aus Gundi heraus. Sie erkennt Ferdl nicht mehr. Soll sie den Coup ihres Lebens sausen lassen, nur weil dabei eine bisher verschwiegene Vaterschaft ans Licht kommt? Sie sieht Ferdl lange an. Der bleibt stumm und verschränkt die Arme.

»Ich bin eine Reporterin!«, rechtfertigt sie sich. »Das ist mein Job! Und ich schäme mich nicht für meine Arbeit!« Mit einem Schwung knallt sie ihre Tasche auf den Tresen und fingert umständlich lange darin herum. Aber Ferdl lenkt nicht ein. Sie schüttelt den Kopf. Dann dreht sie sich um und verlässt grußlos die Kellerbar.

Viel später, zurück in ihrer Wohnung, fällt Gundi ein, dass sie Ferdl gar nicht gefragt hat, wohin er gestern verschwunden war. Eine familiäre Angelegenheit, hat Toni gesagt. Ferdl hat keine Familie. Und ihre Nacht mit Benz hat ihn auch nicht interessiert. Hat ihr bester Freund vielleicht Probleme, die er ihr verschweigt?

Nach einer halben schlaflosen Nacht schnappt sich Gundi ihre Jogginghose, wirft sich den alten Ledermantel, der ihr jede Wurstsemmel gnädig verzeiht, über die Schultern und marschiert Richtung Isar. An der Reichenbachbrücke biegt sie in den Fußweg oberhalb des Ufers ein und steigt die Treppe zum Flussufer hinunter. Dort folgt sie dem Trampelpfad zu ihrem Baumstamm am Wasser. Das Gurgeln der Isar über die angeschwemmten Kieselsteine hilft ihr beim Denken.

Um 3 Uhr morgens ist niemand mehr unterwegs in den Isarauen. Sogar die Afterwiesn-Partypeople sind im Bett. Es ist dunkel, ein paar Lichter der Stadt spiegeln sich im Wasser. Nach und nach beginnt sie, ihre Gedanken zu ordnen. Was verschweigt Ferdl? Die Vaterschaft soll geheim bleiben, das ist ihr klar. Warum, wenn der Vater längst tot ist? Weil der Mord eine Familienangelegenheit war? Warum gab Ferdl Mack ungefragt ein Alibi? Ist Mack der mordende Skinhead?

Gundi will zur Weideninsel wandern, aber der zerklüftete Untergrund und die Dunkelheit machen es schwierig. Sie sieht kaum, wohin sie tritt. Als sie umkehrt, bemerkt sie oben auf dem spärlich beleuchteten Fußweg unter den Bäumen einen Schatten. Wer kann das sein, um diese Zeit? Die Gestalt steht breitbeinig da und schaut hinunter zu ihr ans Flussufer. Sie beschließt heimzugehen und steuert quer über die Wiese die Reichenbachbrücke an, in der Hoffnung, dass sie nicht in eines der vielen Maulwurflöcher tritt und sich den Fuß verstaucht. Aus den Augenwinkeln beobachtet sie die bullige Gestalt. Auch sie bewegt sich in Richtung Brücke. Bildet sie sich das ein? Die Treppe ist nur 300 Meter entfernt, doch der Weg kommt ihr wie eine Weltreise vor.

Sie blickt ein weiteres Mal in Richtung Gestalt. Der Schattenmann stoppt ebenfalls. Blitzschnell erfasst sie, dass außer ihr und dem Angreifer niemand hier ist. Keine Menschenseele. Angst packt sie und sie beginnt zu traben. Der Schatten wird schneller. Ohne groß darüber nachzudenken, rennt sie los. Schon nach wenigen Metern schlägt ihr das Herz bis zum Hals, aber sie stolpert weiter. Sie glaubt, hinter sich Schritte zu hören. Und ein Keuchen.

Gleich wird er mich haben, schießt ihr durch den Kopf und sie erwartet, dass er sie jede Sekunde packt. Ihre Lungen brennen wie Feuer und eine Nanosekunde lang will sie aufgeben. Einfach aufhören zu rennen, sich ins Gras fallen lassen und ertragen, was ohnehin nicht zu vermeiden ist. Da kommt der Anstieg in Sicht. Als sie mit letzter Kraft die Treppe zur Brücke erreicht, dreht sie sich zum ersten Mal nach ihrem Verfolger um. Sie hält sich am Geländer fest. In ihrer Brust wummert das Herz wie der Bass bei einem Speed-Metal-Konzert. Gierig zieht sie mit weit offenem Mund mehrmals Luft ein. Sie durchforstet mit den Augen die Flussauen. Es ist niemand da. Langsam und um Luft ringend steigt sie die Treppen hoch. Sie biegt in die Straße zu ihrer Wohnung ein und kommt sich ein wenig dumm vor.

»Hysterische Kuh!«, schimpft sie sich aus. Schließlich sind die Isarauen nicht bekannt dafür, dass es dort zu Übergriffen auf alleinstehende Frauen kommt.

Trotzdem schließt sie die Wohnungstür, die sie normalerweise nur ins Schloss fallen lässt, zweimal ab. Noch mit dem Rücken an die Eingangstür gelehnt, beschließt sie wieder einmal, endlich mit dem Sport anzufangen. Scheiß Wurstsemmeln.

Da klingelt ihr Handy. Unbekannter Anrufer. Aus Neugier geht Gundi ran.

»Und, schöne Reporterin? Hast du schon was über die Hintergründe zum Mord an meinem Vater herausgefunden?« Eine Sekunde lang ist Gundi sprachlos. Sie unterdrückt die Frage, wo Mack ihre Handynummer herhat.

»Äh, nein«, antwortet sie, doch er scheint ohnehin keine Antwort zu erwarten.

»Ich hab noch mehr Informationen für dich«, sagt er stattdessen. »Café Hüller?«

»Okay«, antwortet Gundi gedehnt und ihr Kopf rattert. Das war Mack an der Isar! Der ihr dort aufgelauert hat! Beobachtet er sie? Was will er von ihr?

»Übermorgen«, fügt sie hinzu. Sie muss Zeit gewinnen.

18. KAPITEL

»Michael Hacklbaur war zu Beginn der Corona-Pandemie schon einmal im Visier von Verschwörungsgläubigen. Er wurde sogar unter Polizeischutz gestellt.« André klappt seinen Laptop auf und kommt gleich zur Sache. »Du erinnerst dich bestimmt, dass es in den Hacklbaur'schen Schlachthöfen zu Corona-Ausbrüchen kam und über tausend Mitarbeiter in Quarantäne mussten?«

Gundi nickt. Als sie André anrief und um Unterstützung bat, war er sofort bereit, seiner alten Mentorin unter die Arme zu greifen. Normalerweise hätte sie ihn ins »Monarch« gebeten, aber der gestrige Streit mit Ferdl schwelt noch in ihr. Für ihre eigene Wohnung mit ihren zerschlissenen Möbeln schämt sie sich und im »Hüller« fühlt sie sich neuerdings beobachtet. Daher hatte sie ihren Ex-Kollegen kurzerhand zu Benz in seine Altbauwohnung in Haidhausen gebeten. Nachdem Benz Kaffee serviert hat, setzt er sich mit an den Tisch. Dass er das Gespräch mithört, war nicht geplant. Aber André hält ihn offenbar für einen Vertrauten und Gundi kann Benz ja schlecht aus seiner Küche verbannen.

»Es war nur eine Frage der Zeit, dass die richtig zuschlagen«, sagt André.

»Gab es dafür Anzeichen?«, fragt Gundi.

André bläst Luft durch die Lippen. »Ich weiß nicht, ob du viel mit den sogenannten Corona-Leugnern zu tun hast. Man konnte zusehen, wie die radikaler wurden. Ich bin für die Abendschau anfangs bei diesen Demos mitgelaufen. Zuerst haben sie uns beschimpft und weggedrängt, wenn sie uns mit den Kameras gesehen haben. Es dauerte nicht lange, bis uns zum ersten Mal einer angriff. Er schubste mich und schlug gegen meinen Kameramann. Nur wenig später hat mich eine Gruppe bis nach Hause verfolgt. Ich habe sie erst bemerkt, als ich in meine Straße einbog. Es waren vier oder fünf. Sahen ganz normal aus, also nicht wie Nazis. Sie standen über eine Stunde lang vor meinem Haus und starrten es an. Es war gruselig.

Der BR lässt uns inzwischen bewachen, wenn wir unseren Job bei solchen Demos machen, das muss man sich mal vorstellen.«

»Also kam Hacklbaur wegen Corona ins Visier dieser Leute?«

»Nach den vorübergehenden Schließungen der Schlachthöfe protestierten Tierschützer und Ökos für den Shutdown der ganzen Fleischindustrie. Ihre Argumente gegen Massentierhaltung und Billigfleisch waren dieselben wie vor Corona. Die Linken machten gegen die Ausbeutung der Leiharbeiter mobil. Auch das wie gehabt. Morddrohungen bekam Hacklbaur junior aus einer anderen Ecke.«

»Vom ›Widerstand 1516?‹«, fragt Gundi.

»Möglich, dass auch die erst gedroht haben, bevor sie zur Tat schritten. Es gab eine Flut von Hassbotschaften an den Wurstkönig, die meisten Morddrohungen waren eindeutig rechtsextrem und antisemitisch. Andere unterstellten dem Fleischer, dass er Muslime in seinen Schlachthöfen auf die Schweinshaxen Coronaviren spucken ließ. Die Tatwaffe weist auf einen Täter aus seinem beruflichen Umfeld hin. Wegen des Bolzenschussgeräts geht die Polizei von einem Täter aus, der Zugang zu Schlachthöfen hatte.«

»Ich habe vor Kurzem mit jemandem gesprochen, der behauptete, das Aidsvirus wäre der erste Versuch gewesen, die Bevölkerung zu dezimieren.«

»Die dezimiert dieser Massentierhalter auch so«, wirft Benz dazwischen und deutet einen Herzinfarkt an. André ignoriert ihn.

»Aids hat am verheerendsten in Afrika gewütet,« antwortet er stattdessen auf Gundi. »Das passt nicht zur angeblichen Geheimoperation ›Umvolkung‹ der Rechtspopulisten. Was nicht heißt, dass diese Behauptung nicht dennoch in irgendwelchen Verschwörungstheorien herumgeistern kann.«

»Was weiß man von dieser Terrorgruppe ›1516‹?«, fragt Gundi.

»Die Attentäter behaupten, Bierbarone würden in einer Bierfestung unter dem ehemaligen Galgenberg sitzen und von dort aus ihre finsteren Pläne umsetzen«, antwortet André. Er hat sich in den vergangenen Tagen und Nächten in das Gedankengut der Attentäter eingelesen, um wie ein »Profiler« aus den amerikanischen Fernsehserien den Mördern auf die Spur zu kommen.

»Der Galgenberg lag im Mittelalter außerhalb der Tore Münchens«, fährt er fort. »Wie der Name sagt, fanden hier die Hinrichtungen statt, mit Galgen, Rad und Pfahl. Zur Abschreckung ließ man die Verurteilten tage- und wochenlang hängen. Überließ sie den Hunden und den Raben. Erst wenn sie abfielen, verscharrte man ihre Reste an Ort und Stelle. Über die Jahrhunderte sind dort Hunderte von Leichen begraben worden. Auch Tierkadaver entsorgte man hier.

»Wo war dieser Galgenberg gelegen?«

»Direkt über dem Feld, das man später Theresienwiese nannte. Aber Vorsicht. Vieles von diesen Verschwörungsmythen klingt in sich logisch. Ist aber trotzdem Humbug.«

Gundi lächelt. Andrés messerscharfer Verstand hat sie beim Tagblatt schon beeindruckt, als er dort Volontär war.

»Das ist aber nur die Vorgeschichte«, erklärt André. »Nach der Ideologie der Terroristen begann alles, als die Hinrichtungsstätte auf das Marsfeld verlegt wurde. Weil dort mehr Zuschauer Platz hatten. Joseph Pschorr, einer der reichsten Bierbrauer Anfang des 19. Jahrhunderts, kaufte der Stadt das Gelände um den Galgenberg ab, um dort einen riesigen Keller auszuheben, in dem er mit Natureis große Mengen Bier kühlen konnte. Es ist kein Zufall, dass zu dieser Zeit das erste Oktoberfest gleich nebenan gefeiert wurde, sagen die Verschwörungsgläubigen.«

»Zu dieser Zeit kam es in München vermehrt zu Krawallen wegen des Bierpreises«, wirft Gundi ein. Ihre Theorie, dass das Geschäft mit dem Bier in München von jeher die Politik bestimmt, scheint der Wahrheit nahezukommen.

»Richtig. Die Arbeiter hatten nichts zu fressen und die reichen Bierbrauer protzten, was das Zeug hielt. Zu diesem Zeitpunkt waren sie Münchens größte Arbeitgeber. Sie benahmen sich wie die neuen Adeligen, und weil ihre Biersteuer den ganzen bayerischen Staatshaushalt finanzierte, waren ihnen die Stadtoberen zu Diensten. Die Bierbarone bauten sich prachtvolle Häuser, fuhren in prunkvollen Kutschen herum und wurden immer reicher. Sie hatten natürlich an der jährlichen Fortschreibung eines Oktoberfests, wie es zur Hochzeit des bayerischen Kronprinzen Ludwig mit Prinzessin Therese 1810 veranstaltet wurde, höchstes Interesse.«

Gundi nickt. »So weit alles wie überall auf der Welt zur Zeit der Industrialisierung. Vanderbilt, Krupp, Rockefeller …«

»Und Bill Gates«, ergänzt Benz und erntet Gundis missbilligenden Blick. André geht erneut nicht darauf ein.

»Die Verschwörungstheorie, mit der wir es hier zu tun haben, glaubt, dass es diesen Bierkeller im Galgenberg immer noch gibt«, doziert er weiter. »Es soll heute eine Art Bierfestung sein, aus der heraus in München die Geschicke gelenkt werden. Und jetzt kommt's. Für den Aushub auf dem Galgenberg soll Pschorr italienische Tagelöhner verpflichtet haben. Deren Kinder, Hunderte von Kindern, habe der mächtige Braumeister als Pfand einbehalten. Er soll sie missbraucht haben und sich mit ihrem Blut verjüngt haben. Eine Praxis, die sich mit der Globalisierung der Brauereikonzerne weltweit verbreitet habe und die bis zum heutigen Tag in der unterirdischen Bierfestung weitergeführt würde.«

André klappt seinen Laptop zu. »Damit haben wir alle Ingredienzen beisammen: Bonzen und Kindermörder, ein gruseliger Galgenberg, mix ein bisschen Symbolik wie den Brauerstern rein und fantasier jüdische Mitwirkung nach dem Krieg dazu. Schon hast du den ›Widerstand 1516‹«.

»Und wie kam der Fleischereierbe Michael Hacklbaur ins Visier dieser Verschwörungsterroristen?«, fragt Gundi.

»Sie sind der Überzeugung, dass Viren zur Dezimierung der ›weißen Rasse‹ über Schweinefleisch verbreitet werden sollen. Außerdem ist Hacklbaur einer der großen Profiteure des Oktoberfests. Daran klebe das Blut von Kindern, sagen die Attentäter.«

»Und warum 1516? Wegen der Coronaviren auf Schweinshaxen?«

»Wie das Reinheitsgebot für Bier in diese Verschwörungstheorie passt? Vermutlich was Esoterisches mit Reinheit.«

»Dagegen ist dein oller Strangassinger aber yesterday's news!«, fasst Benz zusammen, kaum dass die Tür hinter André ins Schloss gefallen war. Ihrem ehemaligen Kollegen gegenüber hat Gundi zunächst nichts von ihrem Cold

Case Strangassinger erwähnt. Vielleicht kann sie sich später für Andrés Offenheit revanchieren.

Benz hat den Recherchen von André mit wachsender Begeisterung zugehört.

»Den Strangassinger kannst du in der Versenkung lassen, in der er zu Recht war«, fügt er hinzu. »Fucking hell, der Saublutmord ist ein ganz großes Ding! Corona, Massentierhaltung. Ich bin sicher, dass du bei dem sauberen Fleischproduzenten noch viele weitere Sauereien ausgraben kannst.«

»Erst mal ist Hacklbaur das Opfer«, entgegnet Gundi.

»Aber er war auch ein richtiger Ausbeuter. Hielt sich Lohnsklaven aus dem Osten und setzte sie ungeschützt dem Virus aus. Wer massenweise Tiere umbringt, um sich sein Luxusleben zu finanzieren, der macht noch ganz andere Dinge für Geld. Kein Wunder, dass der gehasst wurde.«

»Rechter Terror in neuem Gewand«, antwortet Gundi kryptisch. Sie kennt Benz bisher als Zyniker. Jetzt scheint ihn auf einmal eine Art heiliger Zorn zu erfüllen.

»Richtig. Und wieder wird Polizei und Justiz auf dem rechten Auge blind sein. Wirst sehen, die finden den ›Widerstand 1516‹ ebenso wenig wie die Hintermänner des NSU. Weil sie selber rechte Schweine sind. In Deutschland hat sich nichts verändert!«

»Du hast mit dem Unfall deiner Freundin immer noch keinen Frieden gemacht, oder?«, interpretiert Gundi und trifft einen wunden Punkt.

»Hat dir das Ferdl erzählt? Dass es ein Unfall war? Dann kennt er nur die halbe Wahrheit. Das war kein Unglück, das war Mord. Damals war es üblich, dass die Bullen auf Demonstranten eingeprügelten. Man hat uns mit Gasbomben beworfen. Uschi hatte Todesangst, als die Pigs auf sie zumarschiert sind. In voller Montur mit erhobenen Äxten. Die haben das mit voller Absicht gemacht. Hinterher hieß es, sie sei selbst an ihrem Tod schuld. Und dass sie andere durch ihre Flucht in Gefahr gebracht hätte.«

»Ganz schön niederträchtig …«

»Das kannst du aber singen! Fucking wankers! Von den Bullen ist keiner zur Rechenschaft gezogen worden. Auch der Einsatzleiter nicht. Und erst recht nicht …«, Benz schnappt vor Ärger nach Luft und Gundi begreift. Strangassinger hatte als oberster Ordnungshüter der Stadt das harte Durchgreifen der Polizei gegen Hausbesetzer zu verantworten. Deshalb war Benz so kurz angebunden, was ihre Recherchen zu dem Mordfall betraf. Für ihn scheint sich eine Art höhere Gerechtigkeit zu ergeben, wenn dessen Tod ungesühnt bleibt. Gundi will etwas Versöhnliches sagen, aber Benz denkt nicht an Strangassinger.

»Auf jeden Fall decken wir den Fall Hacklbaur auf«, beendet er die Rückschau. »Zeigen den Rechten, wo der Hammer hängt. Auch beim Oktoberfestanschlag waren es hartnäckige Journalisten, die viele Jahre später die Wiederaufnahme der Ermittlungen bewirkt haben …«

Gundi hört nicht mehr zu.

Wir?, fragt sie sich insgeheim. Schon wieder einer, der seine persönlichen Interessen verfolgt?

»Mir geht es nicht darum aufzudecken, dass das Mordopfer ein Ausbeuter war«, stellt sie richtig. Sie muss an die Skrupel denken, die sie beim Verfassen ihrer Boulevard-Geschichte über Strangassingers außereheliche Beziehung erfasst haben. »Es spielt keine Rolle, ob der Ermordete einen ehrenwerten Beruf hatte oder seine Frau beschissen hat oder sonst ein Arsch war! Mir geht es um die Aufklärung eines Mordes. Oder glaubst du, dass Hacklbaur seinen Tod verdient hat?«

»Du nicht?«

»Na, hör mal! Wo kämen wir denn da hin? Frauen tragen eine Mitschuld an ihren Vergewaltigungen? Schwarze sind Drogendealer? Wer Hasskommentare meldet, ist ein Denunziant?«

»Ich sage nur, dass man mit diesem Fleischbonzen kein Mitleid zu haben braucht.«

»Kein Mitleid? Er ist das Opfer und nicht der Täter!«

»Vielleicht hatte der Täter einen guten Grund zuzuschlagen.«

»Mag ja sein. Der Täter hat bestimmt ebenfalls eine Geschichte, die gehört werden muss. Das ändert nichts an der Tatsache, dass er in diesem Fall der Täter bleibt.«

Benz lässt das nicht gelten. »Schöne Theorie in deiner Pippi-Langstrumpf-Welt. Ich persönlich halte es mit den großen Denkern der Antike. Platon, Aristoteles, Seneca. Jeder ist befugt, sich mit allen Mitteln zu wehren, wenn Unrecht herrscht.«

Gundi hat darauf keine gute Antwort. Sie kennt sich mit Philosophie nicht aus.

»Sehen wir uns morgen?«, fragt sie und bereut die Frage sofort. Denn Benz hat nur ein vages »Mal schauen« für sie.

Als sie das weitläufige Treppenhaus betritt, fühlt es sich an, als wäre sie nicht am richtigen Platz. Als wäre sie fremd in der Welt. Beim Gedanken an ihren Streit mit Ferdl steigen ihr Tränen in die Augen.

Den Abend verbringt sie allein bei sich zu Hause und zappt sich durch Netflix. Vor ihr auf dem Couchtisch liegt ein leerer Pizzakarton und zwei ausgetrunkene Weißbierflaschen stehen neben der Couch auf dem Boden. Die Pizza war kalt, als sie in der Wohnung damit ankam, denn Gundi hat sich für das Bier am Kiosk in eine schier endlose Schlange einreihen müssen. Trotz der strengen Kontrollen und Vorsichtsmaßnahmen überfluten die Oktoberfest-Touristen München. Die Mühe, ihre Pizza aufzuwärmen, hat sie sich nicht gemacht. Auch das Weißbier schmeckte ihr nicht. Und es half auch nicht beim Gedankenordnen. Dazu hätte sie Ferdl gebraucht. Aber dem ist Sonja wichtiger als sie. Er hat wählen müssen zwischen ihr und Sonja und hat Sonja gewählt, so sieht sie das.

Blut ist dicker als Wasser, schießt ihr durch den Kopf, während eine englische Serie über drei verschworene Brüder über den Bildschirm flackert. Gundi ist mit ihren Gedanken weit weg. Sieht Ferdl in Sonja eine Art Familie?, fragt sie sich.

Es gibt dieses Phänomen, dass man überall Schwangere sieht, wenn man selber schwanger ist. Oder ambulante Pflegedienstfahrzeuge, wenn man selber einen Pflegefall in der Familie hat. Ferdl ist es so ergangen, als er sich nach dem Tod seines Vaters um seine Mutter kümmerte. Obwohl sie nicht zu ihm gehalten hatte, als der Vater ihn nach seinem Outing rauswarf, bezahlte er für sie eine 24-Stunden-Pflege.

»Meine Mutter hätte meinem Vater nie im Leben widersprochen«, rechtfertigte er sie. »Er war das unangefochtene Familienoberhaupt. Zählte meiner Mutter das Haushaltsgeld ab und schob ihr die Verantwortung dafür zu, dass sie aus Scheiße kein Gold machen konnte. Und natürlich war seiner Meinung nach ihre Verzärtelung an meinem Schwulsein schuld.«

Gundi konnte damals nicht verstehen, wie Ferdl seiner Mutter verzeihen konnte.

»Ach, Ferdl«, seufzt sie laut, während der Fernseher läuft. Vielleicht hat Ferdl nach seinem Rauswurf von daheim in Sonja die Löwenmama gefunden, die er nie hatte. Eine, die für ihn kämpft. Schützt er sie vor irgendwas?

So wie Ferdl überall Pflegeautos gesehen hat, sieht sie zurzeit überall dunkle Zusammenhänge. Ist Benz ein Sympathisant des »Widerstands 1516«? War Mack der Skinhead, der seinen Vater umgebracht hat? Weiß Ferdl mehr, als er zugibt?

Plötzlich schreckt sie hoch. Draußen grölen ein paar Besoffene. Sie greift nach ihrem Handy. Kurz nach eins. Eine SMS ist eingetroffen von einem unbekannten Absender.

Hey, steht da. Sonst nichts. Vielleicht ein Irrtum. Sie scrollt ihre Anrufliste durch. Dieselbe Nummer wie gestern. Das Hey kam von Mack.

Schauen Sie noch?, fragt Netflix auf ihrem Bildschirm. Sie ist auf der Couch eingeschlafen. Gundi schaltet den Fernseher aus und geht ans Fenster, um nach den besoffenen Schreihälsen zu sehen. Im menschenleeren Innenhof ist niemand zu sehen.

Aller Wahrscheinlichkeit nach kotzen die lärmenden Wiesnbesucher gerade in den Durchgang zu ihrem Hinterhaus. Sie will sich abwenden, da bewegt sich etwas. Hinter einem der mickrigen Bäumchen kommt eine Gestalt aus dem Schatten hervor. Kein Betrunkener, er steht stocksteif da. Gundi drückt ihre Nase an die Scheibe und der Schattenmann hebt eine Hand an die Stirn wie zum Gruß. Blitzschnell duckt sie sich. Gebückt springt sie ans andere

Ende ihres kleinen Wohnzimmers zum Lichtschalter und macht dunkel. Sie schleicht zurück ans Fenster. Es ist niemand mehr zu sehen. Wieder verriegelt sie die Wohnungstür, bevor sie ins Bett geht.

19. KAPITEL

Gundi kann sich an keinen Besuch beim »Hüller« erinnern, an dem sie keinen Appetit hatte. Auch hier hat man sich auf das bevorstehende Wiesnwochenende eingestellt und Bolognese, Crespelle und Frittata auf die Tafel geschrieben. Heute rebelliert ihr Magen seit dem Aufstehen. Gleich wird sie ihrem Stalker gegenüberstehen. Und vielleicht auch einem Mörder. Sie reißt sich zusammen. Wenn sie ihren Beruf ernst nimmt, darf sie keine Angst haben. Sie muss wissen, was er zu sagen hat. So viel Informationen wie möglich aus ihm herausquetschen.

»Nur ein Weißbier heute«, scherzt sie, als die Bedienung des Café Hüller vor ihr im Schanigarten steht. »Ich bin auf Flüssigdiät.«

Mack in ihrem Hinterhof und der Streit mit Ferdl haben sich gestern in ihren Albträumen vermischt. Sie war an Bord eines Bootes, das zu kentern drohte, und ihre einzige Chance bestand darin, den Anker einzuholen. Mack war dabei und ihr Ex-Chef. Und Ferdl, dessen Hände bluteten. Die drei mussten Gundi loswerden, wenn sie nicht untergehen wollten. Währenddessen zog sie wie eine Verrückte an diesem Tau, an dem der Anker befestigt war, aber das Seil nahm kein Ende. Sie wusste, sie würde über Bord gehen. Dann wachte sie auf.

Als sie bei einem ihrer ersten richtigen Jobs beim Tagblatt den jungen Hotelier Ferdl kennenlernte und in ihm einen echten Freund fand, glaubte sie, sie wäre angekommen. Ferdl war wie sie eine Art Außenseiter. Einer, der mit seinen Eltern gebrochen hatte. Aber er war kein Dorfkind wie sie, das alle Drähte zur Heimat gekappt hatte. Er hatte alte Verbindungen in München, die sie nie aufholen können wird. Wieder fühlt sie sich so mutterseelenallein auf der Welt wie damals als Kind. Gehört sie nirgends dazu?

Am Nebentisch versammeln sich die ersten Mittagsgäste, aufgebrezelt in Dirndln und Lederhosen. Sie blickt sich um. Überall Trachten. Sie ist die einzige ohne. Als Kind in ihrem Heimatdorf in Niederbayern musste sie oft ein solches Kleid anziehen. Immer wenn ihr Vater ein Geschäft witterte, wurde sie herausgeputzt und musste in der Dorfbäckerei seine Backwaren an den Mann bringen. Krapfen und Auszogne und Platzerl und Lebkuchen. Sie hasste dieses Dirndl. Man konnte nicht herumtollen damit. Nicht Indianer spielen. Nicht auf Bäume klettern. Man war eine Squaw, nicht Winnetou. Nie wäre ihr in den Sinn gekommen, sich ein solches Gewand noch einmal zu kaufen, nachdem sie in der Stadt ihre Freiheit erlangt hat. »Sklavenkleid« nannte sie es in der Rückschau. Sie erinnert sich, wie sie sich ihre erste Levi's zusammengespart hat. Mit Pfennigbeträgen durch Semmeln austragen. 40 Mark hat die begehrte Hose damals gekostet, das weiß sie auch noch.

»Ein Dirndl steht jedem Mädchen«, sagt man. Sogar den Hässlichen, hieß das in Gundis Interpretation. Das empörendste war für sie der Schleifencode: Vorne rechts gebunden heißt, die Dirndlträgerin ist verheiratet, links gebunden signalisiert ledig, mittig kennzeichnet die Jungfrau. Wer die Schürze hinten bindet, ist entweder Witwe oder eine Bedienung.

»Die Schleife ist eine Verfügbarkeitsetikettierung für Männer«, sagte sie einmal zu Ferdl und der lachte schallend. »Sei nicht so verbissen.«

Aufgrund seiner sexuellen Orientierung hat Ferdl eigentlich feine Antennen für geschlechtliche Rollenklischees. Dass bei homosexuellen Paaren aus Heten-Sicht einer die Frau sein muss, nervt ihn tierisch. Denn »sie« ist immer die Zicke in der Beziehung. Wie es ist, tatsächlich eine Frau zu sein, davon hat Ferdl keine Ahnung, findet Gundi.

»Wenn ich in diesem Leben noch mal ein Dirndl anziehe, erschieß mich bitte«, forderte sie von ihm.

Natürlich hat Gundi, als sie älter wurde, bemerkt, dass ihre Weiblichkeit ein Hebel war. Als sie einen Busen bekam, guckten ihr die coolen Jungs nach. Mit Outfits konnte man diese Aufmerksamkeit steuern. Als sie erwachsen wurde, sah sie mit ihren Kulleraugen und den langen schwarzen Haaren ein bisschen aus wie die Squaw, die sie nie sein wollte. Wie Winnetous Schwester. In München öffnete sich für sie aufgrund ihres Aussehens manche

Tür. Den Job als Tippse beim Tagblatt hatte sie bekommen, weil sie dem Chefredakteur gefiel, das wusste sie. Und ihre vorgesetzte Redakteurin erreichte bei den männlichen Kollegen mit gespielter weiblicher Hilfsbedürftigkeit regelmäßig, dass sie ihr zuarbeiteten.

»Du bist so gut darin, kannst du mir bitte zeigen, wie du das machst?« Wenn Jutta etwas durchsetzen wollte, knöpfte sie ihre Bluse etwas weiter auf. Sie wurde Ressortleiterin, weil sie mit dem Verlagsbereichsleiter geschlafen hatte, hieß es. Ob es stimmte, erfuhr Gundi nie.

»Mit meinen weiblichen Reizen bekomme ich alles, was ich will«, sagte die Redakteurin immer. Gundi findet, dass man sich mit diesen weiblichen Machtspielchen nur selbst erniedrigt.

»Hat es sich gut angefühlt, diesen Kriminellen in deinem Dorf zu stellen?«

Gundi zuckt zusammen, als sie diesen Satz ganz nah an ihrem Ohr hört. Sie reißt den Kopf herum und spürt den Atem aus Mack Hubers Mund. Empört springt sie vom Stuhl hoch, um Abstand zwischen sich und dem grinsenden Gesicht zu schaffen. Er liebt es anscheinend, sie in Angst und Schrecken zu versetzen.

»Woher weißt du das?«, entfährt es ihr.

»Kann jeder nachlesen, Reporterin.«

Natürlich, schimpft sie sich. Was glaubte sie denn? Dass der Kerl übernatürliche Kräfte hat?

»Das ist mein Beruf«, erklärt sie und setzt sich auf die andere Seite des kleinen Tisches. Wieder setzt er sich rücklings auf einen Stuhl. In gebührendem Abstand diesmal.

»Und, hat es sich gut angefühlt?«

Gundi zuckt mit den Schultern. »Ja, natürlich.«

»Hast es deinem Ex-Boss so richtig gezeigt, was? Dass du was kannst. Was für ein Fehler es war, dich rauszuwerfen.«

Gundi beschließt, ein unbewegtes Gesicht aufzusetzen. Innerlich schrillen ihre Alarmglocken. Woher weiß der Kerl von ihrer Kündigung?

»Und jetzt kriegst du keinen Fuß mehr in die Tür, stimmt's?«, macht Mack weiter. »Keine Anstellung, kein Auftrag, kein Hahn kräht nach dir. Weil du eine Frau bist, die keine 30 mehr ist.«

»It's a boys world«, kontert Gundi und hofft, dass dieser Sarkasmus glaubhaft rüberkommt. Von ihren Frustrationen weiß der Kerl also auch. Die kannte bislang nur Ferdl.

»Und trotzdem spielst du immer noch nach ihren Regeln.«

»Stellst du mir eigentlich nach? Die letzten Nächte?«

Mack ignoriert die Frage. »Du solltest nicht nach den kleinen Gaunern suchen. Du solltest dir die wahren Verbrecher schnappen.«

»Ja klar, danke für den Hinweis.«

Mack lässt den Kopf auf seine Brust sinken und sieht in dieser Position eine ganze Weile auf den Bretterboden, als gäbe es dort etwas Interessantes zu beobachten. Dann hebt er sein Haupt langsam und sieht Gundi durchdringend an. Die versucht, ebenso ernst zurückzustarren.

»Du hast es doch am eigenen Leib erfahren, Bäckertochter,« sagt er schließlich fast flüsternd. »Wie es ist, kleingehalten zu werden.«

Gundi erfasst ein unbestimmtes Grauen, aber sie hält seinem Blick stand.

»Die Mächtigen steuern uns mit der Angst«, fährt er fort. »Aus Angst an einem kleinen Virus zu verrecken, verzichten die Schlafschafe sogar auf ihre Grundrechte. Sie lassen sich gängeln, enteignen und kontrollieren. Aus Angst. Alles hängt mit allem zusammen. Alles folgt einen groß angelegten Plan. Und am Ende herrscht eine auserwählte kleine Elite über eine fleißige Schar von dummen Arbeitsbienen.«

Gundi brennt die Frage nach seinem Wissen über ihre Herkunft im Hirn, aber sie beherrscht sich.

»Was willst du?«, fragt sie stattdessen.

»Widerstand. Ich bin Arier. Ich habe keine Angst zu kämpfen. Das Überleben der Starken ist aber nicht erwünscht. Es soll wenigen vorbehalten bleiben. Seit dem Ende des Zweiten Weltkriegs arbeitet die jüdische Elite daran, die Weltbevölkerung zu unterwerfen. Durch Ausdünnung der starken Rasse zugunsten der minderwertigen und manipulierbaren. Ich habe Beweise und wir können dich gebrauchen, Reporterin. Jede große Bewegung hatte ihre Botschafter. Menschen, die sie in die Welt tragen. Zusammen sind wir stark.«

»Und warum ich?«

»Weil du genauso wütend bist wie ich. Auf die, die dir nie etwas zugetraut haben. Auf deinen Vater zum Beispiel.«

Gundis Herz beginnt, schneller zu schlagen. Für einen Augenblick glaubt sie, ihr Gegenüber könne es möglicherweise an ihrem pochenden Hals erkennen. »Hattest du auch eine richtige Wut auf deinen Vater?«

»Eine Stinkwut. Er war eine scheinheilige Drecksau, die es verdient hatte, eliminiert zu werden. Seine Hinrichtung war unumgänglich.«

Jetzt wusste sie es. Die Ahnung hatte sie nicht getäuscht. Sie sitzt gerade mit einem Mörder am Tisch. Mack hat seinen Vater umgebracht und wenn Pettenkofers Theorie stimmt, vor Kurzem auch den Wurstkönig von München. Und so wie er sich anhört, ist er sogar der Kopf einer Gruppe von rechtsradikalen Verschwörungsterroristen.

Ferdl macht nach alter Gewohnheit in der Kellerbar des »Monarch« zwei Flaschen Weißbier auf und stellt eine vor Gundi ab. Er scheint richtig froh zu sein, Gundi zu sehen. Nachdem sie sich von Mack verabschiedet hatte, ist sie ohne Umwege ins »Monarch« gefahren. Angesichts der neuen Sachlage hat sie ihre bösen Zweifel an Ferdls Freundschaft beiseitegeräumt. Es geht um mehr als darum, diese Vaterschaft zu vertuschen. Sie muss Ferdl warnen. Dass er einen Mörder beschützt. Dass seine vermeintliche Freundin und ihr Sohn rechtsradikale Terroristen sind. Möglicherweise bringt ihn sein Wissen sogar in Gefahr.

»Ich wollte dir nicht so zusetzen neulich«, entschuldigt sich Ferdl. »Die ganze alte Geschichte ist es nicht wert.«

»Wir sagen uns doch immer die Wahrheit, oder?«

»Natürlich!«

»Mack hat mir gestanden, dass er seinen Vater ermordet hat. Markus Huber ist der Mörder von Rudolf Strangassinger.«

Gundi hofft auf Entsetzen, aber Ferdl nickt langsam.

»Wusstest du das?«

Ferdl zögert einen Moment. »Ja. Nicht von Anfang an. Sonja hat es erst neulich zugegeben. Es war im Affekt, sagte sie.«

»Im Affekt? Mit einem Hendlspieß? Nicht dein Ernst!«

»Es ist lange her, Gundi. Kannst du die alte Sache nicht ausnahmsweise ruhen lassen?«

»Einen gemeinen Mord? Ich kann doch keine Straftat decken. Wach auf, Ferdl!«

»Gundi, ich bitte dich … Tötung ohne Vorsatz. Vor 40 Jahren. Das ist verjährt.«

»Das sind gemeingefährliche Leute, Ferdl. Es geht nicht nur um den Hendlspießmord. Die stecken auch hinter dem Saublutmord. Gehören zu einer radikalen Querdenkertruppe aus Menschenhassern, Rassisten und Mördern.«

»Sonja auch?« Ferdl lacht gespielt. »Du täuschst dich, Gundi. Markus hat als Jugendlicher seinen Vater im Streit erstochen, das stimmt. Und er ist ein unappetitlicher Neonazi und Schläger. Aber so was Großes wie ein Attentat mit Bekennerbrief? Dazu ist er zu dumm. Außerdem hab ich ihn in dieser Nacht gesehen. Glotzte TV bei Sonja, als Hacklbaur ermordet wurde, wie du weißt.«

»Du bestehst also auf seinem Alibi?« Gundi kann nicht glauben, was sie hört. Ferdl steht nicht mehr auf ihrer Seite. Er hat sich entschieden, zu Sonja und Mack zu halten. Macks Wissen über ihren Rauswurf beim Tagblatt und seine genauen Kenntnisse ihrer geheimen Minderwertigkeitsgefühle fallen ihr ausgerechnet jetzt wieder ein.

»Hat Sonja etwas gegen dich in der Hand?«, versucht sie, obgleich sie weiß, dass sie sich an den berühmten Strohhalm klammert. Die letzte und sinnlose Hoffnung, bevor man endgültig untergeht.

»Du weißt genau, was ich Sonja schulde. Sie hat mich aufgenommen. Ich hatte nämlich plötzlich keinen Job mehr und keine Wohnung. Weil ich schwul war!«

»Lügst du mich an, Ferdl?«

»Jetzt mach aber mal halblang.«

»Du deckst einen Doppelmord und eine terroristische Bande!«

Ferdl schüttelt den Kopf. »Du bist ja richtig besessen!«

»Ich?«

»Ja, du! Sonja hat ihr ganzes Leben lang gegen die Ordnungsfanatiker kämpfen müssen. Dass sie eine rechte Terroristin sein soll …«

»Vielleicht gerade deswegen. Denk doch mal nach! Rache an der Bürgerlichkeit. Am System. Und du machst dich zu ihrem Helfer.« Gundi kann ihren Verdacht über den Verrat ihres besten Freundes nicht mehr für sich behalten.

»Was hast du ihr und Mack eigentlich über mich erzählt?«

»Das reicht, Gundi.« Ferdl steht auf. »Komm wieder, wenn du vernünftig geworden bist.« Damit geht er Richtung Treppe und lässt sie allein an der Bar sitzen.

»Weißt du eigentlich, dass du mit deinem Wissen für die eine Gefahr darstellst?«, ruft sie ihm nach, aber Ferdl dreht sich nicht um.

Ihr Handy macht Bling. Eine Nachricht von Mack. Nach seinem *Hey* hat sie seine Nummer ihren Kontakten hinzugefügt, damit sie seine Anrufe mitbekommt, aber ignorieren kann. Seine SMS ist ein Foto ohne Text. Mack mit einer Veteranenflagge aus den USA. Er sitzt mit nacktem Oberkörper davor und betont mit zwei Hanteln in den Händen seine Oberarmmuskeln.

20. KAPITEL

Töten macht süchtig. Man wird besser, wenn man übt. Er hat zwei Bären erschossen, sechs Hirsche, das weiß er genau, unzählige Truthähne und Tauben, und er wünscht, er hätte mitgezählt, wie viele Rinder er abgeknallt hat.

Er hat das durchorganisierte Arbeiten am Fließband geliebt. Massentötungen. Die Abläufe und die Mechanik. Jeder Handgriff sitzt, eins nach dem anderen. Zack, tot, zack, tot. Nach einer Weile geriet er in eine Art Trance. Es gab nichts mehr außer den Augen der Tiere, die den Tod erkannten. Als Kind hatte er eine dieser Drückfiguren. Immer wenn er die schwarz-weiße Kuh aus Holz mit einem heftigen Knopfdruck zu Fall brachte, überkam ihn eine tiefe Zufriedenheit. Leben, Tod, Leben, Tod.

Das Jagen in den Bergen hat ihm fast so viel Spaß gemacht. Der Moment, an dem du das wilde Tier in deinem Sucher hast, es anvisierst und es nicht die leiseste Ahnung hat, dass es im nächsten Augenblick tot sein wird, ist unbezahlbar. Truthähne gucken immer blöd aus der Wäsche. Sie sind wachsam, aber dämlich. Auch Bären sind meistens ahnungslos. Sorglos und ungläubig bis zum letzten Atemzug. Nur Hirsche wittern manchmal das Unheil, das sah man in der Nanosekunde, in der man abdrückte. Sie sehen dem Tod mit erhobenem Haupt entgegen.

Jagen war toll. Doch es war nichts gegen den Rausch, den er empfand, wenn er im Akkord Rinder oder

Schweine tötete. Zack und zack und zack! Ein großes Schlachthaus funktioniert wie ein Uhrwerk. Jeder Handgriff ist durchgetaktet.

Jetzt muss ein weiteres Schwein dran glauben. »Blutrache Bavaria«, schreibt er mit einem Kugelschreiber auf Papier. So könnte er die neue Aktion nennen. Die letzte Sau wäre beinahe schiefgegangen. Es war nach Mitternacht gewesen, als es an der Haustür klingelte. Nachdem er sich Hände und Gesicht in der Küchenspüle abgewaschen hatte, konnte er seine Klamotten gerade noch unter die Couch stopfen, als die Alte die Treppen herunterkam. Er hatte sich auf die Couch geworfen und den Fernseher eingeschaltet. Seine Befürchtung bewahrheitete sich nicht. Es war nur ein Futzi aus der Vergangenheit der Alten gewesen. Später hatte er erfahren, dass der Typ mit der Reporterin zu tun hatte. Wird gut sein, wenn er den auch im Visier behält.

Der fette Ganserlwirt wird es sein. Er wird ihn zum großen Finale der Wiesn am Feiertag fachgerecht aufbrechen und über der geheimen Festung ausbluten lassen. Mit seinen Genitalien im Mund. Er schreibt »Suck my dick«, zerknüllt das Papier und wirft es zu den anderen Ringbuch-Blättern in den Papierkorb.

»Analog kommunizieren«, hat Frank ihm eingeschärft. »Die Bullen finden dich über deine Handys und deinen Computer.«

An seinem ersten Pamphlet hat er monatelang getüftelt. »Mit dem Kopf im Judenblut« war eine geniale Überschrift. Jetzt hat er nur noch wenige Tage. Das Ende des »hohen Fests der Plandemie«, mit L, wie Frank im Chat sagte, fällt auf den Tag der Deutschen Einheit. Nichts könnte passender sein. Er hat alles vorbereitet, bloß das verdammte Papier ist noch nicht fertig.

»Kinderficker bluten«, schreibt er. Erneut zerknüllt er das Blatt. Er steht von seinem Schreibtisch auf und fasst unter die Tischplatte.

»Arrrgh!«

Mit einem Ruck hebt er den Tisch hoch und katapultiert ihn mit Laptop und Büchern ans andere Ende des Zimmers, wo er krachend landet.

»Verdammte Dreckscheiße!«, schreit er, kickt mit den Füßen nach den Büchern und verteilt sie überall im Zimmer. Trotzdem ist seine Wut noch nicht verraucht. Er stützt sich auf die Platte des auf der Seite liegenden Schreibtischs und hämmert mit den Stiefeln so lange darauf ein, bis er nicht mehr kann. Heftig schnaufend richtet er sich auf und reißt sich das T-Shirt vom schwitzenden Körper. Er lauscht eine Weile, ob sich die Alte rührt, und sein Atem beruhigt sich. Nichts. Um die Alte wird er sich als Nächstes kümmern müssen. Sie kann nicht hierbleiben, wenn er seinen Stützpunkt ausbaut.

Erschöpft von seinem Zornesausbruch setzt er sich aufs Bett und ruft sich, wie immer, wenn er sich abregen muss, seine wahre Familie in Amerika in Erinnerung. Er zieht ein vergilbtes Blatt aus seiner Geldbörse in der Hose und streicht es glatt. Seine Großmutter hat darauf etwas für ihn geschrieben.

Invictus steht in ihrer krakeligen Schrift über dem Gedicht und für ihn sind die Worte heilig. Er überfliegt die Zeilen, die er auswendig kann.

Aus finstrer Nacht, schwarz und tief, hat sie für ihn übersetzt, *dank ich den Göttern, die es gibt, für meine unbeugsame Seel.*

Tränen steigen ihm in die Augen. Seine Großmutter hat ihm beigebracht, dass er aus einem heiligen Grund auf der Welt ist. In Thüringen lernte er, dass Volk und Vaterland heilig waren.

»Ich bin der Herr meines Schicksals, ich bin der Käpt'n meiner Seel!«, proklamiert er laut die letzten Zeilen auf dem Papier. Die Gewissheit, dass alles göttliche Fügung ist und nicht schiefgehen kann, gewinnt Oberhand in seinem Gehirn.

Rückblickend ist er überzeugt, dass er auserwählt ist. Diese Mission ist von Anfang an seine Bestimmung gewesen. Wie allen großen Führern hat das Schicksal ihm Felsbrocken in den Weg gelegt. Er kam von ganz unten, aus der asozialen Gosse. Erst sollte er abgeschoben und von seiner Aufgabe für das Volk abgeschnitten werden. Aber in Amerika fand er seine Wurzeln. Seine deutschblütige Herkunftsfamilie. Mit Treu und festem Glauben.

Das Leben dort ist anständig und nicht so versaut wie in München. Er hat Onkel und Tanten, die unwesentlich älter sind als er und die ihm einen amerikanischen Namen gaben. Der Großvater ging arbeiten und jagen, die erwachsenen Kinder arbeiteten im Stall. Man sprach nur, wenn man gefragt wurde. Die Großmutter kochte ihre Wäsche im Bottich aus und buk abwechselnd Idaho-Kartoffeln und bayerische Rohrnudeln, wie sie es von ihrem Vater, dem Bäcker aus Sendling, gelernt hatte. Er wurde stolz auf seine Abstammung. Man betete gemeinsam. Auch er wandte sich inbrünstig Gott zu. Mit seinem zehn Jahre älteren Onkel Jacob ging er in den Bergen Zelten und auf die Jagd, und bei sonntäglichen Picknicks lernte er die »Aryan Nations« kennen. Er hasste die Kanacken in München schon. Jetzt lernte er, die Feinde und die Verräter des eigenen Blutes zu unterscheiden. Die arische Gemeinschaft in den USA öffnete ihm die Augen über die Unterwanderung der Regierungen. Er erfuhr, dass die gottgegebene Ordnung in der Welt mit allen Mitteln verteidigt werden muss. In Amerika waren seine »Uncles« seine Vorbilder.

Selbst die dumme Mary Rose hat sich im Rückblick als Vorsehung herausgestellt. Als Wegmarke. Sie war Freiwild, geil wie eine Äffin, die sich mit jedem paart, und ganz leicht, mit bloßen Händen, zu töten. Zunächst wollte er unter keinen Umständen zurück. Aber Jacob hatte Kontakte zum neu befreiten Germany, wo niemand nach Mary Rose fragte. Im Nachhinein erkennt er, dass seine eigentliche Lehrzeit begann, als er wieder Heimatboden betrat. Frank lehrte Disziplin und Gehorsam.

Seine Wandlung zum Wolf fing erneut ganz unten an. Zurück bei der Alten. Dort bemerkte er, dass genau das wieder eine Fügung des Schicksals war. Er war Zeuge, wie deutsche Schlachter durch eingeflogene Fremdländer ersetzt wurden. Sie verunreinigten das Fleisch und brachten das Virus in die Schlachthöfe. Er erkannte, dass alles von langer Hand geplant war. Die unkontrollierte Überflutung mit parasitären Rassen war der Auftakt zum Endkampf. Es ging um nichts weniger als die systematische Schwächung und Ausrottung der weißen Rasse. Mit den Schwachen und Minderwertigen haben die reichen Eliten dieser Welt ein leichtes Spiel. Frank sagte das auch. Zu Franks Ehren wird er mit dem Ganserlwirt seine Meisterprüfung ablegen.

An seinen Vater, der ihn wegen des Lebenswandels der Mutter zurückgewiesen hat, hat er die ganzen Jahre wenig gedacht. Bis diese Reporterin auftauchte. Sie erinnert ihn an seine Großmutter, die Bäckerstochter. Dass sie ausgerechnet jetzt in sein Leben tritt, ist erneut der Vorsehung zuzuschreiben, ist er sich sicher. Sie wird sein Steigbügel zur Erfüllung von Franks Mission.

Er greift nach den Hanteln, die in der Ecke seines Zimmers hinter der Tür liegen, und setzt sich auf den Schreibtischstuhl, der wie eine tragende Mauer nach einem Bombenangriff mitten im Zimmer stehen geblieben ist. Langsam und kraftvoll beginnt er mit den Oberarmen zu pumpen. Er denkt an den Arsch und die Titten der Reporterin und stellt sich vor, wie sie winselt, wenn er es ihr besorgt. Sein Blick fällt auf das Handy, das auf den Boden gefallen sein muss, als er sein Zimmer zerlegte. Er nimmt es hoch und schießt ein Selfie.

Gundi hat eine Mordswut im Bauch. Und ist entschlossener als je. Nach ihrem endgültigen Bruch mit Ferdl setzt sie sich zu Hause an ihren Computer und schreibt einen neuen Artikel. Kein Gefasel über die bayerische Landespolitik, sondern eine klassische Enthüllungsgeschichte. Ein Mörder läuft frei herum und sie weiß, wer dieser Mörder ist. Die Öffentlichkeit hat ein Recht, es zu erfahren, und der Mörder muss hinter Schloss und Riegel gebracht werden. So einfach ist das. Sie hat keine Zeugen und auch keine Beweise, aber bei Bekanntwerden einer möglichen Straftat muss die Polizei ermitteln. Sie will keine Zeit mehr verlieren.

Neue Erkenntnisse beim Hendlspießmord!

Ganz München spricht über den grausamen Mord am Fleischfabrikanten Michael Hacklbaur, aber ein älterer Mordfall während des Oktoberfests vor 37 Jahren ist weiterhin ungeklärt. Damals war der durch den Schankskan-

dal um Wiesnwirt Bierbichler bekannt gewordene städtische Beamte Rudolf Strangassinger auf dem Festgelände erstochen aufgefunden worden. Jetzt gibt es neue Verdachtsmomente, die einen privaten Hintergrund des Mordes nahelegen …

Sie rollt den ganzen Fall noch einmal auf und berichtet über die Hintergründe, die schleppenden Ermittlungen und den Verdacht des geschassten Kommissars, dessen Spuren in die rechte Skinheadszene führten. Dann lässt sie die Bombe platzen:

Neuen Erkenntnissen zufolge hatte Rudolf Strangassinger aus einer früheren Beziehung mit einer stadtbekannten Prostituierten einen erwachsenen Sohn: Markus Huber. Über das Verhältnis zwischen Vater und Sohn lässt sich so viel sagen, dass sich Strangassinger nie öffentlich zu ihm bekannte. Zur Tatzeit war Huber Mitglied einer Skinheadgruppe in München. Die gewaltbereiten Jugendlichen waren seit Anfang der 1980er-Jahre berüchtigt dafür, Passanten wegen ihres vermeintlichen »ausländischen« Aussehens zu attackieren. Sie standen in Verdacht, einen 38-jährigen türkischen Staatsbürger totgeprügelt zu haben, aber die Staatsanwaltschaft München ermittelte ergebnislos. Ist es ein Zufall, dass auch der Mord an Rudolf Strangassinger nie aufgeklärt wurde? Augenzeugen berichteten gegenüber Kommissar Pettenkofer von einem Streit zwischen dem Mordopfer und einem bislang unidentifizierten Skinhead unmittelbar vor der Tat am Rande der Theresienwiese. Neuen Erkenntnissen zufolge war dieser Skinhead Markus Huber. Er hat seinen Vater im Streit erstochen.

Im weiteren Text spekuliert Gundi über Tatmotive von Zurückweisung bis hin zu Erpressung und behauptet, der heutige Neonazi würde sich mit der Tat brüsten. Ihre Spekulationen über einen Zusammenhang mit dem aktuellen Saublutmord streicht sie zum Schluss wieder heraus. Das Lösen von zwei Mordfällen auf einen Streich und ihr Eingang in die Hall of Fame der Investigativ-Journalisten ist eine schöne Fantasie. Teil zwei ihrer Aufklärungsarbeit will sie fairerweise gemeinsam mit André machen. Sitzt Mack erst mal wegen des Vatermordes, wird ihm zusammen mit den forensischen Beweisen der Polizei die Gräueltat am Wurstkönig leicht nachzuweisen sein.

Noch während München dem Auftakt zum »Italienerwochenende« entgegenschläft, schickt sie in den frühen Morgenstunden ihre Enthüllungsstory an die Konkurrenz des Tagblatts und beantwortet am Vormittag die Rückfragen der Redaktion. Sie vereinbart Exklusivität und ein Honorar, das ihr klammes Bankkonto ausgleicht. Am Nachmittag publiziert der Onlinedienst des »Münchner Medienverlags« ihren Artikel unter der Überschrift:

MORDFALL STRANGASSINGER WAR EIN FAMILIENDRAMA.

Um ihren Erfolg zu feiern, kauft sie bei »Szenedrinks« ein paar Flaschen Newcastle Brown Ale, Gin und Tonic und fährt zu Benz. Es kommt ihr wie Fremdgehen vor.

Freudestrahlend erzählt sie ihm von ihrem journalistischen Coup und berichtet in allen Einzelheiten, wie sie dem Sohn und Mörder von Strangassinger ein Geständnis entlockt hat.

Nach und nach übernehmen alle Pressedienste die Nachricht. Sie hat einen Alert erstellt und alle paar Minuten poppt eine Meldung am Handy auf. In allen Berichten über den Fall steht ihr Name. Ihre Recherchen, Kommissar Pettenkofers Skinhead-Spur, Strangassingers Vaterschaft, Macks Verstrickung in die rechtsradikale Szene, seine Wut ... alles Ermittlungsergebnisse der Investigativ-Reporterin Gundi Starck. Benz freut sich über die Lösung des alten Falles so aufrichtig, dass er sogar darauf verzichtet, an diesem lukrativen Samstag Taxi zu fahren. Sie machen es sich in seinem Musikzimmer bequem und legen ganz altmodisch Platten auf. Gundi stößt mit ihm darauf an, dass jetzt alles seine Richtigkeit habe.

»Darauf kannst du wetten!«, sagt er freudestrahlend und knallt seine Bierflasche an die ihre, wie es Ferdl nicht besser könnte. Er fasst sie um die Taille und tanzt mit ihr durch den Raum. Es fühlt sich verdammt gut an, mit Benz zusammen zu sein, bemerkt sie glücklich. Als das Bier alle ist, nehmen sie sich den Gin vor.

»Ho, ho, ho and a bottle of rum.«

»Es hat trotzdem nicht den Falschen getroffen!«, schreit Benz über die laute Seemannsmusik hinweg, zu der er inzwischen übergegangen ist.

Gundi findet diese martialischen Männergesänge gruselig, sie will aber Benz' gelöste Stimmung nicht verderben.

»Waaas?«

»Wäre die Welt nicht eine bessere, wenn frühzeitig jemand Hitler umgebracht hätte?«

»Wie kommst du denn jetzt da drauf?«

»Tyrannenmord. War schon in der antiken Philosophie ein legitimes Mittel. Sogar der fromme Thomas von

Aquin hielt Tyrannenmord für gerechtfertigt, wenn der Herrscher seine eigenen Bürger nicht schützt.«

»Häh?« Gundi steht auf und dreht die Stereoanlage leiser. »Wovon sprichst du?«

»Na, dass der Strangassinger ein Tyrann war und Markus Huber eigentlich ein Held.«

»Meinst du das jetzt ernst?«

»Die Frage ist: Hättest du Hitler getötet, wenn du die Gelegenheit dazu gehabt hättest?«

»Vermutlich ja. Zumindest würde ich das gern von mir glauben. Aber Strangassinger war nicht Hitler.«

»Ha! Das sagst du! Du hast diese Zeit nicht erlebt. Du bist viel zu jung.«

»Echt? Ich bin jung?« Gundi zieht sich ihr T-Shirt über den Kopf. Heute hat sie die richtige, die schwarze Spitzenunterwäsche an.

21. KAPITEL

VERHAFTUNG IM FALL STRANGASSINGER, schreien die Schlagzeilen am Montagmorgen von den Titelblättern.

HENDLSPIESSMORD NACH VIELEN JAHREN ENDLICH GELÖST!

Ihr Artikel hat Wellen geschlagen und wie beabsichtigt polizeiliche Ermittlungen ausgelöst. Mack Huber ist festgenommen worden und sitzt in Haft.

Gundi hat nach der rauschigen Liebesnacht mit Benz den ganzen Sonntag in ihrem eigenen Bett verbracht und ihr erster Weg am Montag führt sie zu den stummen Verkäufern der Tagespresse. Sie könnte in die Luft springen vor Freude über die Schlagzeilen. Macks Verhaftung zeigt ihr, dass sie alles richtig gemacht hat. Sie fischt eine Zeitung aus einem der Behälter vor ihrer Wohnung und fährt ins »Monarch«. Dass Markus Huber wegen Mordes an Strangassinger verhaftet worden ist, kommt ihr wie der Beleg vor, dass sie im Recht war und Ferdl im Unrecht. Ein gemeiner Mörder bekommt nach vielen Jahren seine gerechte Strafe. Das muss auch Ferdl einsehen. Auf dem Weg meldet sich eine Klatschzeitschrift an Gundis Handy. Sie soll ein Porträt über den Vatermörder verfassen. Seine Herkunft aus dem »Milieu« und so.

»Herr Freudenreich ist nicht im Haus, Frau Starck«, wimmelt die Rezeptionistin sie ab, nachdem sie Ferdl weder in seinem Büro noch in der Kellerbar angetroffen hat. Ferdl nicht im Hotel? Schon wieder? Sie hat das Gefühl, dass er sich verleugnen lässt. Ratlos geht sie auf die Straße vor dem Hotel und starrt die Fassade an. Sie fingert ihr Handy aus der Tasche und drückt die Kurzwahl. Nach zweimal Läuten hört sie das Besetztzeichen. Ferdl hat sie weggedrückt.

Eine mit Blumengirlanden geschmückte Pferdekutsche mit herausgeputzten Wiesnbesuchern klappert an ihr vorbei Richtung Innenstadt.

»Hallo«, rufen die Gäste einer Münchner Firma und winken. Einige halten Maßkrüge in der Hand und prosten ihr zu. Mechanisch winkt sie zurück. Ein Duft von gebrannten Mandeln liegt in der klaren frühherbstlichen Luft. Gundi geht ein paar Schritte zur nahe gelegenen Trambahnhaltestelle und pfeffert die Zeitung in den Papierkorb.

Die nächste Straßenbahn fährt ohne Gundi los. Langsam marschiert sie ihr nach, verliert den blauen Wagen mit seinen Fähnchen aber bald aus den Augen.

Sie hat Benz von ihrem Zerwürfnis mit Ferdl erzählt. Wie enttäuscht sie sei, dass Ferdl wegen seiner früheren Mentorin ihre langjährige Freundschaft auf die Probe stellt. Dass er sie knallhart abserviert, hätte sie sich nicht vorstellen können.

»Kannst du mir erklären, was Ferdl mit dieser Sonja verbindet?«, hat sie Benz gefragt. »Was ist das für ein Bündnis, in dem man sogar einen Mord deckt?«

»Ferdl war Page und kellnerte in Schwulenbars, als ich ihn kennenlernte«, hat Benz erklärt. »Dann kam Aids und Madame Sonja nahm ihn unter ihre Fittiche. Als ich aus München weg bin, war er schon Empfangschef im ›Monarch‹.«

Ferdl wäre ohne Sonja nie zu diesem lukrativen Job gekommen, sagte er noch, wie Gundi sich erinnert.

»Erst kommt das Fressen, dann die Moral«, murmelt sie bitter.

Am Max-Weber-Platz biegt sie ab und steht wenig später vor Benz' Haus. Sie klingelt. Keine Antwort. Von der gegenüberliegenden Straßenseite aus kann sie die Fenster sehen. Im dritten Stock sind alle geschlossen. Vermutlich schläft er noch, nach seiner Taxlerschicht gestern Nacht.

Gleich um die Ecke ist eine Metzgerei. Eine Hacklbaur-Filiale, bemerkt Gundi. In München gehört wirklich alles ein paar wenigen Familien. Sie lässt sich an der Theke zwei Wurstsemmeln machen, vier Scheiben Göttinger auf jede. Am nahen Marktplatz setzt sie sich auf eine Bank und spült die Semmeln mit einer Flasche Weißbier hinunter, während sie die Menschen an den weißblau geschmückten Verkaufsbuden beobachtet. Sie ist ein bisschen neidisch auf die scheinbare Unbeschwertheit der Leute. Und sie fühlt sich allein. Schmerzlich wird ihr bewusst, dass sie in ihrem verbissenen Streben nach Unabhängigkeit nie enge Bindungen eingegangen ist. Hätte sie ihre Mutter nicht so früh verloren, hätte sie in ihrem Erwachsenenleben nicht so viel Angst davor gehabt. Sie konnte sich kaum an ihre Mama erinnern. Gundi war neun, als ihre Mutter krank wurde, kurz darauf starb und ihre Tochter der Wortlosigkeit ihres strengen Vaters auslieferte. Seither kennt sie diese Angst, dass man jederzeit alles verlieren kann.

Im Grunde hat mir Ferdl das Messer auf die Brust gesetzt, verteidigt sie sich vor sich selbst. Er oder die Story.

Sie hat die Story gewählt, weil sie eines noch mehr braucht als alles andere: Anerkennung. Die sie von ihrem Vater nie bekommen hat. Wie so oft, wenn ihre Selbstachtung auf dem Nullpunkt ist, reisen ihre Gedanken zurück in die Kindheit. Sie hat geglaubt, ihre Herkunft wie eine Schlangenhaut abstreifen zu können. Sie hat die fehlende Liebe in ihrem Elternhaus mit beruflichem Erfolg kompensiert. Die Bestätigung durch andere ist ihr ganzes Berufsleben lang ihr Antrieb gewesen. Und Ferdl war ihr Verbündeter. Er hat sie darin bestätigt, sich ihr Glück aus eigener Kraft zu schmieden und nicht immer das Versagen ihrer Eltern als Ausrede zu benutzen.

Aber es war alles Selbstbetrug. Nach ihrem Rauswurf beim Tagblatt hat sie das Lob vom Chef und sogar den Neid ihrer Kollegen vermisst. In Wahrheit war sie an ihrer Arbeitsstelle eine ersetzbare Spielfigur am Rand. Wirkliche Aufnahme in ihrer Zunft hat sie nie erfahren.

Jetzt hat sie ihren einzigen anderen Ankerplatz im Leben verloren. Ihr Zerwürfnis mit Ferdl war endgültig und sie hat es mit ihrem Artikel besiegelt.

Sie ertappt sich beim Gedanken an Benz. Vielleicht ist er diese von allen Frauen erträumte Kombination aus Freund und Lover, an die sie nie ernsthaft geglaubt hat. Sofort verbietet sie sich diese dumme Vorstellung. Bei Benz geht es ihr in Wahrheit nur um die Bestätigung, dass sie immer noch eine attraktive Frau ist. Wütend über sich selbst zerknüllt sie das Wurstsemmelpapier. Ist es jemals genug verdammte Anerkennung? Sie hat das Gefühl, an einem Wendepunkt angekommen zu sein.

Zu Hause setzt sie sich an ihren Schreibtisch und beginnt, an ihrem Porträt über Mack zu arbeiten.

Markus Huber, geboren 1967 als Sohn der Edelprostituierten Sonja Huber, genannt Sonny, und ihrem Freier, dem Regierungsbeamten Rudolf Strangassinger, tippt sie.

Sie muss online recherchieren, ihr Archiv beginnt erst 1992. Sie findet heraus, dass Rudolf Strangassinger und Sonja Huber seit Beginn der 1970er-Jahre in Sachen »Sperrbezirk« miteinander zu tun gehabt haben müssen, im »Dirnen-Krieg von München«. Im Vorfeld der Olympischen Spiele 1972 hat die Stadtverwaltung, besorgt um das Ansehen Bayerns in der Welt, die gesamte Innenstadt zum Sperrbezirk erklärt. Besonders Stadtrat Strangassinger hat sich als Tugendwächter hervorgetan und davon gesprochen, »diesen Sumpf auszutrocknen«. Damals muss Markus, sein illegitimer Sohn mit der von der Presse als Freiheitskämpferin stilisierten bildschönen »Sonny«, schon ein paar Jahre alt gewesen sein.

Sie findet alte Artikel in den Online-Archiven der Zeitungen. Einer berichtet, dass eine Hundertschaft Polizei ein berüchtigtes Bordell in der Nähe des Hauptbahnhofs besetzt und die anwesenden Damen bei ihrer Berufsausübung blockiert hat. Die wehrten sich mit einer nie da gewesenen Solidaritätsaktion für »Bumsfreiheit«, unterstützt von Bürgerinitiativen aus Studenten, Künstlern und amüsierten Bürgern.

Gundi sichtet Bilder, auf denen leicht bekleidete Damen, vermutlich auch Sonja Huber, auf dem Dach des größten Laufhauses im Bahnhofsviertel demonstrieren, während eine Polizeikette um das Gebäude herum potenzielle Freier abhält, das sündige Haus zu betreten.

In einem vorläufigen Kompromiss hat man sich auf einen Betrieb begrenzt auf die Tagesstunden geeinigt.

Die gewerbetreibenden Damen zogen vor Gericht und ein Kriminalbeamter sprach in einer Pressemitteilung zu Gundis Vergnügen davon, dass sich sie Fronten »versteift« hätten. Die Justiz gab den Stadtoberen recht, das Verwaltungsgericht in München kam zu dem Ergebnis, dass Prostitution keine durch das Grundgesetz geschützte Tätigkeit sei. Die Bordelle der Stadt mussten an den Stadtrand abwandern.

Rudolf Strangassinger muss Blut und Wasser geschwitzt haben, schreibt Gundi. *Aber die Prostituierte Sonny spielte ihre Trumpfkarte nicht aus.*

Zwischen den ersten Auseinandersetzungen um den Sperrbezirk in München und der Ermordung Strangassingers 1985 muss der junge Markus die Skinheads entdeckt haben. Und seinen leiblichen Vater. Gundi fallen Pettenkofers Archivschränke ein. Möglicherweise wäre in alten Polizeiberichten Verwertbares über Macks Jugend zu finden. Ladendiebstähle oder andere Auffälligkeiten. Kurz entschlossen setzt sie sich ins Auto.

Sie erwartet, dass Julius Pettenkofer nicht erbaut ist über ihren journalistischen Alleingang, und tatsächlich bittet er sie zunächst nicht herein.

Erst als sie ihn darauf hinweist, dass ausschließlich seine verhinderten Ermittlungen über einen Skinhead zur jetzigen Festnahme führten, gibt er die Türblockade auf.

»Ich hatte angenommen, dass Sie zuerst mit mir sprechen, bevor Sie mit diesem Verdacht an die Öffentlichkeit gehen«, grummelt er, als sie die Treppe hochsteigen.

»Für Ihr Buch über den Zusammenhang der beiden Taten und die rechtsradikalen Hintermänner brauchen wir mehr Hintergrundinformationen über Markus Huber«, versucht sie, ihn aus der Reserve zu locken. Doch ihre Frage, ob sie eigenständig in seinen Archiven blättern könne, beantwortet er mit einem klaren Nein.

»Dann frage ich Sie eben. Haben Sie in Ihren Fallakten irgendwelche Daten oder Berichte von auffällig gewordenen Skinheads in München vor der Ermordung Strangassingers?«

Sie sitzen in Pettenkofers Arbeitszimmer inmitten von Unterlagen aus der Zeit, die Gundi interessiert, aber seine Schränke bleiben zu.

»Dem bin ich natürlich nachgegangen«, antwortet er zögerlich. »Es gab einen Jugendtreff im Schlachthofviertel. Burg Trausnitz. Da pöbelten einige Glatzköpfe Passanten an. Ein paar Handgreiflichkeiten, Anzeigen wegen Ruhestörung und minder schwerer Körperverletzung. Ein Markus Huber war nicht dabei.«

»Und der Fall, als ein Türke totgeprügelt wurde?«

»Konnte man zunächst nicht nachweisen. Sie haben übrigens nachlässig recherchiert. Der Fall wurde später neu aufgerollt und ein Tatverdächtiger überführt.«

»Wirklich?« Gundi wird rot.

»War aber auch nicht Markus Huber. Ich habe überhaupt keine Verbindungen zwischen Markus Huber und der Münchner Skinheadszene. Sind Sie sicher, dass wir den Richtigen haben?«

»Absolut. Er sprach von seiner Wut«, versucht sie, sich an den Wortlaut des Geständnisses zu erinnern. »Ich arbeite daran, Hubers Lebensstationen nachzuzeichnen. Was für eine Spur war das noch mal, die nach Hamburg führte?«

»Eine Bierflasche. Aber wenn Markus Hubers Fingerabdrücke auf dem Hendlspieß in der Asservatenkammer sind, ist er ohnehin erledigt. Vielleicht gesteht er gerade in diesem Augenblick. Das Verhör läuft ja noch.«

»Hat die Polizei schon eine Verbindung zwischen dem verhafteten Huber und dem Fall Hacklbaur hergestellt?«

»Man weiß nur, dass Huber in einem von Michael Hacklbaurs Schlachthöfen gearbeitet hat, bis es zu Personalabbau wegen Corona kam.«

Immerhin etwas, seufzt Gundi innerlich. Es bleibt die einzige neue Information, die sie von Julius Pettenkofer erhält.

In den Abendstunden ist sie mit ihrem Entwurf vom »Porträt eines Mörders« keinen Satz weiter als vor ihrem Besuch bei Pettenkofer. Nichts, was über die Beziehung von Mörder und Opfer vor der Tat Aufschluss gäbe. Müde beschließt sie, früher ins Bett zu gehen. Da klingelt ihr Handy. Es ist André. Sie wollte ohnehin mit ihm über ihre angedachte Kollaboration zum Zusammenhang der beiden Morde sprechen und geht ran.

»Gundi, stell dich auf einen Shitstorm ein.«

»Wieso?«

»Markus Huber ist auf freiem Fuß.«

Sie schnappt nach Luft. »Was?«

»Er hat Rudolf Strangassinger nicht ermordet«, antwortet André ruhig.

Gundi braucht ein paar Sekunden, um zu realisieren, was sie gerade gehört hat. Dann hat sie sich wieder im Griff. »Wer sagt das?«

»Die Ermittlungen. Huber gab zu, am Tatort einen handgreiflichen Streit mit seinem Vater gehabt zu haben.«

»Also Mord im Affekt«, versucht sie zu retten.

»Totschlag wäre inzwischen verjährt, Gundi. Auch den hat er nicht begangen. Die Fingerabdrücke an der Tatwaffe sind nicht die seinen.«

»Er hat nicht auf seinen Vater eingestochen?«

»Nein.«

Gundi kann nach wie vor keinen klaren Gedanken fassen. Sie hat das Gefühl, dass der Boden unter ihr schwankt. Würden die Mauern ihrer Wohnung anfangen zu bröckeln, wäre sie nicht überrascht. »Und was heißt das jetzt?«

»Möglicherweise wirst du von der Polizei hören, Gundi. Aber du hast nicht wider besseres Wissen gehandelt und auch keine offizielle Anzeige gemacht.«

»Was soll denn das jetzt heißen, André? Bin jetzt ich schuld?«

»Nein. Ich sage das nur für den Fall. Du kannst dich auf die Pressefreiheit berufen. Verdachtsberichterstattung.«

»Und was meinst du mit Shitstorm?«

»Die Kollegen schießen sich auf dich ein, Gundi. Hetzjagd auf einen Unschuldigen. Sie werden dir persönliche Motive unterstellen. Geltungssucht. Verbitterung wegen deines Rauswurfs beim Tagblatt. Ich glaube, du wirst gerade zum Bauernopfer bei der Selbstbeweihräucherung der Boulevardpresse. Ein paar sind sicher neidisch auf deinen Coup gewesen und rächen sich jetzt …«

Noch während André spricht, öffnet Gundi ihren Facebook-Account. 238 Nachrichten. »Schmierfink!« ist noch die mildeste Beschimpfung. Als sie »Presse-Fotze« liest, schaltet sie ihren Computer aus.

»Geh auf Tauchstation«, rät ihr André.

»Das muss alles ein riesengroßer Fehler sein«, stammelt sie zum Abschied.

Ganz langsam werden Gundi die Konsequenzen dieser neuen Entwicklung klar. Wenn Mack nichts mit der Ermordung Strangassingers zu tun hatte, wenn nicht er »Sau« auf dessen Leiche geschmiert hat, ist er auch nicht der Attentäter im aktuellen Fall Hacklbaur. Sie ist sich sicher, dass sich die Polizei irrt. Dass sie einen Schuldigen laufen lässt.

Die schlimmste Nachricht in diesem Anruf wird Gundi erst Minuten später bewusst: »Markus Huber ist auf freiem Fuß«, klingt ihr noch immer in den Ohren.

Das bedeutet, dass ein gemeingefährlicher Stalker im Rachemodus in München herumläuft, der weiß, wo sie wohnt. Panisch reißt sie ihre Vorhänge zu, verschließt die Wohnungstür und hängt die Kette ein. Sie löscht alle Lichter und setzt sich auf die Couch. Im Dunkeln. »Ich räche mich immer«, hat Markus Huber im Café Hüller gesagt.

22. KAPITEL

»Du machst mir keine Angst, du impotenter Wichser«, faucht sie in den Hörer. Es ist nicht der erste Anrufer, der findet, dass sie hässlich sei, ihr widerliche Todesarten an den Hals wünscht oder sie zur Maßregelung vergewaltigen will. Zum ersten Mal erlebt Gundi am eigenen Leib diese moderne Form der Massenkommunikation, in der jeder glaubt, zu allem seinen Senf dazugeben zu müssen.

Nach ein paar Stunden Schlaf in ihrer verbarrikadierten Bude hat sie beschlossen, keine Angst zu haben und das zu zeigen. Obwohl es nur zur Hälfte stimmt. Sie schaltet Handy und Computer wieder an.

Der Verdacht, Markus Huber habe als jugendlicher Skinhead seinen Vater Rudolf Strangassinger mit einem Hendlspieß ermordet, hat sich nicht erhärten lassen und Mack ist gestern Abend aus der Untersuchungshaft entlassen worden. Wie von André angekündigt, gehen die Kollegen in ihren Meldungen über die Unschuld von Markus Huber nicht zimperlich mit Gundi um. Ein unbescholtener Bürger sei wegen seiner Verfehlungen als Jugendlicher ins Visier einer frustrierten Journalistin geraten, hieß es. Skandalberichterstattung sei das gewesen. Vorverurteilung. Die Kollegen von der Boulevardpresse rügen Gundis »Hetzkampagne«, eine andere Zeitung schreibt gnädiger von einem bedauerlichen Verstoß gegen journalistische Standards durch eine ungelernte Journalistin und vergisst dabei nicht, den eigenen Heiligenschein zu erwähnen. Facebook, Twitter oder ihren vernachlässigten Blog öffnet Gundi lieber nicht. Beruflich ist sie erledigt, das ist ihr klar.

»Da schmeckt einem deine Weißwurst nicht und schon diffamiert er dich im Internet als Giftmischer«, hat Ferdl einmal über die Trolle geklagt, die in unregelmäßigen Abständen über das »Monarch« herfallen.

»Armselige Loser, die von ihrem eigenen langweiligen Leben ablenken wollen«, hat Gundi kommentiert und der medialen Urteilswut keine weitere Bedeutung beigemessen. »Jemanden zu beschimpfen, ist keine Meinung«, hat Ferdl gesagt.

Jetzt spürt sie, wie gedemütigt man sich als Ziel dieser missverstandenen Meinungsfreiheit fühlt. Hilflos, ausgeliefert und vor allem beschämt.

Ihre »Hater« am Telefon sind durchwegs Frauenhasser und Leute, die ohnehin an die Lügenpresse glauben. Vor ihnen hat sie tatsächlich wenig Angst. Vor Mack Huber hat Gundi Todesangst. Selbst bei Tageslicht und nüchtern durchdacht, ist zu erwarten, dass er sich für ihre falsche Anschuldigung rächen will. Das ist aber nicht alles. Denn seit die Morgennachrichten Pettenkofers Information bestätigt haben, dass Mack ein arbeitsloser Schlachter ist, der bis zu den Corona-Lockdowns in den Betrieben Hacklbaurs gearbeitet hat, ist sie überzeugt, dass er ein kaltblütiger Mörder ist. Nicht Strangassingers Mörder vielleicht, aber er ist der durchgeknallte Attentäter, der glaubt, auf einer heiligen Mission zu sein. Ein Wahnsinniger, der seinen ehemaligen Chef mit einem Bolzenschussgerät hingerichtet und seine Leiche in eine Wanne voller Blut getaucht hat. Sie ist auf der richtigen Spur gewesen, nur im falschen Fall. Mack Huber ist ein Killer. Und zwar einer, der jetzt hinter ihr her ist.

»Spreche ich mit Gundula Starck?«, fragt der Mann am Telefon, den sie gerade Wichser genannt hat. »Kunigunde, wenn schon«, antwortet sie patzig und bemerkt erst jetzt, dass dieser Anrufer wohl nicht zu den Trollen gehört.

»Ich bin von der Kanzlei Weberl und Partner und weise Sie darauf hin, dass Frau Strangassinger gegen Sie Anzeige wegen Verleumdung stellen wird. Möchten Sie sich zu der Sache äußern?«

Ohne eine Antwort zu geben, berührt Gundi das kleine rote Telefonzeichen auf dem Display. Ihr schwant, dass sie noch nicht ganz unten angekommen ist. Nicht genug, dass sie ihre Glaubwürdigkeit als Reporterin verloren hat. Sie wird sich für ihren Fehler auch vor Gericht verantworten müssen.

Wie schon einige Male davor an diesem Morgen wählt sie Benz' Nummer, erreicht aber erneut nur die Mailbox. Als sie ohne eine Nachricht zu hinterlassen auflegt, ploppt der Hinweis auf eine neue SMS auf. Eine Nachricht von Mack. Gundi hält den Atem an. Dann tippt sie auf Öffnen. Es ist wieder ein Bild. Erneut ein Selfie, diesmal ohne nackten Oberkörper. Es zeigt nur Macks Gesicht. Er sieht direkt in die Kamera und hält sich eine Pistole an die Schläfe. Gundi zieht scharf die Luft ein und schließt die App.

Für eine Sekunde bleibt die Welt stehen.

Er kündigt sich an, ist der glasklare Gedanke, den sie fassen kann. »Er hat eine Waffe und er ist auf dem Weg zu mir.«

Bumm! Gundi zuckt zusammen. Sie hört einen weiteren dumpfen Schlag. Und noch einen. Jemand schlägt mit einem schweren Gegenstand gegen ihre Tür. Auf Zehenspitzen geht sie ein paar Schritte in ihre kleine Diele.

»Ich krieg dich, du Sau!«, schreit eine Stimme vor ihrer Tür. Es ist Mack, daran besteht kein Zweifel.

Bumm! Die Angst schnürt ihr die Luft ab. Blitzartig überlegt sie, wo sie sich verstecken könnte. Sie hastet ans andere Ende ihrer Wohnung, in ihr Schlafzimmer, und schmeißt die Tür hinter sich zu. Ihr Puls rast und sie schnappt nach Luft.

Ich kann sie nicht absperren, schießt ihr durch den Kopf. Sie hat keine Schlüssel für die Innentüren, bemerkt sie. Eine kurze Weile überlegt sie, sich unter dem Bett zu verstecken oder im Schrank, verwirft diesen kindlichen Einfall aber. In der schweißnassen Hand hält sie noch immer ihr Handy. Wild tippt sie ihren Code ein und vertippt sich vor lauter Hektik. Noch mal. Der Bildschirm mit den Zahlen schüttelt sich erneut. Sie wirft das Handy auf ihr ungemachtes Bett, atmet tief ein und betritt erneut die Diele vor ihrer Wohnungstür. Hier steht ihr Festnetzapparat. Sie muss die 110 erreichen.

Bumm! Ein weiterer Schlag gegen ihre Tür. Gleich wird das windige Stück Holz zwischen ihr und ihrem Mörder aus den Angeln springen, das ist gewiss. Für einen Moment wird ihr schwindlig und sie glaubt, ohnmächtig zu werden. Sie greift nach dem Telefon auf der Ablage und lässt sich auf den Boden sinken. Als sie die drei Tasten gedrückt hat, hört sie einen dunklen Warnruf vor ihrer Tür und einen quiekenden Aufschrei. Etwas Schweres fällt dumpf von außen an ihre Tür. Sie lässt das Telefon sinken, kriecht auf allen vieren Richtung Eingang und hält den Atem an. Männerstimmen, die sich gedämpft streiten, sind zu hören.

»Du kommst jetzt mit!«, glaubt sie zu vernehmen. Dann hört sie Schritte, die sich entfernen. Sie legt ihren Kopf an die Tür und lauscht. Stille. Von weiter unten im Treppenhaus meint sie, wieder Stimmen auszumachen. Langsam zieht sie sich am Türknauf auf die Beine und macht einen tiefen Atemzug. Mit vorgelegter Kette öffnet sie die Tür und lugt durch den Spalt. Niemand da. Unten hört sie die Haustür ins Schloss fallen. Wie in Trance dreht sie sich um und greift nach dem Telefon am Boden.

»Hallo? Notrufleitstelle. Wie kann ich Ihnen helfen?«

»Entschuldigung, ich habe mich getäuscht«, flüstert Gundi und legt auf.

Auf Zehenspitzen, als könnte ein Geräusch von ihr den Angreifer erneut befeuern, geht sie an ihr Fenster und sieht sich im Innenhof um. Zum ersten Mal in ihrem Leben bedauert sie, kein Fenster zur Straße zu haben. Gleichzeitig weiß sie eines sicher: Sie muss hier weg.

Nach wenigen Minuten hat sie Zahnbürste und Kleidung zum Wechseln in eine kleine Reisetasche gestopft. Sie muss sich in Sicherheit bringen, das ist alles, was sie denken kann. Hektisch schlüpft sie in ihren alten Ledermantel, klappt den Kragen hoch und stopft ihre Haare unter eine große Ballonmütze. Bevor sie die Wohnung verlässt, presst sie das Ohr minutenlang an ihre Tür, um sich zu versichern, dass niemand draußen lauert und es im Treppenhaus mucksmäuschenstill ist. Sie verlässt ihren unsicheren Unterschlupf und springt, so schnell sie kann, die Treppen hinunter ins Freie. Eine Mutter mit Kinderwagen kommt die Straße entlang und gegenüber steht ein älterer Mann mit Fahrrad vor der Apotheke. Noch nie hat sich Gundi derart über andere Menschen gefreut. In der Sicherheit der mittäglichen Geschäftigkeit schleicht sie zu ihrem Auto und verriegelt die Türen von innen, noch bevor sie richtig sitzt.

Am Johannisplatz kommt ihr am Eingang von Benz' Haus ein Bewohner entgegen. Sie schlüpft hinein und erreicht schnaufend den dritten Stock. An der dunkel lasierten Wohnungstür steht »Henriette Richter« – der Name von Benz' Mutter –, bemerkt sie zum ersten Mal. Er ist mit geschwungener Schrift in ein goldenes Schild graviert und Gundi ist überzeugt, dass dieses massive Portal jedem Angriff standhalten würde. Sie betätigt die Klingel. Wie gestern öffnet niemand.

»Verdammt, Benz«, murmelt sie und drückt erneut den kleinen Messingknopf. Sie bleibt drauf.

»Dingdong-dingdong-dingdong-dingdong«, schallt es von innen heraus. Endlich reißt Benz die Tür auf. Er hat nur ein Handtuch um die Hüften und Gundi wird warm ums Herz beim Blick auf seine verstrubbelten Haare.

»Ich brauche deine Hilfe, Benz«, haspelt sie und drückt sich an ihm vorbei in die Wohnung. Tränen der Erleichterung schießen ihr in die Augen. »Ich kann nicht mehr nach Hause …«

In der Schlafzimmertür steht eine Blondine in ein Leintuch eingewickelt. So wie sie selbst nach ihrer ersten Nacht mit Benz vor einer Woche. Sekundenlang starrt Gundi die Fremde an, die verlegen eine Hand zum Gruß hebt. Dann kapiert sie es. Sie dreht sich zu Benz um und sieht ihn mit offenem Mund an. Der zieht seine Augenbrauen hoch.

»Echt jetzt?«, fällt Gundi ein und Benz zuckt mit den Schultern.

»Ich hatte nicht mit Exklusivitätsansprüchen deinerseits gerechnet«, sagt er.

Gundi stürmt an Benz vorbei und verpasst ihm beim Hinauslaufen einen kleinen Schubs. Sie springt das geschwungene Biedermeier-Treppenhaus hinunter und erwartet in der kühnen Klein-Mädchen-Ecke ihres Herzens, dass er ihr nacheilt.

Gundi, du bist die Einzige für mich!, fantasiert sie, aber sie hört ein Stockwerk über sich nur die Tür ins Schloss fallen. Sie erreicht die Straße und weiß nicht, ob sie vor Wut oder aus enttäuschter Liebe weint.

Am Nachmittag sitzt sie in ihrem Auto schräg gegenüber des Hotels Monarch. Gut gelaunte Gäste gehen ein und aus. Der Portier in einer Loden-Livree und einem Zylinder winkt Taxis heran und öffnet die Fondtüren. Die zweite Wiesnwoche ist in vollem Gang, herausgeputzte Leute fahren oder gehen gemeinsam zur Wiesn oder sie kommen von dort zurück. Wie auf Postkarten strahlt die Sonne vom weiß-blauen Himmel und die Menschen lächeln sich an wie auf den Bildern in einem Kinderbuch. Als wäre nichts geschehen. Als wäre kein Killer auf freiem Fuß. Dass die Wiesn einfach weitergeht, kommt Gundi vollkommen unwirklich vor. Beim Anblick des Türstehers mit seinem überkandidelten Outfit fällt ihr Ferdls Leder-Kilt ein und sie lächelt in einer fernen Erinnerung an schöne Zeiten. Ferdl mag es, wenn seine Leute die glamouröse Vergangenheit des »Monarch« zelebrieren. Schon fahren die nächsten Gäste vor. Der Zylinderträger hilft den ankommenden Trachtlern beim Ausladen ihrer Koffer. Es herrscht Hochbetrieb.

»Hohe Gamsbartdichte«, würde ihr Freund sagen. In einem früheren Leben hätten sie sich heimlich über den durchstrukturierten Pauschalrausch der Spießer lustig gemacht. Aus einer irrationalen Hoffnung heraus lässt Gundi den Eingang nicht aus den Augen. Manchmal kommt Ferdl vor die Pforte, um ein Zigarillo zu rauchen. Hineinzugehen, als wäre nichts gewesen, wagt sie nicht. Aber Ferdl kommt nicht heraus. Nach einer geschlagenen Stunde weiß sie nicht mehr, was sie hier will. Hat sie erwartet, dass Ferdl sie vor dem Hotel bemerkt und hereinbittet?

»Macht nix, Gundi, dass du den unschuldigen Sohn meiner Freundin öffentlich des Mordes bezichtigt hast. Kann jedem mal passieren.« Von wegen!

Die verdammte Wahrheit ist, dass sie wegen einer beschissenen Sensationsgeschichte ihren besten Freund verloren hat. Noch dazu eine Geschichte, die ihr nicht Ruhm, sondern Schande eingebracht hat. Und jetzt Benz. Was hat sie sich da gedacht? Dass er der Prinz auf dem weißen Pferd ist? Der Retter in der Not? Sie kann nicht fassen, dass sie, die freiheitsliebende und unabhängige Gundi, heimlich von der großen Liebe träumte. In der heruntergeklappten Sonnenblende betrachtet sie ihr Spiegelbild und wischt die zerlaufene Wimperntusche weg. Sie erinnert sich, sie tags zuvor aufgetragen zu haben, bevor sie mit ihrem Bericht in der Zeitung über die Verhaftung von Mack etwas rechthaberisch zu Ferdl gefahren ist. Und jetzt sitzt sie hier im Auto und traut sich nicht, ihm unter die Augen zu treten. Sie muss etwas tun. Sich selbst helfen. Entschlossen dreht sie den Anlasser und fährt los.

Wieder muss sie Sturm klingeln, bis jemand antwortet. Sie steht am Gartentor vor der schmucken Villa in Obermenzing und Frau Strangassinger kommt nach einer Weile mit entschlossenen Schritten heraus.

»Verleumdung, Frau Strangassinger?«, ruft sie ihr von Weitem zu.

Die Dame des Hauses beeilt sich über den mit Rosen geschmückten Pflasterweg. »Schreien Sie hier nicht so herum!«

»Ich habe mich im Mörder geirrt, aber dass Markus Huber der uneheliche Sohn Ihres Mannes ist, ist eine Tatsache …«

»Sie sollten den Mörder meines Mannes finden und nicht seine bedauerlichen Verfehlungen ans Licht zerren.«

Gundi muss nur kurz überlegen. »Wussten Sie, dass ihr Mann einen unehelichen Sohn hat?«

»Natürlich nicht!«

Manchmal sieht man den Menschen die Lüge wirklich wie auf der Stirn geschrieben an, bemerkt Gundi.

»Es geht um sein Erbteil, nicht wahr? Mack Huber könnte als Sohn Ihres Mannes Anspruch auf Ihr Geld anmelden.«

»Ich habe Ihnen nichts mehr zu sagen.« Frau Strangassinger beendet das Gespräch und wendet sich ab Richtung Haustür. Dann dreht sie sich noch einmal um. »Sie hören von meinen Anwälten. Und verschwinden Sie, in Gottes Namen!«

Pauline Amalie Sophie Strangassinger wird ihren Reichtum mit Klauen und Zähnen verteidigen, das ist Gundi klar. Sie wird die Vaterschaft anfechten und die Verleumdungsklage ist für die reiche Dame nur eine flankierende Maßnahme. Gundi wird die Klage einen Batzen Geld kosten oder ihr sogar eine Gefängnisstrafe bescheren. Aber ihr Leben als unbescholtene Bürgerin ist ohnehin Geschichte.

Ziellos steuert Gundi ihren Wagen durch München. Die Wut auf Pauline Strangassinger hat sie nur kurzzeitig von ihrer aussichtslosen Lage ablenken können. Jetzt legt sich die Verzweiflung wie ein sich langsam mit Luft füllender Schwimmflügel um ihren Hals. Es gibt niemanden, den sie um Hilfe bitten könnte. Niemanden, der sie bei sich aufnehmen würde. Sie verlässt den Mittleren Ring bei Perlach in Richtung Innenstadt. Plötzlich drückt hinter ihr jemand empört auf die Hupe und sie reißt das Steuer herum. Erschöpft, wie sie ist, hat sie beim Ausfahren den Wagen rechts von sich nicht bemerkt. Sie nimmt die nächste Ausfahrt und fährt über kleine Schlaufen in Nebenstraßen in Richtung Zuhause in der Au.

»Ein Plan ist etwas anderes«, gesteht sie sich ein, aber sie wird die Wohnungstür mit ihrem Schrank verbarrikadieren und morgen wird sie weitersehen. Langsam rollt sie an der Isar entlang und hält nach Parkplätzen Ausschau. Als sie in den Bereiteranger zu ihrem Wohnblock einbiegt, sieht sie ihn. Mack! Um Gottes willen. Er sitzt breitbeinig an einem Tisch auf dem Gehsteig vor »ihrem« Café Hüller. Als würde er auf sie warten.

Sie tritt aufs Gas. Im Rückspiegel versucht sie zu erkennen, ob er sie gesehen hat. Panik erfasst sie. Weg von hier, und zwar so schnell wie möglich! Auf keinen Fall wird sie allein in ihre Wohnung zurückgehen, Schrank hin oder her. Sie wird nicht abwarten, dass er ihre Türe eintritt. Oder die Fassade hochklettert. Sie wird nicht gutgläubig wie der Frosch auf den Stich des Skorpions warten.

»Wohin? Wo soll ich bloß hin?« Ihren verzweifelten Aufschrei hört niemand. Erst mal fährt sie einfach weiter. Alle paar Sekunden überprüft sie den Verkehr hinter sich, um zu sehen, ob Mack sie verfolgt. Gleichzeitig weiß sie, wie dumm das ist. Schließlich ist Mack nicht James Bond, der jederzeit in ein bereitstehendes Auto springen kann. Sie fährt den Nockherberg hoch, während sie fieberhaft überlegt, was sie tun soll, und hält in einer Parkbucht am Ostfriedhof an, um eine vernünftige Entscheidung zu fällen.

»Das ist die Quittung für dein egoistisches Verhalten«, hört sie Ferdl in ihrem Kopf sagen. Das Bild von ihrem besten Freund in der Favoritenliste ihres Handys zeigt ihn in cooler Pose mit Zigarillo im Mundwinkel. Er sieht ein wenig aus wie Alain Delon in seinen besten Jahren. Ihn anzurufen, wagt sie nicht. Mitten in dieser großen feiernden Stadt, die sie als ihre Rettung aus der Enge ihres Heimatdorfes gesehen hat, ist sie auf sich allein gestellt. Ihre anderen sozialen Kontakte waren immer nur Kollegen oder kurzfristige Weggefährten. Sie hat weder Familie noch Freunde.

In den nächsten 20 Minuten telefoniert sie Hotels ab. Nirgends ist ein Zimmer frei. Die meisten bedauern mit Verweis auf das Oktoberfest, einige lachen sie aus. Sie erinnert sich an ihre erste Zeit hier in München, als sie mit einem Koffer in der Hand am Münchner Hauptbahnhof angekommen ist und nicht wusste, wo sie bleiben sollte. Damals hatte sie die Adresse einer Jugendherberge und den eisernen Willen, nicht mehr zurückzukehren in das Dorf ihrer Kindheit, in dem sie sich nie zu Hause gefühlt hat. Damals hat es kein Killer auf sie abgesehen. In ihrer Verzweiflung fallen ihr die Campingplätze der Stadt ein und sie fährt los.

Seit Wochen ausgebucht, erfährt sie. Jeder einzelne Stellplatz in München scheint mit einem Wohnwagen belegt zu sein. Nach zwei Stunden Suche wird es langsam dämmrig. Unbewusst steuert sie ihren Wagen auf die A9, die ins unromantische bayerische Hinterland führt. Bei Garching nimmt sie die Ausfahrt in Richtung eines Park-and-Ride-Platzes. Auch hier scheint zunächst alles besetzt, als wäre ganz Bayern heute zum Oktoberfest gefahren. Endlich findet sie eine freie Bucht und parkt ein. Sie holt ihren Ledermantel von der Rückbank nach vorne und legt ihn sich über die Brust. Aufgerieben von ihrer Odyssee lässt sie die Tränen laufen. Als die Nacht über die gespenstisch beleuchtete Blechwüste hereinbricht, fingert sie erneut nach ihrem Handy und wählt endlich doch Ferdls Nummer. Es läutet einmal an, dann wird der Bildschirm schwarz. Ihr Akku ist leer.

23. KAPITEL

Als sie aufwacht, sind die Scheiben ihres Fiesta beschlagen. Es ist wider Erwarten Tag geworden. Instinktiv greift sie nach dem Handy und erinnert sich. Kein Saft mehr.

Gegen Mitternacht ist es betriebsam geworden auf dem Parkplatz und sie hat sich auf ihrem Sitz klein gemacht, um sich vor den Blicken der abfahrenden München-Besucher zu verstecken. Einmal war sie sich sicher, dass Mack auf ihren Wagen zukommt, und startete, zu Tode erschrocken, ihren Wagen. Zu ihrer Erleichterung blinkte die Türverriegelung des Buchtnachbarn auf. Die restliche Nacht hat sie auf dem so weit wie möglich flach gelegten Beifahrersitz gefroren. Immer wieder hat sie Motor und Heizung für eine Weile laufen lassen, in der Gewissheit, allein zwischen den verbliebenen Autos zu sein. Sie kann sich noch erinnern, den Sonnenaufgang als zarte Erhellung des Horizonts bemerkt zu haben. Dann muss sie eingeschlafen sein.

Sie öffnet die Beifahrertür und reckt sich steif. Die Sonne steht schräg am Himmel, Gundis Parkplatz liegt noch im Schatten. Inzwischen herrscht erneut reger Betrieb auf dem Areal, aber niemand der ankommenden oder abfahrenden Fahrer beachtet sie. Sie fröstelt und hat einen scheußlichen Geschmack auf ihrer Zunge. Und sie muss dringend aufs Klo. Hilfesuchend sieht sich um und entdeckt die U-Bahn-Station. Es ist ein Gefühl, wie im Lotto gewonnen zu haben.

Als sie erleichtert und mit einem Pappbecher-Kaffee zurück zum Auto kommt, hat die Herbstsonne ihren Wagen erreicht. Sie setzt sich auf den Fahrersitz und schlürft die warme und absichtlich überzuckerte Kioskbrühe. Ein neuer Tag liegt vor ihr und mit einem Mal ist die Gewissheit da, dass es nichts auf dieser Welt geben kann, was sie nicht meistert. Im Grunde musste sie immer alles ohne fremde Hilfe schaffen. Sie wird auch diese Katastrophe alleine überstehen. Egal, was war, sie ist noch nie untergegangen.

»Zeit für einen Plan«, ermahnt sie sich. Sie beschließt, hier in Garching zur nächsten Polizeidienststelle zu fahren und um Schutz zu bitten. Natürlich wird ihr keine Leibwache gewährt werden, das ahnt sie. Doch alles ist besser, als eine weitere Nacht auf der Flucht zu verbringen. Danach wird sie weitersehen. Vielleicht kann sie bei den Freunden und Helfern zumindest ihr Handy in eine Ladestation einstöpseln. Sie lächelt über ihren wiedergewonnenen Optimismus, schaltet die Zündung ein und dreht am Knopf des Autoradios.

»... Prinzregentenstraße abgesperrt und alle Bewohner evakuiert«, hört sie im Verkehrsfunk. Sofort ist sie alarmiert. Sie dreht an der Senderprogrammierung bis zum Nachrichtenkanal. Wenige Minuten später hört sie die neuesten Meldungen. Es gab eine Bombendrohung im Hotel Monarch in der Münchner Innenstadt. In den Morgenstunden hat ein anonymer Anrufer in dem zum Oktoberfest ausgebuchten Viersternehotel angegeben, mehrere Sprengsätze im Hotel deponiert zu haben. Ein Großeinsatz der Polizei läuft. Einsatzkräfte haben das Gebäude abgesperrt. Die umliegenden Häuser wurden geräumt. Ein Sprengkommando ist auf der Suche nach mehreren Bomben im Hotel.

Die Meldung wird wiederholt. Ein Polizeisprecher bestätigt einen ernst zu nehmenden Anschlagsversuch auf die Touristikbranche der Stadt. Ein Zusammenhang mit dem zum Wiesnauftakt erfolgten tödlichen Attentat auf den prominenten »Wurstkönig von München« werde ermittelt. Die Terrorwarnstufe wurde angehoben, weitere Anschläge seien nicht ausgeschlossen. Gundi hält den Atem an. Ob sich noch Menschen im Hotel befänden, könne der Sprecher zu diesem Zeitpunkt nicht mit Sicherheit sagen.

Nachdem sie über die A9 Richtung Innenstadt gerast ist, lässt Gundi ihren Wagen auf der Verkehrsinsel am Friedensengel mit offener Fahrertür stehen und rennt zu Fuß Richtung Polizeisperre. Neugierige Menschenmassen säumen die Straße und Gundi rempelt ein paar von ihnen an, ohne sich zu entschuldigen.

»Ist noch jemand im Hotel?«, schreit sie einen jungen Beamten in Kampfmontur an und schnappt nach Luft.

»Bitte gehen Sie weiter«, antwortet er.

»Ist Ferdinand Freudenreich, der Manager … Wissen Sie etwas von Ferdl?«, keucht sie, aber der Polizist schiebt sie zur Seite.

»Ferdl?«, schreit Gundi in Richtung Hotel, als ob er sie im 200 Meter entfernten Hotel hören könnte. »Ferdl! Feeerdl! Feeeeeerdl!« Ihre Stimme überschlägt sich.

»Gundi?«

Sie fährt herum. »Ferdl!«, schluchzt sie und fällt ihrem Freund um den Hals.

»Sind alle in Sicherheit?«, fragt sie, als sie sich beruhigt hat. »Der Toni auch?«

»Alle. Auch alle Gäste«, bestätigt Ferdl. Kreidebleich im Gesicht erzählt er Gundi, was passiert ist. Um 8 Uhr morgens hat ein unbekannter Mann am Empfang angerufen und angegeben, dass in der Lobby zwei Bomben platziert seien. Ein weiterer Sprengkörper befände sich in einem der Zimmer. Sie würden zeitgleich detonieren.

»Du kannst dir vorstellen, dass zu dieser Uhrzeit unsere Lobby voll von Menschen und Koffern war. Ich hatte keine Zeit, sie alle zuzuordnen, und hab sofort die Polizei angerufen.«

Er hat fast keine Spucke beim Erzählen, bemerkt Gundi und lässt den zarten Ferdl, den sie um einen Kopf überragt, nicht mehr los. Umstehende könnten den Eindruck bekommen, sie habe ihn im Schwitzkasten.

Drei Stunden später ist die Durchsuchung des Hotels mit Unterstützung von zwei Sprengstoffhunden abgeschlossen. Es wurden keine Bomben gefunden. Die

Kripo nimmt die Ermittlungen gegen den unbekannten Anrufer auf. Nach und nach ziehen die Feuerwehrwägen ab und die Polizei regelt das weiträumige Verkehrschaos in den Neben- und Zufahrtstraßen des Hotels. Die Gäste, die in bereitgestellten Bussen gewartet haben, können ihre Zimmer wieder beziehen. Ferdl wird von Reportern belagert und muss sich um einen aufgeregten Gast kümmern, der im ganzen Kuddelmuddel sofort abreisen möchte. Darüber hinaus richtet die Polizei eine Fangschaltung ein, für den Fall, dass der Bombendroher ein weiteres Mal anruft.

»Das kommt bei dieser Klientel öfter vor«, sagt der ermittelnde Beamte. »Das Machtgefühl, das der Täter erlebt wegen der Polizeiaktion, dem Medienrummel und der Angst, die er auslöst, ist einfach zu verführerisch.«

Abends kommt Ferdl völlig erschöpft in die Kellerbar, wo Gundi geduldig auf ihn gewartet hat.

»Sind wir wieder gut?«, fragt sie ihn wie ein Kind.

Ferdl boxt sie lächelnd an die Schulter.

Beim ersten Weißbier redet sich Ferdl die ganze Aufregung von der Seele. Wie er versucht habe, alle Gäste zu warnen und zu evakuieren, ohne eine Panik auszulösen. Wie er alle Mitarbeiter hinausschickte und allein mit dem Generalschlüssel alle Zimmer überprüfte. Wie er die Gäste beruhigt hat und dass ein achtjähriger Junge vermisst war, den sie glücklicherweise im Fitnessraum entdeckten, wo er fasziniert die Hanteln begutachtete. Gundi findet, dass sich ihr Freund wie ein echter Held benommen hat.

Natürlich hat auch Ferdl mitbekommen, dass Mack als Verdächtiger im Fall Strangassinger ausgeschlossen wurde und freigelassen worden ist.

»Ich war mir sicher, dass er mir den Mord an seinem Vater gestanden hat«, verteidigt sich Gundi, obwohl sie weiß, dass sie das nicht muss.

»Sonja hat es mir auch ins Gesicht gesagt«, bestätigt Ferdl. »Sie war überzeugt, dass Markus seinen Vater ermordet hat. Und jetzt soll der unschuldig sein? Ich weiß momentan nicht, was ich glauben soll.«

»Ich glaube das nach wie vor nicht«, widerspricht Gundi. Sie ist immer noch überzeugt davon, dass Mack hinter beiden Morden steckt. Dass er seinen Vater erstochen und seinen früheren Arbeitgeber brutal hingerichtet hat. »Irgendwie hat er sich herausgelogen. Vielleicht stimmt etwas mit den Beweisen nicht.«

»Ich glaube, ich habe Markus unterschätzt«, gibt Ferdl zu.

Gundi pflichtet bei. »Und ich habe dir Unrecht getan, Ferdl«, gesteht sie. »Der wusste so viel von mir. Von meinem Vater, von meinem Rauswurf und sogar von meinem Frust, keinen Job mehr zu finden. Dinge, die nur du weißt. Ich dachte, du hättest mich verraten.«

»Sonja hat von mir Solidarität gefordert«, rechtfertigt er sich. »Über dich habe ich mit ihr nie gesprochen.«

Markus Huber hat ihr auf allen Kanälen hinterhergeschnüffelt, wird Gundi klar und gleichzeitig wird ihr bewusst, wie einfach das ist. »Auch meine Ex-Kollegen haben meine Schwächen gerochen wie die Dackel eine Fuchsfährte«, ergänzt sie.

Die Freunde sitzen vereint nebeneinander bei ihrem Weißbier aus der Flasche. Und weil es nichts zu entschuldigen oder zu erklären gibt, braucht es auch keine weiteren Worte. Nach einer Weile legt Ferdl still seinen Arm um Gundis Schultern und drückt sie sanft an sich.

Gundi laboriert an einem neuen Verdacht, während sie schweigend ihr Bier austrinken und die bunten Flaschen in der Bar anstarren.

»Mack könnte auch der Bombenleger sein, Ferdl. Er ist nicht nur hinter mir her, sondern auch hinter dir. Vielleicht, weil er mich nicht gefunden hat.«

Eine Sekunde lang fürchtet Gundi, ihr wiedergefundener Freund könnte das erneut für eine falsche Verdächtigung halten. Deshalb erzählt sie von seinem Stalking, von den bedrohlichen Bildnachrichten, vom Skorpion und von seinem Versuch, bei ihr die Tür einzutreten. Ihre würdelose Nacht auf dem Parkplatz verschweigt sie.

»Ich glaube, dass Mack in mir eine Verbündete für seinen Verschwörungskampf gesucht hat und sich für meinen Verrat rächt«, endet sie. Gundi malt beim Wort »Verrat« Anführungszeichen in die Luft. »Ich glaube, dass die Bombendrohung im Grunde mir gegolten hat.«

Ferdl verbirgt sein Gesicht in den Händen. »Dann kommt er wieder«, flüstert er leise dahinter.

Gundi erkennt, dass Ferdl die nackte Angst um seine Existenz noch im Nacken sitzt. Auch er hat nichts anderes im Leben als dieses Hotel.

»Was ist eigentlich aus deiner Affäre mit Benz geworden?«, fragt er, wie um davon abzulenken.

»Vorbei. War eh nicht auf Dauer angelegt«, flunkert Gundi. »Übrigens verklagt mich die Strangassingerin. Wegen Verleumdung.«

»Was? Die selbstgerechte Kuh! Die wusste seit Jahrzehnten von Sonja und Markus. Eigentlich hätte die Sonja Unterhalt bezahlen müssen«, echauffiert er sich und Gundi nickt. »Ich kenne die besten Anwälte der Stadt«, fügt er kampfbereit hinzu.

Gundi ist gerührt.

Nach einer Weile kommt Ferdl zum Thema zurück. »Und was machen wir jetzt? Soll ich mit deinem Verdacht zur Polizei gehen? Werden die mir glauben, dass der Typ, den sie gerade erst freigelassen haben, ein Bombenleger ist? Und was ist, wenn der seine Drohung wahr macht und wirklich eine Bombe platziert?«

Gundi schüttelt den Kopf. Sie ist sich sicher, dass sie die Sache alleine in die Hand nehmen muss.

»Du machst gar nichts, Ferdl«, verkündet sie etwas großspurig. »Ich habe nichts mehr zu verlieren. Verdachtsberichterstattung ist mein neues Ding.« Sie lacht grimmig. »Ich schreibe eine neue Geschichte. Dass Markus Huber ein Schlachter bei Hacklbaur war mit Zugang zu der Tatwaffe. Dass er ein Neonazi ist und ein Querdenker, der sich unter Corona radikalisiert hat. Und dass er seinen Ex-Chef wie Schlachtvieh getötet hat. Vielleicht wird mir niemand glauben. Vielleicht werden sie sagen, ich hätte mich auf den Kerl eingeschossen. Aber wenn wir Glück haben, löse ich erneut Ermittlungen aus. Zumindest haben wir dadurch eine Chance, dass ihm die Polizei auf die Füße steigt.«

Ohne weitere Worte ist der Beschluss gefasst. Ferdl knallt seine Weißbierflasche an die ihre wie in alten Zeiten.

Am nächsten Morgen ist Gundis Auto abgeschleppt. Sie hat in der ganzen Aufregung nicht mehr daran gedacht, dass sie es auf einer Verkehrsinsel stehen gelassen hatte. Nachdem die beiden Freunde ihren Plan besprochen hatten, floss noch mehr Weißbier. Zum Glück ist gestern im »Monarch« ein Zimmer frei geworden und Gundi hat in bester Bierlaune an den wegen der Bombendrohung hysterisch gewordenen Gast einen langen besoffenen Dankesbrief formuliert. Schließlich ließ sie der vor dem Hotel postierte Polizeiwagen schlafen wie ein Baby nach dem Abendbrei.

Jetzt wartet sie vor dem großen Fernseher in der oberen Bar auf den Haustechniker, den Ferdl mit ihrem Wohnungsschlüssel losgeschickt hat, um ein paar ihrer Sachen zu holen, als der BR erneut sein Programm unterbricht.

Spektakuläre Festnahme im Saublutmord!
In den frühen Morgenstunden verhaftete eine Einsatzgruppe der Polizei den arbeitslosen Schlachter Markus Huber in der Wohnung seiner Mutter in Milbertshofen. Der Verdächtige war vor zwei Tagen wegen Mordverdachts in einem anderen Fall verhört worden. Bei einer in diesem Zusammenhang freiwillig abgegebenen DNA-Probe ergab sich eine Verbindung des Tatverdächtigen mit dem Mord an Michael Hacklbaur.
Der sogenannte ›Wurstkönig von München‹ war vor dem Anstichfass des Oberbürgermeisters auf dem Oktoberfest ermordet aufgefunden worden. Der Tatverdächtige ist ein ehemaliger Angestellter der Hacklbaur'schen Schlachtbetriebe, der im Zuge der Coronaschließungen seinen Arbeitsplatz verloren hatte. Über die Motive machte die Polizei noch keine Angaben. Fest steht, so ein Polizeisprecher, dass Markus Huber zum radikalisierten Kreis der sogenannten Querdenker zu zählen ist und seinen ehemaligen Arbeitgeber für einen

Handlanger von vermeintlichen ›Bierbaronen‹ in München hält, die mithilfe des Coronavirus die Weltherrschaft anstreben.

»Ferdl!«, schreit Gundi quer durch die Lobby, ohne sich um die tadelnden Blicke der Gäste zu scheren. Sie sind gerettet! Gundi kann nicht fassen, dass sich alles ohne ihr Zutun zum Guten wendet. Ferdl und sie, sie sind in Sicherheit! Sie braucht die Rache des verrückten Spinners nicht mehr zu fürchten und Ferdl keine weitere Bombendrohung. Im Stakkatotempo rattert sie gedanklich die Neuigkeiten herunter. Mack ist verhaftet. Es liegen eindeutige Beweise gegen ihn vor. Er hat den Wurstkönig ermordet. Er ist der »Widerstand 1516«. Es ist vorbei. Gleichzeitig ist sie froh, dass sie sich nicht erneut der Verachtung durch die Pressekollegen aussetzen muss. Auch wenn sie dieses Mal recht behalten hätte mit ihrem Verdacht. Dass sie dadurch rehabilitiert worden wäre, kommt ihr erst viel später in den Sinn.

24. KAPITEL

Ganz München macht sich für den Endspurt der ersten Wiesn nach Corona bereit und Markus Huber wird dem Haftrichter vorgeführt. Er kommt wegen des dringenden Tatverdachts, Michael Hacklbaur mit einem Bolzenschussgerät ermordet zu haben, in Untersuchungshaft.

In der darauffolgenden Nacht markieren Unbekannte den Eingang zum Löwenbräu-Festzelt mit einem Judenstern. Die Polizei sucht Zeugen, die im Bereich Matthias-Pschorr-Straße und Mozartstraße Verdächtiges bemerkt haben. Am Morgen berichtet der Bayerische Rundfunk, dass die Betreiber des »Marstall«-Festzelts, der »Ochsenbraterei« und einiger anderer kleinerer Zelte auf rechtsradikalen und flüchtlingsfeindlichen Internetseiten als »anti-weiße« Verräter an den Pranger gestellt wurden. Die Staatsanwaltschaft in München geht jedoch »in der Gesamtschau von keiner personenbezogenen Gefährdung aus«.

Die Beweise gegen Markus Huber sind erdrückend, denn der Täter hat am Tatort neben dem Anstichfass einen Zahnstocher mit seinem genetischen Fingerabdruck hinterlassen. Die Tatwaffe konnte nicht gefunden werden, aber in Markus Hubers Computer entdeckten die Ermittlungsbeamten gelöschte Videodateien einer GoPro-Kamera, die Sequenzen seines tödlichen Angriffs auf Michael Hacklbaur wiedergeben. Auf einer Pressekonferenz zeigt sich ein leitender Ermittler fassungslos über den Dilettantismus, mit dem die Tat durchgeführt wurde, als ob es an einem fehlerfrei vollendeten Mord etwas Bewundernswertes gäbe. Ein Psychologe bestätigt Hubers Schuldfähigkeit.

»In der Welt, in der er sich in den letzten zwei Jahren bewegte, ergibt alles durchaus Sinn«, sagt er. Huber sei ein rechtsextremer Einzelgänger, der niemanden in seine Pläne eingeweiht und sich im Netz radikalisiert habe. Er kooperiere und verstünde sich als Teil einer internationalen Bewegung, die gegen den vermeintlich geplanten Genozid an der »weißen Rasse« kämpfe. Bei der Durchsuchung seiner Wohnung im ersten Stock des Hauses seiner Mutter hätten die Beamten diverse Schriften mit rechtem Gedankengut gefunden und in seinem Handy einen Chatverlauf, der seine Zuwendung zu Verschwörungsideologien nahelegt. Die Staatsanwaltschaft werde sich für eine Verurteilung mit anschließender Sicherungsverwahrung aussprechen. Hintermänner habe Markus Huber nicht gehabt. Es handle sich um einen Einzeltäter. Dem »Widerstand 1516«, einem Fantasieprodukt des Festgenommenen, wird nicht weiter nachgegangen.

Ferdl ist in Feierstimmung. Vor lauter Freude über Macks Verhaftung hat er alle noch verfügbaren Zutrittsbänder sowie alle Bier- und Hendlmarken, die er zur Besänftigung von unzufriedenen Hotelgästen in petto hat, an seine Mitarbeiter verteilt. Seine eigene Ration verflüssigt er mit Gundi in der »Bräurosl«.

»Der kann uns nichts mehr!«, stößt Ferdl auf Markus Huber an.

»Doch!«, schreit Gundi über die Geräuschkulisse von 6.000 anderen Wiesngästen hinweg. »Am Arsch lecken!« Gundi ist, allem Anschein nach, die einzige Frau im Zelt ohne Dirndl. Über diesen Schatten wird sie ihr ganzes Leben nicht mehr springen.

Als wäre nichts geschehen, hecheln die beiden Freunde den neuesten Wiesnaufreger durch. Der Chef der Wiesnwache hat einen der Festwirte vor einer Razzia wegen Schwarzarbeit gewarnt. »Man kann sich nicht erklären, warum der unbescholtene Polizeibeamte das getan hat. Schmiergeld ist nachweislich nicht geflossen«, endet Ferdl.

»Sie waren Freunde, sagt man«, ergänzt Gundi. »Amigos halt.«

Nach zwei Maß Wiesnbier wird Ferdl sentimental zumute.

»Komm, wir schauen, ob es noch einen Lufthansacocktail gibt«, lallt er. Der Lufthansacocktail ist schöne »Pflicht« zwischen ihm und seiner ersten Liebe Harald gewesen. Damals, bevor die Zivilfahnder Harald in ihrer Bar aufgriffen und ihm eine Vorladung zu einem HIV-Zwangstest überreichten.

»Es ist doch Wahnsinn, dass ein einzelner Politiker so eine Macht hatte. Und so einen Hass«, erinnert sich Ferdl an die Zeit des bayerischen Maßnahmenkatalogs. »Harald hat Pädagogik studiert und sah für sich als Schwulen in Bayern keine berufliche Zukunft mehr«, erzählt er Gundi. »Obwohl sein Test negativ war.«

»Der Strangassinger war wegen seiner eigenen Jugendsünden so rabiat«, pflichtet ihm die inzwischen ebenfalls betrunkene Gundi bei und der Ferdl hebt den Zeigefinger.

»Wahrscheinlich war er heimlich selber schwul.«

Gundi kichert blöd. »Bei der Frau würd mich das nicht wundern.«

Sich aufeinander stützend, verlassen sie die »Bräurosl« und wanken hinüber zur Schnapsstraße, vorbei an Gruppen grölender junger Männer und flanierender, untergehakter Mädchen. Die Lichter der Fahrgeschäfte blinken immer noch so schön wie zu Ferdls Jugendzeit und der Duft von Zuckerwatte überdeckt den Bierdunst.

»Wunderbar« heißt der Stand, erinnert sich Ferdl, und als sie ihr Ziel erreichen, müssen sie sich am Tresen festhalten. Statt Lufthansacocktail gibt es einen Omikrondrink. Tequilalikör, aufgefüllt mit Corona-Bier. Der Barkeeper ist also auch lustig drauf.

Ihnen gegenüber lehnt eine betrunkene Truppe, die lautstark »Oana geht no, oana geht no nei« anstimmt, und Ferdl und Gundi schließen sich vergnügt an. Bei der dritten Obstlerrunde prosten sie dem lautesten Sänger in der Gruppe gegenüber gerade zu, als der plötzlich mit erhobenem Glas erstarrt. Sein Blick geht ins Leere, dann fällt er, steif wie ein Brett, nach hinten und bleibt auf dem Boden liegen.

»Respekt«, kommentiert der Barkeeper. »Der weiß, wann er aufhörn muss.«

Nach einer kleinen Aufregung wankt die Gruppe, ihren gefallenen Helden untergehakt, davon und Ferdl und Gundi wenden sich dem Omikron-Gebräu zu.

»Warum ist das schon wieder aus zwischen dir und Benz?«, lallt Ferdl nach dem zweiten Cocktail.

»War nix für mich«, antwortet Gundi und fegt ihren lächerlichen Liebestraum mit einer großen Armbewegung aus der Luft. »Hat keinen Geschmack, der Bub. Trinkt dieses englische Ochsenbieslwasser.«

»Astra hieß das, was der immer getrunken hat, jetzt fällt's mir wieder ein. Hat es sich von seinem Vater direkt von der Reeperbahn schicken lassen.«

»Trink ich Sake, wenn ich in Bordeaux lebe?« Gundi schüttelt gespielt verständnislos den Kopf und denkt an die schöne Blondine.

»O sole mio«, schmettert ein einsamer Italiener, der am Schnapsstand vorbeiwackelt.

»Luja sog i«, ruft Gundi ihm hinterher und vergräbt ihre bitteren Gedanken ganz hinten im Hirn.

25. KAPITEL

Gundi hat Wurstsemmeln und Essiggurken mitgebracht, die sie und Ferdl mit ein paar Konterbier aus der Flasche gegen den Kater von letzter Nacht hinunterspülen. Im Suff hat Ferdl gestern noch das schlechte Gewissen geplagt. Dass er vor lauter Freude über die Verhaftung des Mörders und Bombenlegers nicht an Sonja gedacht hat, deren Sohn der Tatverdächtige ja ist.

»Sonja hat ihr halbes Leben lang geglaubt, dass ihr Sohn ein Mörder ist, und in dem Moment, in dem sich herausstellt, dass sie sich die ganze Zeit getäuscht hat, wird er eines anderen Mordes überführt. Das ist wohl die Ironie des Schicksals«, sagt Ferdl zwischen zwei Bissen.

»Wie geht es Sonja?«, fragt sie.

»War kurz angebunden am Telefon. Es war noch nicht ihre Zeit heute Vormittag. Die Presse belagert ihr Haus. Mördermutter und so. Außerdem steht ihr die Kripo auf den Füßen von wegen Mitwisserschaft.«

»Die Blödmänner hätten Mack doch nie geschnappt, wenn er nicht so arrogant gewesen wäre, sein DNA-Profil freiwillig abzugeben«, empört sich Gundi.

»Wenn du ihn nicht verdächtigt hättest, wären sie nie auf seine Spur gekommen«, berichtigt Ferdl.

»Hat sie geahnt, dass sich ihr Sohn als Querdenker und Nazi so radikalisiert hat?«

»Ich glaube, Sonja ist über die Tatsache, dass Mack seinen Vater nicht umgebracht hat, mehr geschockt als über alles andere.«

Gundi kann sich mit dieser Wahrheit nur widerwillig anfreunden. »Wenn Mack es tatsächlich nicht war, wer, verdammt, war es dann?«

»Tja.« Ferdl lächelt mitleidig. »Jetzt stehst du wieder ganz am Anfang: Wer hat vor fast 40 Jahren den Politiker Rudolf Strangassinger mit einem Hendlspieß erstochen?«

Als hätte der Anrufer diesen Satz gehört, taucht Kommissar Pettenkofers Name auf Gundis Display auf. Ihr Handy liegt lautlos geschaltet vor ihr auf dem Tresen.

»Da muss ich rangehen, Ferdl«, entschuldigt sie sich. »Vielleicht wird es noch was mit mir als Ghostwriterin.«

»Diese Stümper. Diese Faulpelze. Diese Sesselfurzer«, begrüßt sie Pettenkofer und lässt sie in der offenen Haustür stehen. Ohne einladende Worte stapft er die Treppe zu seinem Dachzimmer hoch und tobt. Aber er ist nicht mehr sauer auf Gundis vorschnellen Alleingang. Er ist sauer auf seine Kollegen. Gundi folgt ihm amüsiert.

»Es ist nur eine Frage der Zeit, bis wieder etwas passiert«, schimpft er. »Halle, Hanau, Lübcke, das OEZ bei uns hier. Alles Einzeltäter!? Die radikalisieren sich doch nicht im luftleeren Raum! Die nennen sich lone wolves, aber sie befruchten sich virtuell. Allerdings müssten die Kollegen für diese Erkenntnis ja mal denken!«

Pettenkofer geht in kleinen Schritten sein Arbeitszimmer ab. Wie ein Tiger im Käfig.

»Huber hat das Bolzenschussgerät ganz allein angelegt. Die Tat begehen diese Leute ganz allein, so weit ist das richtig. Aber sie sind nicht allein, wenn sie sich ihre Waffen besorgen! Sie sind nicht allein, wenn sie in ihren Chatgruppen von Gewalt fantasieren! Sie sind nicht allein, wenn sie hasserfüllte Kommentare absetzen! Ich will ein Hanswurst sein, wenn er nicht mit seinen Absichten geprahlt hat!«

Gundi wird heiß im Gesicht. Sie muss an ihr Gespräch mit Mack im Café Hüller denken, als er versucht hat, sie anzuwerben.

»Und dann muss so ein Täter immer wahnsinnig sein«, schimpft Pettenkofer weiter. »Irre – das spielt in solchen Fällen eine große Rolle. Oder psychisch auffällig. Pah! Das ist beruhigend für die Bevölkerung und weniger problematisch für die Politik. Die Tat wird aus Bequemlichkeit allein mit dem Täter erklärt. Das ist unfassbar kurzsichtig! Und die Hintermänner kommen immer ungeschoren davon.«

»Herr Pettenkofer«, fragt Gundi etwas schüchtern. »Warum wollten Sie mich so dringend sprechen?«

»Der Zusammenhang mit unserem Fall Strangassinger ist nur scheinbar vom Tisch.«

»Ich wusste es!«, ruft sie hocherfreut. »Irgendetwas stimmte da nicht. Also war Markus Huber doch der Skinhead, der Strangassinger umgebracht hat? Seinen Vater, mein ich.«

Pettenkofer zerstört den Traum sofort.

»Nein«, entgegnet er. »Die Fingerabdrücke auf der Tatwaffe stammen nicht von ihm. Die Hendlspieße, von denen einer benutzt wurde, um Rudolf Strangassinger zu ermorden, waren kurz zuvor gereinigt worden. Übrigens von Huber selbst. Es fanden sich andere Fingerabdrücke an dem Spieß. Und die waren eindeutig nicht von Huber.«

»Aber er könnte sie abgewischt haben. Sie sagten doch selbst, er hat sie geputzt. Warum nicht auch nach der Tat? Und danach haben ein paar Betrunkene auf dem Rauschberg daran herumgefingert …«

Pettenkofer hat für Gundis verzweifelte Spekulationen keinen Sinn. »Was wissen Sie inzwischen über Markus Huber?«

»Einiges! Er kam schon als Jugendlicher in Kontakt mit Neonazis. Später tauchte sein Name in einem Pressebericht in Thüringen auf. Hakenkreuzschmierereien und so was. Bei einem Rechtsrockkonzert in Hessen habe ich ihn auf Bildern erkannt. Der Job als Schlachter hat ihn vermutlich nach München zurückgebracht.« Gundi ist stolz auf ihre Erkenntnisse und bemerkt unmittelbar darauf, dass sie dem Kommissar nichts Neues erzählt. Sie überlässt ihm das Wort.

»So wie es aussieht, war er jahrelang in rechtsradikalen ›Kaderschmieden‹ unterwegs. Recherchieren Sie Details über Hubers Netzwerk aus seinen frühen Tagen. Wer waren seine Lehrer? Wer hat ihm Ideen eingepflanzt, mit wem war er befreundet? Ehemalige Arbeitskollegen. Wie und mit wem verbrachte er seine Freizeit? In diesen Kreisen finden wir den Mörder von Rudolf Strangassinger.«

»Sie sind sich absolut sicher, dass er Strangassinger nicht ermordet hat?« Gundi hasst es einfach, ihre fixen Ideen aufzugeben.

»Markus Huber hat gestanden, einen handgreiflichen Streit mit seinem Vater gehabt zu haben. Es ging wohl um dieses Thema, die Vaterschaft. Nach seinen Aussagen hat er Strangassinger zusammengeschlagen und ins Gebüsch gezerrt. Da hat er aber noch gelebt.«

»Bitte, Herr Kommissar! Spannen Sie mich nicht so auf die Folter. Was glauben Sie, ist dann passiert?«

Kommissar Pettenkofer lässt sich Zeit mit der Enthüllung seiner Schlussfolgerungen. Seine neue Theorie spricht er leise und bedacht aus.

»Ein anderer hat die Tat vollendet. Sehr wahrscheinlich war es ein Komplize von Huber. Ein Kumpan aus der Skinheadszene. Vielleicht war Huber zu feige und ein Kumpel musste die Drecksarbeit machen. Es ist nie nur ein Einzeltäter!«

»Gibt es Beweise, dass jemand anderes vor Ort war? Ich mein, nach dem Kampf zwischen Strangassinger und Huber?«

Der alte Kommissar setzt sein Terriergesicht auf.

»Blutspuren verraten oft mehr, als auf den ersten Blick ersichtlich ist. Strangassinger lag schon eine Weile mit gebrochener Nase auf dem Hügel, als jemand auf ihn einstach. Jemand, der eine Bierflasche neben ihm abgestellt hat. Und darauf gibt es Blutspritzer, die nach der Prügelei entstanden sind.«

»Und auf dieser Flasche gibt es weitere Spuren …?«

»… die auf jemand anderen hinweisen. Fingerabdrücke. Dieselben wie auf der Tatwaffe. Aber ich habe noch mehr.« Der Kommissar lächelt sein Zahnfleischgrinsen. »Speichel. Zu dieser Zeit hatte ein englischer Biochemiker den genetischen Fingerabdruck entdeckt. Jeder Kriminaler war damals fasziniert von diesen Möglichkeiten. Ich habe die DNA-Spuren aus dem Speichel an der Flasche konservieren lassen.«

»Wow.« Gundi ist tatsächlich beeindruckt von der Weitsicht des Kommissars. »Sie sagten, der Komplize könnte aus Hamburg stammen.«

»Richtig.«

Pettenkofer steht auf und holt die alten Fotos mit dem abgestochenen Strangassinger hervor. »Es war eine Hamburger Biermarke. Wurde auf dem Oktoberfest nicht verkauft. Der Täter muss sie mitgebracht haben.« Er schiebt Gundi die Fotos hin. »Da. Sehen Sie selbst. Die Flasche lehnt am Hals des Opfers wie abgestellt.«

Gundi nimmt sich die Fotos zur Hand. Sie erkennt eine kleine bauchige Flasche. »Und was ist das für eine Sorte Bier?«

»Gebraut in St. Pauli. Astra.«

Zurück in der Au starrt Gundi auf ihren ausgeschalteten Fernseher. Sie hat keine Erinnerung mehr an ihre Heimfahrt nach dem Gespräch mit Julius Pettenkofer, so sehr rasen ihre Gedanken durcheinander.

Sie geht ihre Treffen mit Benz durch. Als er erfahren hat, dass sie den Hendlspießmord aufklären will, hat er zuerst so getan, als könne er sich kaum mehr daran erinnern. Er hat von sich abgelenkt und die stramm konservative Politik von damals zum Schuldigen erklärt. Überhaupt hat er wenig Mitleid gehabt. Hat ihr einzureden versucht, dass Strangassinger selbst schuld wäre an seiner Ermordung. Hätte sie es da schon ahnen können? Sie ist kein Columbo, so viel ist klar.

Ihre erste Nacht mit Benz fällt ihr ein und sie holt den Rum aus dem Küchenbuffet. Sie hatte die Flasche für das Tiramisu gekauft, das sie im Frühjahr zu Ferdls Geburtstag gemacht hat. Obwohl sie weder kochen noch backen kann. Das ist noch kein Jahr her. Jetzt kommt es ihr vor, als sei das in einem früheren Leben gewesen.

»Zu viel Rum ist nie verkehrt«, hat Ferdl ihr verziehen, denn ihr Backwerk ist ein rumgetränkter Brei geworden. Trotzdem haben sie es gemeinsam während eines Abends weggeputzt. Sie gießt sich ein Wasserglas voll mit der braunen Flüssigkeit und trinkt es in zwei großen Schlucken aus.

Wenn sie mit ihrem Verdacht recht hat, kommt zu Mord Hinterlist hinzu, geht ihr durch den Kopf. Dabei denkt sie nicht an die Heimtücke, mit der Benz auf den verletzten Strangassinger eingestochen hat. Sondern diese Hundsgemeinheit ihr gegenüber. Benz hat sie ins offene Messer laufen lassen. Er hat mit ihr gefeiert, während er wusste, dass sie falschlag. Er wusste, dass sie einen Unschuldigen verdächtigte. Und er hat sich darüber gefreut. Darüber, dass ein anderer für seine Tat ins Gefängnis wandert. Was für ein hundsgemeiner Kerl!

»Du bist die dümmste und lächerlichste Figur auf diesem Planeten«, schimpft sie mit sich in der Erinnerung an das Treffen mit Benz im »Tap-House«-Pub und kippt ein weiteres Glas. Es ist nicht der Rum, der in ihrer Brust brennt. Es ist die Scham. Mit heißen Wangen fällt ihr ein, wie geschmeichelt sie durch sein gespieltes Interesse an ihr gewesen ist.

Zu allem Überfluss hat sie ihn in ihr Leben gelassen. Das war das Schlimmste. Dass sie von ihrem Vater erzählt hat, von ihrem Rauswurf und ihren Minderwertigkeitsgefühlen. Wie unendlich muss er sich gelangweilt haben! Und wie erleichtert, als sie sich dem Saublutmord zugewendet hat.

Das Recht des Stärkeren fällt ihr wieder ein, das er für sich in Anspruch genommen hat. Und der Tyrannenmord, mit dem er seine Tat rechtfertigte. Wie konnte sie nur so verblendet sein?

In einem Anflug von Masochismus traktiert sie ihr Gedächtnis, wann er sie durch die schöne Blondine ersetzt hat. Wusste er zu diesem Zeitpunkt schon von ihrem Irrweg mit Mack? Hat er mit der Blonden gefeiert, dass er davongekommen ist? Dass ein anderer für ihn büßt?

»Das ist die Strafe dafür, dass du dich nie ernsthaft auf eine Beziehung eingelassen hast. Du endest als alte, einsame Frau«, knurrt sie ihrem Spiegelbild zu. Als der Rum alle ist, schläft sie auf der Couch ein.

Am frühen Sonntagmorgen schleicht sie bedrückt aus dem Haus, um sich beim Traublinger zwei große Milchkaffee zu holen. Die Luft ist noch kalt von der Nacht und noch liegen die Wiesnbesucher in ihren Betten. Schlecht gelaunt, wie sie ist, sehnt sie die kommende Woche herbei, in der die Touristen in ihren dummen Kostümen die Stadt verlassen, obwohl sie vermutlich nicht mehr so bald einen freien Campingplatz benötigen wird. Mit ihren zwei Bechern in der Hand schlendert sie an der Isar entlang Richtung Museum und wieder zurück, bis das Café Hüller endlich öffnet. Bratkartoffeln und Spiegelei, dazu ein frisches Weißbier, hellen ihre Stimmung etwas auf. Nein, sie ist nicht die Sitzengelassene. Sie hat nie von der großen Liebe geträumt und hat es in Wirklichkeit auch bei Benz nicht getan. Sie ist beim Liebesnächte-nicht-so ernst-Nehmen nur rechts überholt worden.

Dieser andere Gedanke, dass Benz als Student Strangassinger ermordet hat, kommt ihr nach der Magenberuhigung mit einem Mal absurd vor. Er mag ein Casanova sein, der kein gesteigertes Interesse an ihr hat. Dass Benz ein Freigeist ist, hat sie von Anfang an fasziniert. Er kann sein Liebesleben gestalten, wie es ihm gefällt. Aber ist er ein heimtückischer Mörder, der für die Verschleierung seiner Tat über weitere »Leichen« geht? Der sie lachend in ihren beruflichen Ruin hat steuern lassen? Einziger Anhaltspunkt ist eine fremdartige Flasche und Benz' ungewöhnliche Vorliebe für seltene Biere. Tatsache ist, dass er Strangassinger hasste. Den Mann, den er für den Schuldigen am Tod seiner Freundin hielt. Ein Motiv hätte er gehabt. Hatte er auch die Gelegenheit? Dazu hätte er zusammen mit Mack auf der Wiesn gewesen sein müssen.

Gundi schüttelt den Kopf.

»Das ist doch absurd«, versucht sie, sich selbst zu überzeugen. Ein linker Student und ein Skinhead als Mordkomplizen?

26. KAPITEL

»Ferdl, weißt du noch, wo du warst in der Nacht, als Strangassinger ermordet wurde?«

»Du fragst Sachen!«

»Nein, sag schon!«

»Also 1985.« Ferdl denkt nach. »Ich war noch nicht im ›Monarch‹. Hab in irgendeiner Bar gejobbt, glaub ich.«

»Und kanntest du da Benz schon?«

»Das weiß ich sicher, ja. Benz war Student und fuhr nachts Taxi. Damals haben auch die Taxler die Schwulenbars gemieden, als ob wir alle die Pest hätten. Wir haben immer Benz anfunken lassen.«

»Weißt du, ob Benz in dieser Nacht gefahren ist? Ich mein, ob er jemanden von deiner Bar zum Oktoberfest kutschiert hat?«

Ferdl hebt abwehrend die Hände. »Frag ihn doch selber. Er kommt heute auch.«

Nach einem hektischen Abreisetag der Oktoberfestgäste kehrt wieder Normalität ins »Monarch« ein. Die weiß-blaue Deko ist verschwunden und hat Platz gemacht für eine neutrale Ausstattung der Lobby. In den nächsten Wochen werden hauptsächlich Geschäftsleute erwartet, dazu ein paar Herbsturlauber und Städtereisende. Ferdl hat nach dem glücklichen Ende der Wiesn zum Umtrunk geladen.

Inzwischen hat sich Gundis Verdacht bestätigt, dass Mack der anonyme Anrufer mit der Bombendrohung gewesen ist. Bei der Durchsuchung von Sonjas Haus wurden in Keller und Garage 400 Kleinsprengkörper und sechs »unkonventionelle Spreng- und Brandvorrichtungen« gefunden, wie der ermittelnde Beamte verriet.

»Rohrbomben«, klärte er Ferdl auf. Man hätte ein Blatt Papier gefunden, in dem von einem geplanten weiteren Anschlag auf eine bekannte Persönlichkeit des Oktoberfests die Rede war. Markus Huber werde neben dem Mord an Michael Hacklbaur auch die Bombendrohung im »Monarch« zur Last gelegt und Belegschaft und Gäste des Hotels bräuchten nichts mehr zu befürchten, sagte der Staatsanwalt. Sogar Ferdls Sorge, Sonja könne in die Ermittlungen gegen ihren Sohn hineingezogen werden, konnte er zerstreuen.

Nur Gundi lassen ihre Überlegungen zu Benz und Strangassinger nicht los. Sie hat sich während der letzten Wiesntage zu Lieferando und Netflix in ihrer Wohnung verkrochen. Weil sie keine Ahnung hatte, was sie aus den Trümmern ihres Lebens machen soll. Ihr Ruf als Journalistin ist ruiniert. Es nützt wenig, dass ihr Verdächtiger wegen einer anderen Tat in Untersuchungshaft sitzt und auf seinen Prozess wartet. Vermutlich wird er sein restliches Leben hinter Gittern verbringen. Das ist befriedigend, ändert an ihrer Misere aber nichts.

Dass die beiden Sau-Schmierereien Zufall waren, hat sie lange nicht glauben wollen. Doch sie musste sich eingestehen, dass sie auf der falschen Fährte gewesen ist. Mack ist ein Killer, aber nicht der Mörder seines Vaters. Der einzige Weg aus ihrer beruflichen Bruchlandung ist, den wahren Mörder von Rudolf Strangassinger zu finden.

Sie hat überlegt, Pettenkofers Theorie zu folgen und den mysteriösen Komplizen zu finden. Macks rechtsradikale Kontakte zu durchforsten. Und für den Kommissar ein Buch über den Fall zu schreiben. Vielleicht sollte sie dazu nach Hamburg fahren. Dort ist ihr Name nicht so verbrannt wie in München. In der Badewanne hat sie ernsthaft über einen Neuanfang in einer anderen Stadt nachgedacht. Hätte sie die Kraft dazu? Könnte sie ihre Heimat München zurücklassen? Gleichzeitig nagen Zweifel an ihr, ob das Schreiben von Enthüllungsgeschichten die Opfer wert ist, die sie gebracht hat. Sie hat ihre Freundschaft zu Ferdl aufs Spiel gesetzt und sie hat ihn und sich in Lebensgefahr gebracht. Eine Weile hat sie darüber gegrübelt, ihren Beruf an den Nagel zu hängen. Etwas komplett anderes zu tun. Vielleicht eine Berufsausbildung nachholen. Vielleicht setzt sie sich zu Aldi an die Kasse und führt ein ruhiges Leben …

Und während all der Überlegungen zwischen Wurstsemmeln und Weißbier hat sich dieses Bauchgefühl gemeldet. Soll sie Benz ins Visier nehmen?

Es soll ein rauschendes Fest werden, wie in den glamourösen Zeiten des »Monarch«, in der sich die Münchner Society-Stars und Sternchen dem Rausch ohne Reue hingaben. Eine Sause, wie sie lange vor den coronabedingten Kontaktbeschränkungen aus der Mode gekommen ist. Gundi ist vor den anderen Gästen da. Die Frage an Ferdl nach Benz in der Tatnacht vor 37 Jahren ist ihr mehr oder weniger ungeplant über die Lippen gekommen. Sie kann einfach nicht aus ihrer Haut. Dennoch behält sie den nicht verstummen wollenden Verdacht gegen Benz für sich. Ihre gekittete Eintracht mit Ferdl will sie nicht mit erneuten Verdächtigungen auf die Probe stellen. Ein klein wenig hat sie auch Angst, Ferdl könnte zu seinem alten Kumpel Benz halten.

»Find ich super, dass du nicht aufgibst!«, holt Ferdl sie aus der Erinnerung an die letzten Tage voller Zweifel zurück.

»Du fängst halt wieder von vorn an. Und wenn schon. Lass dich bloß nicht von einem Fehltritt aus dem Takt bringen.«

»Mach ich auch nicht.«

»Im Ernst, Gundi«, ermutigt er sie weiter. »Frag ihn einfach. Du musst ja deswegen nicht wieder mit ihm ins Bett hüpfen.«

Gundi wirft ihm einen gespielt tadelnden Blick zu. »Wer kommt denn sonst noch zur Feier heute?«

»Ein paar Stammgäste, der Toni wird dabei sein und meine neue Marketing-Dame. Und möglicherweise Sonja. Dass die noch mal aus dem Haus gehen wird, hätte ich nie gedacht. Aber sie hat zugesagt«, freut sich Ferdl.

»Glaubst du, ich kann der unter die Augen treten?«

»Ich war letzte Nacht bei ihr. Ganz ehrlich, Sonja ist erleichtert, dass Markus in den Knast wandert.« Er denkt kurz nach. »Und froh, dass er einen anderen und nicht seinen Vater umgebracht hat. Komisch, oder?«

»Wie verkraftet sie es, dass ihr Sohn ein Terrorist ist?«

»Sonja hat Markus' rechtsradikale Gesinnung zutiefst verabscheut. Trotzdem wollte sie nicht, dass ihn seine Jugendsünde einholt. Hat sie tatsächlich so gesagt. Jugendsünde. Als du aufgetaucht bist mit deinen Fragen, wusste sie, dass es nicht lange gut geht mit ihm.«

Gundi bekommt eine Ahnung von Sonjas Gedankengang. »Sie hatte Angst, dass er sich selbst verrät?«

»M-hm. Hat ihn sogar überwachen lassen, nach deinem Besuch.«

»Wie kam sie denn überhaupt darauf, dass Mack seinen Vater gekillt hat? Hast du sie das gefragt?«

»Er kam blutverschmiert nach Hause in dieser Nacht.«

»Von der Schlägerei mit Strangassinger.«

»Und sie hat eins und eins falsch zusammengezählt.«

Ferdls Blick wandert zum Eingang der Bar. »Die Leut' kommen.«

Eine Stunde später ist die Hotelbar des »Monarch« brechend voll. Die Party ist in vollem Gang und man hat den Eindruck, es wäre ein Kindergeburtstag, so laut und ausgelassen reden und lachen die Gäste durcheinander.

Der DJ in der Ecke der Bar legt gerade »Wild Thing« auf, als Benz am Einlass stehen bleibt. Gundi hat ihn aus den Augenwinkeln bemerkt und sie spürt seinen Blick auf sich. Dann kommt er langsam auf sie zu. Er trägt einen Fünftagebart, der ihn noch verwegener aussehen lässt.

»Hi«, sagt er, als er vor ihr steht.

»Servus«, antwortet sie.

»Alles gut zwischen uns?«

»Natürlich!« Gundi zeigt ihr aufrichtigstes Lächeln.

»Ich dachte nicht, dass du …«

»Keine Erklärung notwendig«, unterbricht sie ihn. »Einen Drink?«

Die Musik wird lauter. Ferdl läuft freudestrahlend von Gast zu Gast und Gundi tut es ihm gleich. Sie kennt die treuen Stammgäste des Hotels von vielen Abenden an der Bar, an denen Ferdl »Guest Relations« zu pflegen und keine Zeit für einen exklusiven Klubabend mit ihr hatte. Der lustige Herr Finkeneder ist da, der Handelsvertreter eines noblen Herrendufts, und Graf

Stein, kein wirklicher Graf, sondern nur so genannt, von dem keiner weiß, was ihn viermal im Jahr pünktlich wie ein Uhrwerk nach München verschlägt, sowie viele Gäste, die Gundi aus ihrer Zeit als Klatschreporterin kennt. Der Graf gibt gerade wieder seine Story zum Besten, wie er, einer Verwechslung geschuldet, einmal die Wiesnkapelle am Fuß der Bavaria dirigiert hat, und an der Bar verwickelt Gundi den Barkeeper Toni in ein Gespräch über die Craftbeer-Lokale, die in München aus dem Boden schießen. Als sie sich den anderen Gästen zuwenden will, landet sie unerwartet an Benz' Brust. Sie hat nicht bemerkt, dass jemand so nah hinter ihr steht. Beide lachen und Benz lädt sie ein, mit ihm in einer der Sitzecken einen Gin Tonic zu trinken. Gut gelaunt willigt sie ein.

»Was machst du jetzt mit deinem Taxi ohne die Wiesn?«, smalltalkt sie und er erzählt ein paar Anekdoten aus den vergangenen Nachtschichten. Er berichtet von einem Fahrgast, der in voller Fahrt aus dem Fenster gereihert hätte. Von einem Paar, dass auf dem Rücksitz kopuliert habe. Und von einem stocknüchternen, aber komplett nackten Mann, der ihn um 5 Uhr morgens aus einem Gebüsch am Bavariaring heranwinkte. Sie lachen und trinken.

»Bist du in der Nacht von Strangassingers Ermordung eigentlich auch Taxi gefahren?«, fragt sie unvermittelt und er wird sofort ernst.

»Hast du immer noch nicht genug von diesem alten Fall?«

»Er ist ja noch nicht gelöst.«

Benz nickt und bleibt eine Antwort schuldig.

»Und? Bist du oder bist du nicht?«, beharrt Gundi.

»Das weiß ich nicht mehr genau. Vielleicht. Vielleicht nicht. Hey, was hältst du davon, wenn du morgen bei mir vorbeischaust? Da können wir in aller Ruhe über den Fall reden und ich sag dir alles, woran ich mich erinnere.«

»Gut«, willigt sie ein.

Zu später Stunde kommt Sonja. Sie hat ihren Turban auf und trägt ein smaragdgrünes Kleid. Neidvoll bemerkt Gundi, dass die alte Dame immer noch eine Taille hat. Ein bulliger Kerl im schwarzen Anzug, der aussieht wie ein Blues Brother, weicht nicht von ihrer Seite. Ihr Bodyguard, schießt es Gundi durch den Kopf. Als sie seinen Blick trifft, hebt der schwarz gekleidete Mann eine Hand an die Stirn wie zum Gruß. Es fühlt sich an wie ein Déjà-vu. Mutig geht sie auf Sonja zu. »Madame Sonja. Darf ich Sie zur Bar begleiten?«, grüßt sie. Sonja sieht ihr unbewegt ins Gesicht. Sie hebt ihren Arm und Gundi hält ihr den Ellbogen hin. Graziös platziert die Madame ihre Hand darauf. Ferdl rauscht heran und nimmt ihre andere Hand. Die Freunde führen Sonja zur Bar wie eine Königin. Sie setzen sich links und rechts von ihr und Toni mixt wortlos einen Martini, als wäre sie gestern zum letzten Mal hier gewesen. Der Bodyguard bleibt mit dem Rücken zu Sonja hinter ihr stehen. Durch die Schlitze seiner halb geschlossenen Augen taxiert er das Umfeld.

»Madame Sonja, es tut mir leid, dass ich …«

Sonja unterbricht Gundi mit einer Handbewegung und nippt wie in Zeitlupe an ihrem Glas. Sie dreht sich mit erhobenem Glas zu Ferdl und anschließend zu Gundi. »Er war nicht aufzuhalten.«

Gundi braucht eine Weile, bis sie kapiert, dass Sonja von ihrem Sohn spricht.

Die drei Schicksalsgefährten stoßen in der Luft an und Gundi genießt das karamellige Brennen eines teuren Brandys.

»Frau Strangassinger verklagt Sie auch, habe ich gehört?«, wendet sich Sonja erneut an Gundi und wartet keine Antwort ab. »Machen Sie sich darüber keine Sorgen.«

»Auch?«, fragt Gundi zurück. »Sie ebenfalls?«

»Aus ihrem Brief kann man herauslesen, wovor sie am meisten Angst hat.« Madame Sonja lächelt fein.

»Um ihr Erbe braucht die Frau doch nicht mehr fürchten. Mack, ich meine, Ihr Sohn, wird vermutlich nie wieder …«, haspelt Gundi.

»Es ist die Beschmutzung ihres Namens, was Frau Strangassinger umtreibt«, mischt sich Ferdl ein und kichert. »Sonja will sich einen Spaß machen und sie mit einer Gegenklage zwecks Anerkennung der Vaterschaft erschrecken.« Er wirft einen amüsierten Blick auf den Bullen hinter der alten Dame. »Bist immer noch gern der Bürgerschreck, Sonny, hab ich recht?«

Mehr und mehr Menschen drängen in die Bar. Die Gäste werden illustrer und viele Gesichter, die man vom Fernsehen kennt, sind darunter. Der Alkohol fließt in Strömen und Toni überbietet sich mit neuen Cocktail-Kreationen, die er von zwei Mitarbeitern mit nacktem Oberkörper unter die Leute bringen lässt. Sonja gibt ein Bild für die Götter ab, als sie sich wie einst Marlene Dietrich eine echte Havanna gönnt, während Benz mit ihr und einer Gruppe von Künstlern über Guevara und Sartre philosophiert. Sie begießen ihre Erkenntnisse mit »Cuba Libre für alle!«, und eine in die Jahre gekommene Staatsschauspielerin schmettert die »Habanera«. Gundi tanzt mit Graf Stein Rock 'n' Roll und wirft unter allgemeinem Gejubel einen Stehtisch um. Ferdl flirtet mit Kone Baier, einem Zeichner und Illustrator, der in jungen Jahren mit einer Karikatur in München Berühmtheit erlangte. Darauf zwickten sich namhafte und in Geld badende CSU-Politiker homoerotisch in den nackten Hintern. Kone wurde wegen Beleidigung angeklagt, erinnert sich Gundi, gelesen zu haben. Weil er sich über den Amigo-Kreis um den Bäderkönig Eduard Zwick lustig gemacht hat. Über Steuerbetrug, Korruption und Schmiergeldzahlungen.

Vorne am Hoteleingang wird es unruhig. Wie von einem unwiderstehlichen Sirenengesang angezogen, bewegt sich ein Teil der feiernden Gäste in Richtung Ausgang. Frauenstimmen sind von dort zu hören. Hoch und aufgeregt. Wie eine Engelserscheinung steht er am Eingang zur Bar, bestürmt von allen weiblichen Gästen: Wiktor. Weißblond und strahlend. Der Star-Geiger ist zu einem Überraschungsbesuch angereist. Er hat etwas mitgebracht, das er eingerollt auf einer seiner Schultern transportiert. Sonjas Blues Brother bahnt sich den Weg zu dem Stargast und führt ihn und seine Fracht zu Ferdl. Geistesgegenwärtig legt der DJ »Rock Me Amadeus« auf und Wiktor Krawczyks Einmarsch wird zu einem Triumphzug.

»Ich habe Ihnen ein Geschenk mitgebracht«, sagt er zu Ferdl und stellt seine Fracht am Tresen ab. »Als kleines Dankeschön.«

Es ist ein Teppich und Ferdl erkennt mit einem Griff an eine der Ecken sofort, was für einer: ein großer handgeknüpfter Perser, vermutlich wertvoll.

»Das wäre nicht nötig gewesen«, stammelt er, aber Wiktor wird von ein paar Fans weggezerrt.

Eine halbe Stunde später wird er auf das Podest gedrängt, auf dem der DJ seine Anlage aufgebaut hat. Ob es die gerettete Stradivari ist, bezweifelt Ferdl, irgendwer aus dem mitangereisten Tross des Geigers hat ihm eine Violine in den Arm gedrückt, auf der der exzentrische Klassikstar »I've been looking for Freedom« anstimmt.

»David Hasselhoff?«, schreit Gundi, bevor sie sich in die Menge stürzt, die auf dem Tanzboden rhythmisch hüpft und johlend den Refrain mitsingt.

Als gegen halb drei die Reihen lichter werden, bilden sich aus den verbleibenden Gästen kleine Grüppchen in den diskreten Sitzecken. Ferdl, Gundi und Sonja sitzen beisammen, Sonjas bulliger Begleiter, den sie, ohne eine Miene zu verziehen, mit »Harry, mein Fahrer« vorgestellt hat, sitzt schweigend dabei. Benz muss sich »auf Französisch« verabschiedet haben, bemerkt Gundi mit Blick über die restliche Gesellschaft.

»Gundi will den wahren Mörder von Rudolf Strangassinger finden«, verrät Ferdl Sonja und die ist zu Gundis Überraschung interessiert.

»Das will ich auch«, betont sie und legt eine Hand auf Gundis Unterarm. Gundi lässt sich das nicht zweimal sagen.

»Wissen Sie etwas über den Umgang Ihres Sohnes zu dieser Zeit? Die Skinheads, mit denen er sich herumgetrieben hat oder andere Freunde? Vielleicht einen ungewöhnlichen Freund?«

»Es war eine schrecklich dumme Bande. Sie haben gepöbelt und gestohlen. Ich habe ihn manchmal beobachten lassen«, antwortet sie. »Leider nicht an diesem Abend. Ich wusste seit Tagen nicht, wo er sich herumtreibt.«

»Kannte Ihr Sohn jemanden aus der Studentenbewegung?«

Sonja schüttelt den Kopf und Ferdl sieht Gundi fragend an.

Während der Brandy fließt, erzählt Madame Sonja von ihrer Affäre mit Strangassinger und dem Versprechen, das sie gegeben hat; von ihren vergeblichen Versuchen, ihren Sohn auf die Spur zu bringen, von dessen Amerika-Aufenthalt und dass er sich danach fanatischer als zuvor den Neonazis andiente.

»Als er wieder bei mir auftauchte und einen Job hatte, dachte ich kurz, er wird vernünftig. Dann kam Corona und dieser Verschwörungsmist«, seufzt sie. Gundi und Ferdl lassen sie reden. Unausgesprochen ist ihnen klar, dass Sonja sich von einer lebenslangen Last befreit.

»Was meintest du mit Studentenbewegung?«, fragt Ferdl, kaum dass Sonja mit Harry in einer luxuriösen Limousine abgefahren ist. Sie war der letzte Gast und Ferdl winkt ihr auf der menschenleeren Straße vor dem Hotel hinterher. Gundi hält nach Taxis Ausschau. Nach Benz am Steuer. Ferdls Frage lässt sie unbeantwortet.

Der gibt nicht auf. »Glaubst du, Benz kannte Markus Huber? Das hätte er uns doch gesagt.«

Zum Glück hält in diesem Augenblick ein Taxi. Nicht Benz, stellt Gundi erleichtert fest. Sie verabschiedet sich betont eilig. In betrunkenem Zustand trägt sie ihr Herz zu weit vorne auf der Zunge.

27. KAPITEL

»Also«, beginnt Gundi. »Am Morgen seines Todestages nimmt Strangassinger am Ozapfen teil.« Sie pinnt eine erste Nadel in den postergroßen Stadtplan, den sie an der Wand vor ihrem Schreibtisch befestigt hat. In der Hoffnung, dass Strangassingers Weg am Tag seiner Ermordung ein unentdecktes Geheimnis birgt. Weitere Pins folgen auf die Staatskanzlei, auf das Landtagsgebäude und ein letzter auf die Theresienwiese, auf der Strangassingers Tag begann und endete.

Gundi lehnt sich zurück und betrachtet ihr Kunstwerk. Die Brandys von gestern hatten sie kaum schlafen lassen, doch Gundi ist erstaunlich klar im Kopf. Eine wilde Entschlossenheit, es diesmal nicht zu versemmeln, hat ihre grauen Zellen durchgeputzt.

Konsequenterweise steckt sie eine Nadel auf den Johannisplatz, der beinahe in Rufweite des Maximilianeums liegt. Wenn Benz einer von den Taxifahrern ist, die gerne in ihren Heimatgefilden kreisen, könnte er Strangassinger aufgelesen und auf das Oktoberfestgelände kutschiert haben. Dort hielt sich das Opfer nach Pettenkofers Ermittlungen mehrere bezeugte Stunden auf. Genauer gesagt verbrachte Strangassinger den ganzen Abend in der BMW-Box. Mehreren Aussagen zufolge hätte er sich wegen eines blöden Witzes über das Verhältnis von Bier und Schaum aufgeregt und vor dem Zapfenstreich die Box allein verlassen. Gegen Mitternacht wurde Strangassingers Leiche auf dem Rauschberg entdeckt. Unmittelbar davor muss er auf seinen Sohn Markus getroffen sein, der »schwarz« auf der Wiesn spülte. In Ermangelung von weiteren Pins umkreist Gundi Sonjas Nachkriegssiedlung in Milbertshofen mit Filzstift.

Allerdings war Mack hier seit Tagen nicht mehr aufgetaucht. Nachdem er erneut Ärger an seinem Arbeitsplatz gehabt hatte, trieb er sich bei seinen Skinheadfreunden herum und hatte am Tattag besagten Job auf der Wiesn. War er dort in Begleitung eines Kameraden, wie Pettenkofer vermutet? Und wie passt Taxifahrer Benz hinein?

»Blödsinn! Das ist alles Blödsinn!«, schimpft sich Gundi laut. Es ist unmöglich, Taxifahrten zu rekonstruieren, die fast 40 Jahre zurückliegen.

Auf ihrem Wohnzimmertisch liegen Fotokopien von Pettenkofers Akten. Der Polizist hat sie für sie angefertigt. Sie greift nach der Aussage von Mack nach seiner ersten Verhaftung. Er hätte ohne Papiere auf der Wiesn gearbeitet und sei nach der Auseinandersetzung mit seinem Vater abgehauen.

»Ich habe ihm eine aufgestrichen und er hat noch geschnauft, wie ich ihn auf die Seite gezogen hab«, steht wortwörtlich im Protokoll seiner Vernehmung.

Alle Wiesn-Mitarbeiter am Tattag waren in den Akten vermerkt, ein Markus Huber war erwartungsgemäß nicht dabei. Auch ein Benedikt Richter tauchte nirgends auf. Er könne sich nicht erinnern, ob er an diesem Tag mit seinem Taxi auf der Wiesn war, hat er gesagt. Wenn er Strangassinger für den Tod seiner Freundin verantwortlich macht, wie kann er nicht wissen, wo er war, als der ermordet wurde?

Am späten Nachmittag sitzt sie wie vereinbart bei Benz in der Küche und lässt sich eine Tasse seines köstlichen Kaffees brauen.

»Ich habe in meiner Erinnerung gekramt und ich glaub, dass ich dir einiges über die Umstände von Strangassingers Tod sagen kann«, überrascht er Gundi.

»Ende der 70er-Jahre fing das an, dass sich normale Leute, Studenten und Arbeiter, in München die Miete nicht mehr leisten konnten«, beginnt er. »Auf der anderen Seite gab es einen immensen Leerstand an Wohnungen. Die Bonzen und Spekulanten ließen ihre Häuser lieber verfallen, als sie an weniger zahlungskräftige Leute zu vermieten. Mietwucher war an der Tagesordnung und es wurde von Jahr zu Jahr schlimmer. Man brauchte fucking Schmiergeld, um überhaupt zu einer Wohnungsbesichtigung eingeladen zu werden. Was wir Hausbesetzer taten, war reine Notwehr. In Frankfurt oder Berlin wurden solche Instandbesetzungen legalisiert. In München gingen die ›Schwarzen Sheriffs‹ mit brutalen Methoden gegen uns vor. Der private Sicherheitsdienst war ja von der Stadtverwaltung angeheuert, um Penner aus den U-Bahnstationen zu prügeln. Heute kann sich keiner mehr vorstellen, was damals für eine Stimmung herrschte in München. Die haben einen regelrechten Feldzug gegen uns geführt. Dreckig seien wir, Schmarotzer, die sich das Hab und Gut unbescholtener Bürger einverleiben wollten.«

Benz reicht ihr seine Zigarette, aber Gundi lehnt wortlos ab. »Du hast daheim bei Mutti gelebt und brauchtest keine Wohnung.«

»Es war eine Frage der Solidarität.«

»Ich habe gelesen, dass Molotowcocktails und Pflastersteine in Schaufenster geschmissen wurden.«

»Wir haben nur zurückgeschlagen, die Gewalt war schon lange da. Es war Strangassinger, der dieses brutale Vorgehen angeordnet hat. ›Keine Hausbesetzung in München wird länger als 24 Stunden dauern‹, hat er 1981 verkündet. Das gilt übrigens bis heute. Nach den brutalen Räumungen hat er durchgesetzt, dass es bei Hausbesetzern keine Gnade gab. ›Mit aller Härte des Gesetzes‹, sagte er, geht er gegen uns vor. 1984 wurden die Demonstranten wegen ›Mitgliedschaft in einer terroristischen Vereinigung‹ verurteilt. Darunter waren zwei minderjährige Schüler. Danach eskalierten die Räumungen regelmäßig. Die Bullen wurden immer gnadenloser. 1985 kam Uschi bei so einer Demo ums Leben.«

»Du selbst bist nie in die Hände der Staatsgewalt gekommen?«

»Ich habe Uschi in die Straßenbahn laufen sehen. Ein Bein wurde an der Hüfte abgetrennt. Lag neben ihr auf der Straße, während sie verblutete. Aber das Schlimmste war nicht ihr grausamer Tod. Es war die Häme, die man anschließend über sie verbreitete. Sie sei zugekifft gewesen, sie sei selber schuld gewesen und habe die Fahrgäste in der Tram gefährdet. Auf Anordnung Strangassingers spritzten die Bullen am nächsten Tag unsere abgelegten Blumen von der Straße.«

»Wie war das, als du gehört hast, dass Strangassinger erstochen wurde?«

»Ganz ehrlich? Ich hab dem unbekannten Täter alles Gute gewünscht. Dass er davonkommt!«

»Und? Warst du taxeln an dem Tag? Du musst doch wissen, was du an so einem wichtigen Tag getan hast. Das ›9/11-Prinzip‹. Wo warst du, als der Mann ermordet wurde, der für den Tod deiner Freundin verantwortlich war?«

Benz bedeckt sein Gesicht mit den Händen. »Wer profitiert von deinen Recherchen, Gundi? Bist du so scharf auf Ruhm?«

»Nur auf die Wahrheit, Benz.«

»Die Wahrheit ist, dass Uschi mich geliebt hat. Sie war meine Muse.«

»Hast du nach ihrem Tod versucht, die Verantwortlichen zur Rechenschaft zu ziehen? Hast du gegen das unverhältnismäßige Vorgehen der Staatsgewalt geklagt?«

»Als ob das einen Sinn gemacht hätte!«

»Hast du Strangassinger nach Uschis Tod einmal getroffen? Oder zu Gesicht bekommen?«

Benz steht auf und gießt Kaffee nach.

»Ich muss abschließen, Gundi. Kannst du das nicht verstehen?«

»Ich auch. Ich muss auch abschließen. Also: Warst du am Tattag auf der Wiesn?«

Benz antwortet nicht. Stattdessen beginnt er, in der Küche auf und ab zu laufen. Manchmal sind unausgesprochene Worte lauter als jedes öffentlich ausgerufene Geständnis, erkennt Gundi. Nach minutenlangem Schweigen scheint Benz einen Entschluss gefasst zu haben. Er setzt sich an den Tisch.

»Alright. Als ich aus Guernsey zurück bin, hatte sich nicht viel verändert in München. Es gab keine Wohnung für einen einfachen Taxler, also bin ich zurück zu Mutti, wie du sagen würdest. Ich hab versucht, Engagements als Musiker zu bekommen, dann kam fucking Covid.«

»Und deine Mutter ins Pflegeheim.«

Benz seufzt. »Doch noch sauer wegen meines One-Night-Stands neulich, oder?«

Gundi schüttelt den Kopf.

»Du bist wie ich, Gundi, erkennst du das nicht? Du strampelst dich ab und alles, was du bekommst, ist ein Tritt in den Arsch. Du und ich, wir haben keine Chance. In München regiert das Geld. Wer Geld hat, hat das Sagen. BMW, Siemens, Allianz. Unsere Einheitspartei macht gemeinsame Sache mit der Wirtschaft. Geteilt wird nicht. Wir kleinen Leute scharen uns dankbar um den weißblauen Gabentisch, um vom großen Kuchen ein paar Brösel zu erhaschen.«

»Worauf willst du hinaus?«

»Du machst dir vor, der Wahrheitsfindung zu dienen, dabei kämpfst du um deine wirtschaftliche Existenz. Jemand wie die alte Strangassingerin, diese Bitch, kann dir easy die Luft abdrehen, wenn du ihren Plänen in die Quere kommst. Hast du dir schon einmal überlegt, dass niemand Interesse an der Klärung des alten Falls hat?«

»Warum nicht, wenn ich fragen darf?«

»Weil du ihr Versagen beleuchtest. Weil sie keine Lust haben, dass ihre Scheinheiligkeit thematisiert wird.«

»Und was schlägst du vor?«

»Passive Verweigerung. Einfach nicht mitmachen. Innerhalb der Community zusammenhalten.«

»Das versteh ich nicht.«

»Du könntest bei mir einziehen. Dir die Miete in der Au sparen. Du wärst endlich unabhängig.«

»Meinst du das ernst?«

»Ja, klar.« Benz greift nach ihrer Hand auf dem Tisch und zieht Gundi auf die Beine. Mit ihr an der Hand marschiert er auf den Gang.

»Mein Musikzimmer reicht mir. Das Wohnzimmer hier könntest du für dich haben. Küche und Bad sind groß genug.« Benz öffnet alle Türen in der großen Altbauwohnung. »Und das Schlafzimmer? Also das teile ich gern mit dir.« Er lacht stolz.

Gundi lächelt zurück, entzieht ihm die Hand und geht zurück in die Küche. Sie nimmt ihr altmodisches Filofax, in dem sie sich Notizen machen wollte, vom Tisch und steckt es in ihre Tasche. Langsam geht sie an Benz vorbei auf die Wohnungstür zu.

»Ich überlege es mir, Benz«, sagt sie zum Abschied. »Versprochen.«

28. KAPITEL

Gundi glaubt nicht eine Sekunde an Benz' gute Absichten. Natürlich hat sie gelegentlich darüber nachgedacht, warum sie macht, was sie macht. Ja, es geht ums Geldverdienen. Vielleicht um Ruhm, wie Benz ihr unterstellt. Sie nennt es lieber Anerkennung. Dennoch macht sie es nicht für sich und nicht für die Auflage der Presse. Nicht für Pauline Strangassinger und nicht für die späte Genugtuung von Kommissar Pettenkofer. Im Grunde geht es ihr darum, etwas Sinnvolles zu tun. Einen Beruf auszuüben, der etwas bewirkt. Es geht darum, dass die Schurken nicht mit allem durchkommen.

Nach dem Gespräch mit Benz ist sie sich sicherer als je zuvor. Pettenkofer ist mit seiner Mittäter-Theorie auf dem Holzweg. Benz ist der alleinige Mörder. Er hat Strangassinger aus Rache für Uschi kaltblütig ermordet.

Auf irgendeine Art und Weise waren Mack und Benz zur selben Zeit am selben Ort. Benz hat die Gelegenheit ergriffen und seine Freundin gerächt. Kurz darauf hat er sich nach Guernsey abgeseilt und wäre nie wiedergekommen, hätte ihn der Brexit nicht vertrieben.

Benz glaubt sich im Recht. Er ist der Ansicht, er hätte einen Übeltäter aus dem Verkehr gezogen. In Wahrheit hat er die Wehrlosigkeit seines Opfers ausgenutzt und aus niederen Beweggründen gemordet. Benedikt Richter. Richter und Henker in einer Person. Und jetzt hat er versucht, sie zu seiner Komplizin zu machen. Indem er sich ihrer geheimen Ängste und Sehnsüchte bediente.

»Wenn das alles stimmt, muss ich es beweisen«, ermutigt sich Gundi zu ihrem nächsten Schritt. Da klingelt es an ihrer Haustür.

Die Panik von neulich schießt in ihr hoch wie kochende Milch. Es ist kurz nach Mitternacht und für eine Nanosekunde ist sie überzeugt, dass Mack vor der Tür steht und ihr etwas antun will. Sogleich beruhigt sie sich. Mack sitzt hinter Schloss und Riegel. Möglicherweise ist es Benz. Ahnt er, was sie vorhat? Ihre Neugierde siegt.

Sie drückt auf den Türöffner, bereut einmal mehr, dass sie sich nie um eine moderne Gegensprechanlage gekümmert hat, und legt die Kette vor. Durch den Spalt sieht sie im Licht des Treppenhauses Sonja die Stiegen hochkommen, öffnet die Tür und fühlt sich sonderbar geehrt.

»Was führt Sie zu mir, Madame Sonja?«, beginnt Gundi das Gespräch, nachdem sie ihr ihren Platz auf dem Sofa freigemacht hat. Die Grande Dame hat ihr grau meliert gefärbtes Haar zu einem Bienenkorb hochgesteckt und trägt einen violetten Hosenanzug. Gundi hat Pulverkaffee anzubieten, den Sonja mit abgespreiztem kleinen Finger trinkt, als wäre es feinster Tee.

»Ich möchte Ihnen helfen, den Mörder von Rudi zu finden«, antwortet sie. Gundi ist nicht überrascht. Sie kann nachvollziehen, dass sie ihren Sohn schützen wollte. Jetzt sieht die Sache anders aus.

»Warum?«, fragt sie dennoch. »Wenn Sie etwas wissen, könnten Sie zur Polizei gehen.«

»Ich habe Ihnen Unrecht getan«, antwortet sie. »Ich wusste, dass Markus es auf Sie abgesehen hat. Er hatte es immer auf die Frauen in seinem Umfeld abgesehen. Deshalb habe ich Sie und Markus bewachen lassen, nachdem Sie bei mir aufgetaucht sind.«

Gundi fällt der Typ vor ihrem Fenster ein. Der Finger an der Hutkrempe.

»Harry?«, fragt sie und Sonja nickt.

Natürlich ist Gundi klar, dass Sonja in Wahrheit nicht ihren Schutz im Auge hatte, sondern verhindern wollte, dass Gundi ihrem Sohn auf die Spur kommt. Doch das spielt keine Rolle mehr. Sie hat das Gefühl, dass sie quitt sind.

»Der wahre Mörder von Rudi«, kommt Sonja zum eigentlichen Grund ihres Besuches zurück, »das war jemand, der eine Rechnung offen hatte und die Gelegenheit nutzte. Sie fragten nach einem Begleiter von Markus, damals, als er mit seinem Vater stritt. Einem Studenten.«

»Ja?«

»Ich habe darüber mit Markus gesprochen.«

»Im Gefängnis?«

»Untersuchungshaft. Markus brüstet sich mit seiner Untat gegen den Fleischerben und fühlt sich als einsamer Held seiner eingebildeten Bewegung.« Sonja scheint ehrlich bestürzt.

»Hatte er einen Komplizen?«

»Nein. Aber er sagt, er hätte den Mörder noch gesehen. Er hat sich noch mal umgedreht, sagte er. Bevor er abgehauen sei, hätte er gesehen, wie ein – wörtlich – ›linker Judenfreund‹ über Rudi stand.

»Ein linker Judenfreund?« Gundi versucht, sich an ihr Gespräch mit Mack zu erinnern, bei dem er ihr seine Verschwörungsthesen offenbarte.

»Die Polizei hält die Aussage für ein Hirngespinst, das seinen Kampf rechtfertigen soll«, ergänzt Sonja.

»Wer könnte das gewesen sein? Irgendwelche Anhaltspunkte?«

»Es war ein Zottelbart, sagte er zu mir.«

»Also kein Skinhead?«

»Ich denke, es könnte tatsächlich ein Student gewesen sein. Damals war der Vollbart noch Ausdruck für studentische Rebellion, wissen Sie. Und Rudolf hat sich mit seiner Politik in diesen Kreisen nun wirklich keine Freunde gemacht.«

Gundi hat das Gefühl, als würden alle Puzzleteile wie von selbst auf ihren Platz rutschen.

»Können Sie sich an Benz erinnern? Von der Party? Benedikt Richter?«

»Der Klugscheißer mit dem Halbwissen über Fidel Castro«, erinnert sich Sonja und diese Klassifizierung geht Gundi runter wie Öl. Ihr ist plötzlich nach Feiern zumute.

»Harry kann übrigens gerne heraufkommen«, sagt sie einer Eingebung folgend. »Ich glaube, er kennt meine Tür bisher nur von außen.«

Sonja geht ans Fenster, winkt in den Innenhof und Gundi holt drei Weißbierflaschen aus dem Kühlschrank.

»Ich sollte zu Harry wohl Danke sagen«, sagt sie und Sonja lächelt anerkennend.

Am nächsten Morgen ruft Gundi als Erstes Ferdl an.

»Um diese Zeit? Ist was los?«, begrüßt er sie, ohne sich namentlich zu melden.

»Nur kurz, Ferdl. Trug Benz zur Zeit von Strangassingers Ermordung einen Vollbart?«

»Wie soll ich denn das noch wissen? Was recherchierst du da, Gundi? Willst du jetzt Benz etwas anhängen?« Ferdl wirkt verärgert. »Bitte Gundi, lass nicht zu, dass die Pressemeute wieder über dich herfällt!«

»Bitte erinnere dich! Du sagtest, du hast gekellnert, als Strangassinger ermordet wurde. Es gab eine Razzia. Harald haben sie erwischt, dich nicht. Weil Benz dich gerettet hat oder so ähnlich.«

Ferdl schweigt.

»Denk nach, Ferdl!«

»Mach ich ja!«

Gundi lässt ihm Zeit und nach einer Weile kommt Ferdl zu einem Ergebnis.

»Es stimmt, Gundi. Benz hatte einen von diesen schrecklichen Spontibärten. Sah aus wie Rübezahl. Bitte tu nichts Unüberlegtes!«

Sie ignoriert den letzten Satz.

»Und es hieß Astra? Das Bier, das Benz damals getrunken hat?«

Ferdl seufzt hörbar.

»Astra. Ja.«

»Danke, Ferdl. Ich verspreche dir, ich erzähle dir alles. Aber nicht jetzt.«

Ohne seine Antwort abzuwarten, die erwartungsgemäß ein weiterer Appell gewesen wäre, legt Gundi auf.

Kurz darauf macht sie sich mit ihrer wertvollen Fracht auf den Weg nach Unterhaching. Sie muss Gewissheit haben, bevor sie ihre Freundschaft mit Ferdl erneut auf die Probe stellt. Ob sie über den Fall Strangassinger schreiben wird, hat sie noch nicht entschieden.

Die zweite Wiesnwoche hat es für Gundi in sich gehabt. Erst der Bruch mit Ferdl, dann ihr beruflicher Super-GAU und ihre Flucht vor Macks Rache, die Blondine, die Bombendrohung und die Angst um ihren Freund. Sie hat viele falsche Entscheidungen getroffen und ist auf einen falschen Freund hereingefallen. Doch sie hat auch etwas gelernt. Zum Ersten, dass es Wichtigeres gibt als beruflichen Erfolg. Freundschaft zum Beispiel. Lächelnd denkt sie an den gestrigen Mitternachtsbesuch der Rotlicht-Ikone Madame Sonja. Harry hat sich als trinkfreudiger Witzeerzähler erwiesen und Gundi war beeindruckt von seiner Warmherzigkeit gegenüber Sonja, die nicht zu seinem raubeinigen Äußeren passte. Er ist ihr Partner in der von ihr gegründeten Begleitagentur für eine gehobene und auf Diskretion bedachte Klientel. Sonja hat sich weitgehend aus dem Geschäft zurückgezogen, aber, auch das hörte Gundi heraus, sie hat Schuldscheine in ganz München offen. Das Amigo-System funktioniert in München in allen Gesellschaftsschichten, wurde Gundi klar.

Bei weiteren Weißbieren hat Sonja Anekdoten aus der Boom-Zeit des Rotlichtmilieus erzählt. Vor allem Leute aus dem Showgeschäft fanden es schick, sich mit Sonja zu zeigen. Sie wurde zu einem Namen in der Boulevardpresse und zu einem beliebten Fotomotiv. Einmal zierte sie ein Plattencover. Gundi ist fasziniert gewesen, weil die »Schönen und Reichen« früher auch ihr Metier waren. Allerdings lange nach Sonjas Glanzzeiten.

»Vielleicht belebe ich die Society-Reporterin doch wieder«, besinnt sie sich.

Zunächst hat sie noch eine Aufgabe. Ohne hinzusehen, überprüft sie auf ihrem Weg zu Kommissar Pettenkofer tastend den Inhalt ihrer Tasche auf dem Beifahrersitz. Sie will keine Rache für die Blondine. Sie braucht keinen Knüller, nicht einmal Genugtuung für die Schadenfreude der Kollegen anlässlich ihres Irrtums mit Mack. Sie findet einfach nur, dass niemand sich anmaßen darf, über Leben und Tod eines anderen zu entscheiden.

Auf halbem Weg geht sie vom Gas. Ein neuer Gedanke hat sich verstohlen in ihren inneren Monolog geschlichen.

Bin auch ich Richter und Henker in einer Person?, lautet er. Sie hat einen Schuldigen ausgemacht und ist auf dem Weg zur Vollstreckung ihres Urteils. Verdient nicht jeder, selbst der schlimmste Verbrecher, eine Chance? Auf Reue und Rehabilitation? Plötzlich kommt sie sich vor wie die Hater, die vor Kurzem über sie hergefallen sind. Die üben Macht aus, um sich selbst besser zu fühlen. Schießen aus dem Hinterhalt und stellen sich keiner Diskussion. Trolle hören die andere Seite nicht und lassen keine Gegenargumente gelten. Sie verurteilen nur. Ihre Opfer haben keine Chance.

Gundi drosselt das Tempo und fährt in eine Parkbucht auf der Rosenheimer Straße. Dann wendet sie ihren Wagen. Sie hat noch etwas zu tun, vorher.

Freudestrahlend öffnet ihr Benz.

»Hast du es dir überlegt?«

»Ich habe den Beweis, dass du Rudolf Strangassinger ermordet hast«, fällt sie mit der Tür ins Haus. Sie steuert den Holztisch in seiner Wohnküche an, setzt sich aber nicht. Benz wirkt irritiert. Er ist sich seiner Sache sicher gewesen.

»Spinnst du jetzt?«, fragt er.

»Kannst du dich an das Bier erinnern, das du getrunken hast, als Strangassinger ermordet wurde? Aus St. Pauli?«

Benz' Kinn wird hart und er schüttelt den Kopf. »Was ist denn das für ein Blödsinn?«

»Man fand neben der Leiche von Rudolf Strangassinger eine solche Flasche. Mit deinen Spuren dran.«

»Welche Spuren denn?« Benz lacht künstlich laut auf. »Bist du jetzt vollkommen verblödet? Eine Bierflasche? Die könnte doch von jedem sein.«

»Es geht nicht mehr darum, ob du es warst, Benz. Ich geb dir die Chance, dich zu stellen.«

»Alles klar. Du bist ernsthaft verrückt geworden.«

Als Gundi schweigt, beginnt Benz, wie bei ihrem vorherigen Gespräch auf und ab zu laufen.

»Willst du dir schon wieder die Finger verbrennen mit haltlosen Verdächtigungen?«, stößt er hervor. »Oder bist du einfach nur größenwahnsinnig? Die kleine Reporterin, die ihr Handwerk nicht gelernt hat, ist schlauer als die Polizei. Willst du das beweisen? Dass du mehr bist als eine miese kleine Klatschreporterin … Warst du schon bei der Polizei? Oder erwartet mich morgen ein verleumderischer Zeitungsbericht?«

»Wir könnten gemeinsam zur Polizei gehen.«

»Ich war das nicht, kapier das endlich!«, schreit Benz. »Ich war nicht dort! Ich bin sicher, ich kann ein Alibi beschaffen. Meine Mutter vielleicht.« Er denkt nach. »Oder Ferdl! Würdest du Ferdl glauben, dass ich es nicht war?«

»Ich habe Beweise, die jedes Alibi schlagen.« Gundi nimmt einen tiefen, entschlossenen Atemzug. »Nur eines interessiert mich noch. War es Zufall, dass du auf der Theresienwiese Mack und Strangassinger beobachtet hast, oder bist du ihm gefolgt? Hattest du es geplant oder hast du nur die Gunst der Stunde genutzt?«

Benz setzt sich, stützt seine Ellbogen auf den Tisch und fährt sich ein paarmal über das Gesicht, als ob er sich trocken waschen will.

»Mal angenommen, du hast mit diesem Wahnsinn recht«, beginnt er. »Es ist vollkommen hirnrissig, aber sagen wir mal, es stimmt. Das Schwein hat den Tod verdient. Ohne ihn ist die Welt eine bessere. Was hast du davon, diesen Lumpen auszugraben? Fuck, Gundi! Wir könnten ein so schönes Leben haben hier.« Er macht eine einladende Geste. »Zu zweit.«

»Stellst du dich jetzt oder nicht?«

Benz steht auf und kommt auf sie zu.

»Und was, wenn nicht?«, fragt er leise. »Hm?«

Blitzschnell macht sich Gundi klein und schlüpft an ihm vorbei. Sie will zur Wohnungstür, aber Benz packt ihren Arm. Augenblicklich weiß Gundi, dass es ein Fehler war, allein hierherzukommen. Benz reißt die Augen auf und Gundi starrt auf die gebleckten grauen Zähne in seinem Gesicht. Für einen ewig scheinenden Augenblick verharren sie in dieser Position. Gundi bemerkt den Schmerz in ihrem Arm unter Benz' festem Druck. Dann fällt seine bedrohliche Mimik unerwartet in sich zusammen und er lässt sie los. Sie springt zur Tür hinaus, hetzt die Treppen hinunter und erwartet jeden Moment seinen erneuten Zugriff. Aber sie erreicht sicher die Straße. Atemlos hält sie inne. Die schwere Haustür schließt sich behäbig und fällt mit einem Klacken ins Schloss. Langsam und immer wieder hinter sich blickend geht sie zu ihrem Auto.

In Pettenkofers Arbeitszimmer packt sie aus.

»Ich muss Ihnen etwas zeigen«, orakelt sie, als sie sich wie gewohnt einander gegenüber an den Tisch setzen. Vorsichtig holt sie ein in eine Plastiktüte eingewickeltes Paket aus ihrer Tasche und rollt es langsam aus. Es ist ihr Ringbuch-Planer. Sie zieht an der kurzen Schnur am unteren Ende und öffnet ihn an der gewollten Stelle. Zwischen den Kalenderseiten liegt eine abgerauchte Zigarettenkippe.

Pettenkofer sieht sie fragend an.

»Die stammt von meinem Verdächtigen«, sagt Gundi. »Ich habe sie berührt, aber es befindet sich die DNA des Mörders von Strangassinger darauf.«

»Welcher Verdächtige?«

Konzentriert erzählt Gundi von Benedikt Richter. Von den Hausbesetzungen, von Uschi, seiner Vorliebe für Astra, seinem Hass auf Strangassinger und vom Vollbart.

Als sie fertig ist, schüttelt der alte Kommissar den Kopf.

»Es ist also eine Begleiterscheinung Ihrer Recherchen,

dass Sie auf diesen Richter getroffen sind? Nichts, was Sie zu ihm geführt hat?«

Gundi kann nicht fassen, dass Pettenkofer nicht sofort begeistert zur Tat schreitet.

»Sie können doch einen Test machen mit der Kippe. Da ist Speichel dran. Sie werden sehen, dass er zu Ihrer genetischen Spur auf der Flasche passt«, ruft sie aus.

»Theoretisch schon. Ich habe Zugang zu unseren Laboren. Es ist aber eine Gefahr bei der Polizeiarbeit, dass man sich zu sehr auf das Naheliegende fokussiert und dabei seinen Horizont verkleinert.«

»Sie glauben mir nicht?«

»Das habe ich nicht gesagt.« Er steht auf, holt einen seiner Aktenordner hervor und beginnt zu lesen. Gundi muss sich mit aller Kraft zwingen, geduldig zu bleiben. Wenn Pettenkofer nicht mitzieht, hat sie keine Chance.

»Da«, ruft er endlich. »›Ich habe ihm eine aufgestrichen und er hat noch geschnauft, wie ich ihn auf die Seite gezogen hab.‹ Hubers Aussage zu seinem Streit mit Rudolf Strangassinger. Hier steht nichts von einem … Moment.« Er blättert weiter. Hier ist ein Vermerk. Ein jüdischer …?« Der Kommissar zieht seine Nasenflügel hoch, als hätte er etwas gewittert und Gundi verliert ihre Geduld.

»Sie hätten auch gleich glauben können, was Madame Sonja mir gesagt hat.«

»Die Mutter des Attentäters von Hacklbaur? Eine patente Person.«

»Sie kennen Sonja Huber?«

»Ja. Sie kam aufs Revier, als ihr Sohn verhaftet wurde. Sehr kooperativ. Ich habe kurz mit ihr gesprochen, sie …«

Gundi kann sich nicht mehr beherrschen. »Herr Pettenkofer, wollen wir jetzt noch sehr lange überlegen? Ich habe Benz gerade konfrontiert, Herrn Richter, meine ich. Er war es, das weiß ich einfach!«

»Sie haben ihm erzählt, dass Sie einen Beweis gegen ihn haben?«

»Ja. Warum nicht?«

»Wenn er der Täter ist, dann haben Sie ihm damit einen Fahrschein zur Flucht ausgestellt.«

In den nächsten Minuten geht alles sehr schnell. Gundi beobachtet erstaunt, wie aus dem bedächtigen Kommissar ein entschlossener Einsatzleiter wird. Er lässt den Zigarettenstummel, ohne ihn zu berühren, in eine Tüte rutschen, die er aus einer Schublade seines Tisches geholt hat. Er telefoniert und erteilt Anweisungen. Gundi soll den Verdächtigen nicht aus den Augen lassen, versteht sie an sich gerichtet, während der Kommissar weiter am Handy spricht. Endlich wendet er sich direkt an sie.

»Holen Sie sich Verstärkung, wenn nötig. Ich komme mit den Kollegen.«

Als Gundi ihn verwirrt ansieht, wird er barsch.

»Worauf warten Sie noch? Hopp, hopp!«

Auf dem Weg zu ihrem Auto ruft Gundi Ferdl an.

»Fahr zu Benz und halte ihn unter einem Vorwand fest«, schreit sie ins Handy. »Der Mörder hat Astra getrunken! Vertrau mir!«

Ferdl antwortet nicht.

»Ferdl?«

»Ich bin bei Benz. Was ist los?«

Gundi schnappt nach Luft. »Bleibt, wo ihr seid!«

29. KAPITEL

1985

Er hatte den besoffenen Strangassinger aus dem VIP-Eingang wanken sehen und die Wut überflutete ihn wie ein Tsunami. Da war dieser Faschist, der an allem schuld war. Dieser rechte Scharfmacher, der Obdachlose erfrieren lässt und wohnungslose Studenten verfolgt. Der nichts dabei fand, eine junge Frau in den Tod zu hetzen und sie anschließend zu beschimpfen. Er nahm einen entschlossenen Schluck aus der mitgebrachten Bierflasche. Das Stück Papier, auf dem in großen Lettern der Name seines abzuholenden Passagiers stand, ließ er fallen. Unauffällig folgte er Strangassinger mit einigen Metern Abstand.

Vom Betrieb an den Schänken hörte man hier an den Hinterausgängen der Zelte gedämpftes Klirren und Schreien, übertönt von den fast minütlichen Prosit-Tuschen der Blaskapellen. Der erste Tag der Jubiläumswiesn 1985 steuerte auf seinen Höhepunkt zu, die letzten Maßen des Tages wurden im Rekordtempo an die Tische gebracht und sogar die notorischen Flanierer vor den Zelten hatten sich für einen letzten Schluck vor den Schänken versammelt, um nicht durstig ins Bett zu müssen.

Der Prominente, den er am Hintereingang vom Weinzelt nach dem Zapfenstreich hätte abholen sollen, war ihm egal. Die meisten von diesen Möchtegern-Stars auf dem Oktoberfest waren ohnehin nur geil auf seinen Abholservice, weil sie angeben wollten. Weil sie eine Begleitung im

Schlepptau hatten, vor der sie sich wichtigmachen wollten. Es war ihm wurscht, was aus seinem Fahrgast wurde. Er hatte nur noch Augen für seinen Todfeind.

Ohne zu wissen, was er damit bezweckte, schlenderte er hinter Strangassinger her, der anscheinend auf der Suche nach einer Austrittsmöglichkeit war. Mit diesem Irrweg erging es ihm wie vielen Wiesnbesuchern, die der nur gefühlt richtige Weg hinter die Festzelte führt. Entschlossen marschierte Strangassinger unterhalb der Theresienhöhe Richtung Süden. Sein Verfolger blieb ein paar Meter hinter ihm und er achtete darauf, nicht entdeckt zu werden. Sobald sein Zielobjekt schwankend stehen blieb oder drohte, die Richtung zu wechseln, schlüpfte er zwischen den Seitenwänden der Zelte in Deckung.

Hier lagen schamhaft verborgen die neuen 5.000-Liter-Container, aus denen neuerdings das Bier floss. Nach einem erfolgreichen Probelauf im letzten Jahr hatten sich fast alle Brauereien für die praktischeren und größeren Stahlfässer entschieden, sehr zum Unwillen der Biertraditionalisten Münchens, die dieses »Containerbier« rundweg ablehnten. An den Schänken auf der Jubiläumswiesn lief das Bier daher durch Holzfass-Attrappen in den Maßkrug. Zwischen den Containern hatten Penner ihr Nachtlager aufgeschlagen, wohl wissend, dass diese Stahlfässer und die Öffentlichkeit geflissentlich getrennt wurden.

»Zum Glück hat euch der Gestapomann nicht gesehen«, flüsterte er in Richtung der Matratzenburgen und sein Zorn auf sein stockbesoffenes Zielobjekt vergrößerte sich. »Soziallästige Personen« nannte Strangassinger die Obdachlosen, die sein sauberes München »versauen und verdrecken« und mit denen er »aufräumen« wollte. Dem

Verfolger waren all die verabscheuungswürdigen Parolen des Politikers vor ihm im Gedächtnis eingebrannt. Strangassinger war ein neuer Hitler, da war er sich ganz sicher.

In den letzten Wochen hatte er viel über bewaffneten Widerstand gelesen. Und er hatte in seiner Aktionsgruppe mehrfach darüber diskutiert. Über die totalitäre Diktatur, die in Bayern herrschte. »Gegen jeden, der es unternimmt, die verfassungsmäßige Ordnung der Bundesrepublik Deutschland zu beseitigen, haben alle Deutschen das Recht zum Widerstand«, dozierte er aus dem Grundgesetz. So weit wie er wollte niemand gehen. Zuletzt hatte er sich von den Kommilitonentreffen ferngehalten. Er vergrub sich in seinem Zimmer daheim und las, wenn er nicht Taxi fuhr, die ganze Nacht lang Nietzsche und eine Biografie von Stauffenberg, den er für seinen geistigen Bruder hielt.

Plötzlich hörte er ein Rufen und ging in Deckung.

»Vater?«, rief einer.

Er spähte hinter einer Ecke hervor und sah einen jungen Spüler mit einem Schlauch, der irgendwelche Gerätschaften abspritzte, die vor ihm auf dem Boden lagen. Hendlspieße, wie er bei genauerem Hinsehen erkannte. Auch Strangassinger schien den Rufer bemerkt zu haben. Er hielt inne. Der junge Glatzkopf in einer schwarzen Gummischürze ließ den Schlauch fallen und bewegte sich auf den Politiker zu, der im selben Moment auf die Knie ging. Schon war der Spüler bei ihm, um ihm aufzuhelfen. Scheinbar zum Unmut des Besoffenen auf Knien, der die helfenden Hände mit wütendem Geschrei abwehrte. Mühsam rappelte er sich ohne fremde Hilfe hoch und eine Weile standen die beiden Männer einander gegenüber. Trotz seines erkennbaren Rausches war der stattliche

Strangassinger in Trachtenjanker, Weste und Gebirgsjägerhut ein Sinnbild bayerischer Bürgerlichkeit. Alle Insignien der bayerischen Lebensart waren noch da, wenn auch ein wenig verrutscht. Als hätte auch er das bemerkt, zog er mit einem Schulterzucken den Janker zurecht und wäre beinahe wieder zu Fall gekommen. Sein Gegenüber sah aus wie das glatte Gegenteil von ihm. Wie einer, der einer Chain Gang des San Quentin State Prison entschlüpft ist. Kahl geschorener Kopf und unter der Gummischürze trug er weite, aufgekrempelte Arbeitshosen und ein schmutziges Unterhemd. Er war jung und verpickelt und hatte etwas Unterwürfiges an sich.

Aus der Entfernung konnte er erkennen, dass die beiden stritten. Strangassinger geriet mehr und mehr in Rage und stupste den jungen Spüler mehrfach an. Plötzlich, wie aus dem Nichts, schlug der Glatzkopf zu. Blitzschnell wie eine Schlange aus der Deckung war seine Faust in Strangassingers Gesicht gelandet, was den von den Füßen riss. Ein paar bewegungslose Sekunden stand der Skinhead nur da und starrte mit pumpendem Brustkorb auf sein Opfer am Boden. Dann holte er aus und trat mit seinen klobigen Stiefeln Strangassinger gegen Kopf und Körper, bis der sich nicht mehr rührte.

Der Verfolger beobachtete den Streit aus seinem Versteck heraus und wünschte sich, dass der Schläger Strangassinger tottrat. Am liebsten hätte er ihn angefeuert.

»Einmal noch. Nur um sicher zu sein!« Er nahm einen Schluck aus der Bierflasche, wie um das Ereignis zu begießen. »Einer geht noch!«

Doch der Skin schien keine Freude an seinem Sieg zu haben. Nach mehreren Tritten kickte er noch zweimal ohne Kraft gegen den leblosen Körper und brach in markerschütterndes Geheul aus. »Du Sau!«, schrie er den auf dem Boden Liegenden an. »Du Sau, du Sau, du Sau!« Er ging an Ort und Stelle in die Hocke und weinte.

Benz registrierte, dass er nicht der einzige Zeuge dieses brutalen Vorfalls war. Zwei Lederhosenträger, die am anderen Ende des Wegs standen und die Szene beobachtet hatten, nahmen Reißaus. Auf halber Höhe des Rauschbergs, dieser berüchtigten Anhöhe hinter den Zelten, zu dessen Fuß sich der Angriff auf Strangassinger abgespielt hatte, saß ein Vollrauschzombie neben seinem Maßkrug im Gras und schrie etwas Unverständliches. Das riss den Skin aus seiner Verzweiflung. Er stand auf, packte sein Opfer unter den Achseln und zerrte ihn rückwärtsgehend den Hügel hoch. Während er sich abmühte, wankte ein mittelaltes Paar vorbei und beschimpfte ihn.

»Wenn's es nix vertragt's, dann schaut's dass weiterkommt's!«, rief er.

Sie bekräftigte ihn mit einem herzhaften »Damische Saupreißn!«, hakte sich bei ihrem Mann ein und die beiden wackelten zufrieden davon. Benz, der sich hinter einem losen Stück Plane verbarg, bemerkten sie nicht.

Der junge Skin war inzwischen hinter einem Busch auf dem Rauschberg angekommen und ließ Strangassinger fallen, der mit ausgebreiteten Armen auf dem Rücken landete. Er kniete sich neben sein Opfer und schien ihn minutenlang zurechtzudrapieren. Dann stand er auf, rannte den Hügel weiter hoch und verschwand in der Dunkelheit.

Erst jetzt stellte Benz fest, dass er den Atem angehalten hatte, und er zog ein paarmal tief Luft ein. Ein Glücksgefühl überflutete ihn. Der Mann, den er abgrundtief hasste, der verhasste Nazi, der seit Wochen Ziel seiner Mordfantasien war, war totgeprügelt worden. Er musste sich mit eigenen Augen davon überzeugen und lief geduckt zu dem Gestrüpp hoch. Strangassinger lag blutüberströmt auf dem Rücken. Dieser Skin hatte undeutlich »Sau« auf das Hemd der Leiche geschmiert. Benz musste ein Lachen unterdrücken.

»Geschieht dir recht, du perverses Schwein«, murmelte er. Er nahm einen letzten Schluck und goss, feierlich wie bei einer Taufe, den Rest seines Biers auf Strangassingers Schritt. Die graue Hose färbte sich an der richtigen Stelle dunkel. Einen Augenblick genoss Benz still sein Werk. Anschließend kickte er gegen den Kopf des Politikers, wie um etwas zum Resultat der tödlichen Tritte beizutragen. Da stöhnte der Totgeglaubte auf.

»Was?«, entfuhr es Benz und die unbändige Wut, die ihn hierhergeführt hatte, war wie auf einen Schlag wieder da. »Du lebst noch, du Schwein?«

Hastig sah er sich um.

Ein Messer, fuhr ihm durch den Kopf, aber er wusste zugleich, dass er keines hatte. Blitzartig überlegte er, wie er die Sache anderweitig zu Ende bringen konnte. Es durfte nicht sein, dass dieser Drecksack lebte und Uschi tot war. Da fielen ihm die Gerätschaften ein. Waren das nicht Spieße gewesen, die der erfolglose Glatzkopf dort unten gewaschen und liegen gelassen hatte? Er stellte die leere Flasche ab, stieg über den röchelnden Strangassinger und trabte die Anhöhe hinunter. Ja. Hier lag ein knappes Dutzend massiver Hendlspieße auf dem Boden und daneben lag der Schlauch, aus dem immer noch Wasser rieselte. Benz sah sich um. Der Skin blieb verschwunden und um seine unverrichtete Spülerei hinter dem Zelt schien sich keiner zu kümmern. Der protestierende Zombie auf halber Höhe des Hügels war inzwischen zusammengesackt und schlief mit dem Kopf auf der Brust seinen Rausch aus. Er war allein auf der Schmuddelstraße, auf die die Wiesn ihren Abfall auskotzte.

Benz war sich noch nie im Leben so sicher wie jetzt, das Richtige zu tun. Blitzschnell ergriff er einen der Spieße und schlich damit unbemerkt zurück zu Strangassinger. Der hatte aufgehört zu röcheln, aber sein Bauch hob und senkte sich leicht. Benz dachte an Uschis leuchtende Augen. Wie sie ihn angestrahlt hatte, wenn er ihr etwas auf seiner Gitarre vorgespielt hatte. Er dachte an seine Pläne, mit ihrer Hilfe im kommenden Sommer auf Ibiza durchzustarten. Und an ihre langen blonden Haare, die ihn morgens kitzelnd geweckt hatten. Langsam hob er den Spieß hoch in die Luft. Strangassinger riss die Augen auf. »Nah!«, stammelte er. »Ned!«

Aber Benz hörte es nicht. »Stirb!«, rief er und rammte mit aller Kraft den Hendlspieß senkrecht in Strangassingers Brust.

30. KAPITEL

Ferdl macht früh Feierabend. Er will sich heute noch einen Friseurbesuch gönnen, mitten am Nachmittag. Vor ein paar Minuten hat er erfahren, dass der gelbe Schiras, den Wiktor Krawczyk ihm geschenkt hat, mit seinen seltenen Ornamenten aus Suren und Herzen über 100.000 Euro wert ist. Natürlich hat er sich sofort bei dem Geiger gemeldet, aber es war kein Versehen.

»Meine Stradivari ist mir unendlich viel mehr wert«, sagte er.

Genüsslich zieht Ferdl am Personaleingang im Hinterhof an seinem Zigarillo und genießt diese kleine Freiheit, die er sich während der hektischen Tagen des Oktoberfests nicht erlaubte.

Endlich herrscht wieder normaler Hotelbetrieb und trotzdem ist so vieles anders geworden. Ein paar Flaschen von seiner Party stehen hier noch rum, aber Ferdl will die Zügel noch ein paar Tage locker lassen. Das Leben kann von heute auf morgen vorbei sein, sagt er sich.

Sein wunderbares Fest ist der Anfang gewesen. Dass Sonja nach langer Zeit wieder bei ihm an der Bar gesessen hat, wärmt ihn. Sie schien von einer Last befreit, jetzt, wo ihr missratener Sohn im Gefängnis sitzt. Gundi hatte mit ihrer Einschätzung, dass er ein gemeingefährlicher Irrer ist, von Anfang an recht, auch wenn sie sich bei Strangassinger getäuscht hat. Eine Weile sinniert Ferdl darüber nach, was Sonja ihr ganzes Leben lang mitmachen musste.

»Kein Wunder, dass ich mich nie nach einem Kind gesehnt habe«, hat er zu Gundi gesagt, auf dem Fest, nachdem Sonja ihr Mutterleid geklagt hatte. »Hippies ziehen Buchhalter groß und in den Familien der Freigeister wachsen Fanatiker heran.« Er war sich mit Gundi hinsichtlich dieser ungeschriebenen Gesetzmäßigkeit einig.

Das Beste an der Party ist Kone gewesen, der Karikaturist, der mit seinen wild abstehenden Haaren, seiner kräftigen Statur und seinem beißenden Humor genau Ferdls Typ ist.

Ferdl nimmt sich fest vor, in Zukunft mehr Zeit für Freunde zu haben. Mit Gundi in die Berge fahren, anstatt sich in der Kellerbar den nächsten Arbeitstag schön zu saufen. Den Erlös aus dem Teppich will er mit seinen engsten Freunden teilen. Allen voran mit Gundi. Er beschließt gerade, sich demnächst bei Benz zu melden, von dem er seit der Party nichts mehr gehört hat, als sein Handy klingelt.

Es ist tatsächlich Benz und Ferdl geht ran.

»Na? Bist du auf der Suche nach einem lukrativen Stich?«, scherzt er.

»Hättest du eine halbe Stunde für mich Zeit, Ferdl? Kannst du zu mir in die Wohnung kommen?«

Als Ferdl 15 Minuten später an Benz' Küchentisch sitzt, hat er sofort das Gefühl, dass etwas nicht stimmt. Sein alter Freund ist nicht wiederzuerkennen und Ferdl bemerkt nach einer Weile, woran das liegt. Die Lässigkeit ist verschwunden. Der süffisant ironische Gesichtsausdruck.

»Kannst du dich erinnern, wie ich dich immer in deine Bar gefahren habe, damals in der Zeit, als die Hetze auf euch losging wegen Aids?«, fragt Benz ernst.

Ferdl beschleicht eine unbestimmte Ahnung.

»Fragst du mich jetzt auch nach der Nacht, in der Strangassinger ermordet wurde?«

»Wieso ›auch‹?«

»Na ja. Gundi hat mich danach gefragt.«

»Was ist das eigentlich mit dir und Gundi. Best Buddys, oder was?«

»Ich kenne Gundi fast so lange, wie ich im ›Monarch‹ arbeite.«

Benz rückt näher heran und sieht Ferdl verschwörerisch an.

»Mit der stimmt was nicht, Ferdl. Ich glaube, die dreht gerade durch, weil ich nicht der Traummann für ihre Hochzeit in Weiß sein will.«

»Was? Gundi? Du spinnst.«

»Ich meine es ernst, Ferdl. Sie hat mich mit einer anderen erwischt und jetzt zieht sie alle Register, um mich zu bestrafen.«

»Ich glaube, da täuschst du dich. Wirklich.«

»Sie beschuldigt mich, vor 40 Jahren meinen alten politischen Gegner Strangassinger ermordet zu haben.«

»Was? Wieso du?«

»Gundi fantasiert sich da ein Rachekomplott zusammen. Sie behauptet, ich hätte mich wegen Uschi an Strangassinger gerächt. Ist mit dieser Story gerade bei der Polizei oder bei der Zeitung. So ein hysterisches Weib ist unberechenbar.«

Ferdl kann nicht glauben, was er hört. Das ist nicht Gundi, von der Benz spricht. Seine Freundin hat noch nie von Heirat und Eheglück geträumt. Sie klammert nicht, und wenn sie etwas gar nicht kann, ist das Rache. Er steht auf und öffnet den Kühlschrank.

Jede Menge Orangen, Brokkoli, bunte Paprikaschoten und eine halbe Melone.

»Hast du kein Bier da?«, fragt er und bemerkt die kleinen Flaschen in der Seitentür. Astra. Das Bier, das Benz schon als Student bevorzugt hat. Sein Handy vibriert in der Jackentasche und Ferdl geht ran.

»Ferdl, fahr zu Benz und halte ihn unter einem Vorwand fest«, schreit ihm Gundi ins Ohr.

»Der Mörder hat Astra getrunken«, hört er und Ferdl hat das Gefühl, dass etwas zerbricht.

Nachdem er aufgelegt hat, nimmt er bedächtig eine der Flaschen mit dem Herzanker aus der Halterung und dreht sich zu Benz um.

»Du? Ehrlich?«

Benz scheint weder den Anruf noch Ferdls Erkenntnisschub mitbekommen zu haben.

»Du musst mir ein Alibi geben, Ferdl«, sagt er. »Kannst du dich an die Nacht erinnern, als die Bullen Harald geschnappt haben?«

»Ja.« Ferdls Stimme zittert.

»Du bist in mein Taxi gestiegen und ich habe dich vor der Razzia gewarnt. Weil ich es im Polizeifunk gehört hatte. Du bist nicht in die Bar gefahren und du bist auch nicht zum Zwangstest abtransportiert worden. Du bist davongekommen, Harald nicht. Weil ich dich gewarnt habe. Erinnerst du dich?«

Ferdl nickt. Dieser Tag hat sein Leben verändert. Keine zwei Wochen später hat sich Harald von Ferdl getrennt und ist zurück in sein Heimatdorf hinter Gottes Angesicht in der Pfalz. Er wollte keinen Kontakt mehr und Ferdl fragte sich seitdem, ob er ihm sein Davonkommen verübelte. Eine Sekunde lang gibt er sich noch der anderen ewigen Frage hin. Ob Harald wohl noch Lehrer geworden ist. Dann besinnt er sich auf die aktuelle.

»Was willst du von mir, Benz?«

»Sag, dass ich in der Nacht von Strangassingers Ermordung mit dir zusammen war. Sag es deiner beschissenen Freundin, sag es der Polizei und sag es der Presse. Wir haben damals auf der richtigen Seite gekämpft. Wir haben zusammengehalten. Und du schuldest mir was.«

Ferdl steht vor Benz wie ein Fragezeichen mit einer Bierflasche in der Hand. Er braucht Minuten, um zu verstehen, was gerade passiert.

»Du hast Strangassinger wirklich umgebracht, oder?«, fasst er zusammen und Benz zuckt mit den Schultern. Damit steht er auf und verschwindet irgendwo in seiner Wohnung. Fassungslos stellt Ferdl die Flasche auf dem Tisch ab.

Was passiert jetzt? Wo ist Gundi? Was zum Teufel soll ich tun?, purzeln seine Gedanken durcheinander.

»Ich verschwinde aus diesem Scheißland«, verkündet Benz. Er steht mit gepacktem Rucksack in der Tür zur Wohnküche und wirft Ferdl einen Schlüsselbund zu, den dieser instinktiv fängt. Zeitgleich weiß Ferdl, dass er jetzt handeln muss.

»Das mache ich nicht«, sagt er so bestimmt, wie es ihm möglich ist, und Benz scheint überrascht.

»Du lässt mich hängen?«, fragt er.

Ferdl geht auf Benz zu und legt seine Hand auf dessen Oberarm.

»Nein. Du haust nicht ab.«

»Watch me!«, antwortet Benz und schubst Ferdls Hand weg. Er dreht sich um und geht auf die Wohnungstür zu. Ferdl ist mit ein paar Schritten hinter ihm, greift nach dem Rucksack auf Benz' Rücken und hält ihn fest.

»Bleib da, Benz«, fleht er. »Das macht doch keinen Sinn …«

In diesem Moment fährt Benz herum und versetzt Ferdl mit seinem Rucksack einen Schubs. Der verliert kurz das Gleichgewicht und stützt sich an einem hüfthohen Dielenschrank ab.

»Hältst du mich hin?«, fragt Benz wutentbrannt. »Hältst du mich fucking hin?«

Sein Schlag trifft Ferdl mit voller Wucht im Gesicht. Er torkelt nach hinten und ihm wird schwarz vor Augen.

Gundi parkt ihren Wagen auf dem Gehsteig am Johannisplatz und drückt ihren Unterarm auf alle Knöpfe des Klingelschilds. Sie hat Glück. Irgendein Mieter öffnet die Haustür. Immer zwei Stufen auf einmal nehmend, hetzt sie die Stiegen des Altbaus hoch. Oben findet sie Benz' Wohnungstür offen vor. Eine schreckliche Ahnung ergreift von ihr Besitz.

Diesmal geht es nicht gut aus, schießt es ihr durch den Kopf und das Bild von Ferdl, erstochen wie Strangassinger, auf dem Boden der Küche, steht ihr klar vor Augen.

Das Schlimmste ahnend, betritt sie lautlos den Flur der Wohnung und horcht.

»Hallo«, flüstert sie leise und betet um eine Antwort von Ferdl. Als sie die Küchentür erreicht, sieht sie ihn. Er steht über der Spüle in der Wohnküche und wäscht sich Blut aus dem Gesicht. Gundi fühlt sich, als würde ihr die sprichwörtliche zentnerschwere Last von den Schultern genommen.

Pettenkofer ist wenige Minuten nach Gundi vor Ort. Der Kommissar hat zwei Polizisten im Schlepptau, die bedröppelt die Szene in der Wohnung beobachten, in der sie eine Verhaftung vornehmen sollen: Ein grau melierter und distinguiert wirkender Herr sitzt mit dem Kopf im Nacken am Küchentisch, eine derangierte Frau mit wirren Haaren presst ihm eine Familienpackung Tiefkühlerbsen ins Gesicht und der pensionierte Ermittler kommentiert das Bild mit: »Astra. Ich wusste es.«

31. KAPITEL

Wenig später hat Ferdl seinen vergeblichen Versuch, Benz aufzuhalten, geschildert.

»Du hattest recht, Gundi. Mit allem«, sagte er dabei mehrfach. Julius Pettenkofer dreht die Bierflasche, die Ferdl vor einer gefühlten Ewigkeit ungeöffnet auf dem Tisch abgestellt hat, in seinen Händen. Die jungen Beamten stehen an der Tür.

»Er ist uns entwischt«, murmelt Gundi schuldbewusst.

»Haben Sie irgendeine Ahnung, wo er hin sein könnte?«, fragt der Kommissar. Er hatte Gundis Beweisstück ins Labor gebracht, bevor er sich im Kommissariat Schützenhilfe erbat.

»Weg aus Deutschland«, erinnert sich Ferdl.

»Nach Guernsey?«, rätselt Gundi.

Kurz schildern die beiden Freunde dem Beamten, wie Benz sich jahrelang dem Zugriff der Polizei entzogen hat.

»In Guernsey flog er die ganze Zeit unter dem Radar«, erklärt Gundi. »Keine Papiere, keine Steuern, keine Fragen.«

Pettenkofer zückt wie in alten Krimiserien einen Notizblock. »Name? Vorname?«

»Richter, Benedikt.«

»Geburtsdatum?« Gundi sieht Ferdl fragend an. Der schüttelt den Kopf.

»Haben Sie ein Foto?«

Wieder Kopfschütteln, aber Gundi gibt dem Kommissar eine Personenbeschreibung.

»So einen großen Traveller-Rucksack hat er dabei«, weiß Ferdl.

»Sein Arbeitsplatz, sein Umgang? Freunde? Verwandte?«

Unabhängig voneinander wird Gundi und Ferdl klar, dass sie überhaupt nichts von Benz wissen.

»Er hat in einem Pub gearbeitet auf Guernsey«, erinnert sich Gundi immerhin. »Irgendwas mit ›Fährmann‹.«

Ferdl holt sein Handy aus der Tasche und drückt Benz' Kurzwahl. Die Mailbox springt an. Pettenkofer reißt es ihm aus der Hand und übergibt es einem der Beamten. »Diese Nummer«, befiehlt er. »Orten.«

Damit hat der Kommissar anscheinend genug Informationen. Oder eben nicht, wie sich Gundi angesichts ihrer Unwissenheit kleinlaut eingesteht. Wie ein Tiger im Käfig marschiert der ehemalige Polizist erst langsam, dann immer schneller auf dem Flur hin und her.

Vom Schlafzimmer ganz hinten, vorbei am Musikzimmer bis zur Küche und wieder zurück. Er telefoniert leise. Ferdl presst die Erbsen auf seine Wange und Gundi starrt besiegt aus dem Fenster.

Pettenkofers Stimme wird lauter, seine Telefonate werden abgehackter. Gundi schöpft neue Hoffnung und versucht, Pettenkofers Worten irgendetwas zu entnehmen.

»Ersuchen zur Festnahme, Ausschreibung über INPOL und SIS«, hört sie.

Sie traut ihren Augen und Ohren nicht, zu welcher Maschine der zähe, kleine Mann mit den Terrieraugen geworden ist. Er bellt ins Telefon, schweigt, bellt erneut. Gundi fällt auf, dass er auf jede Art von Begrüßung und Verabschiedung verzichtet. Auch die beiden Beamten rufen die Anweisungen des Kommissars in ihre Handys.

Sie öffnet die kleine, bauchige Flasche, die unbeachtet auf dem Tisch vor ihr steht.

»Gar nicht so schlecht«, flüstert sie nach dem ersten Schluck und hält sie Ferdl hin. Der legt den aufgetauten Erbsenbeutel auf dem Tisch ab, wo sich eine kleine Pfütze bildet. Lust auf ein Bier hat er nicht.

Gundi versteht die Kürzel »BKA« und »PNR«, es geht um die Bundespolizei und um Fluggastdaten. Gleichzeitig ist ihr klar, dass sie und Ferdl hier nichts tun können. Die Erschöpfung macht sich in ihren Knochen breit. Benz ist auf der Flucht, und wenn ihn die Polizei nicht ausfindig macht, kommt er zum zweiten Mal mit seinem heimtückischen Hendlspießmord davon. Sie lässt den letzten großen Schluck aus der kleinen Pulle mit dem sympathischen Logo durch ihre Kehle laufen, als Pettenkofer so laut schreit, dass sie sich verschluckt.

»Treffer!«, triumphiert er. »Wir haben eine Buchung nach Kuba, noch kein Boarding!«

»Zum Flughafen«, ruft er seinen Beamten zu, die sich sofort in Bewegung setzen.

»Wartet!«, schreit Gundi, so gut sie es zwischen ihrem erstickten Husten herausbringt, und stoppt nach ein paar Schritten in Richtung Tür. Ferdl macht keine Anstalten aufzustehen.

»Fahr du nur«, winkt er ab und Gundi rennt aus der Wohnung. Der Polizeiwagen mit Pettenkofer und seinen Helfern ist weg. Zum Glück ist ihr kriminell geparktes Auto diesmal noch da.

Auf dem Münchner Flughafen, offiziell Franz-Josef-Strauß-Flughafen, ist die Bundespolizei im Großeinsatz. Nach zwei Stunden, in denen Gundi vor und in den beiden Terminals hin und her gelaufen war, entdeckt sie Julius Pettenkofer an einem Tisch im überdachten Außenbereich des »Airbräu«.

»Er ist weg«, begrüßt sie der Kommissar betreten. »Er hat sein Ticket hier gekauft, bar, und er hat eingecheckt. Ist aber nicht eingestiegen und er ist auch in keinem anderen Flieger. Ich habe die Kollegen in Frankfurt informiert, für den Fall, dass er dort einsteigt. Momentan warten wir noch, ob er auf einer anderen Passagierliste auftaucht, aber ich fürchte, Richter hat Lunte gerochen und ist abgetaucht.«

Gundi setzt sich zu Pettenkofer auf eine Holzbank des Biergartens. Nach Stunden voller hektischer Hoffnung, den Mörder doch noch zu kriegen, kommt die bleierne Müdigkeit augenblicklich zurück. Sie muss sich eingestehen, dass Benz entkommen konnte. Und dass sie daran schuld ist.

»Aber wo kann er denn sein?«, fragt sie und kommt sich töricht vor.

Auch Pettenkofer scheint Trost zu brauchen. »Wir haben die sogenannte Firma ausfindig gemacht, für die er gefahren ist. Ungenehmigte Personenbeförderung. Wir haben die Bande hochgenommen.«

»Das hilft uns jetzt auch nicht weiter.«

»Er ist zur Fahndung ausgeschrieben. Europol. Interpol. Wir kriegen ihn.«

»So wie den Wirecard-Chef?«, kontert Gundi bitter.

»Ein paar Monate kann man das schaffen, aber auf Dauer ist so eine Flucht unmöglich«, entgegnet Pettenkofer. »Irgendwann geht es in den meisten Fällen nicht mehr. Dann wird der Druck zu groß, das Geld geht aus, der Leichtsinn kommt. Die meisten halten es psychisch nicht mehr aus.«

Gundi ist sich nicht so sicher.

»Benedikt Richter hat sich schon einmal jahrzehntelang jeder behördlichen Kontrolle entzogen«, seufzt sie. Aber sie will dem braven Kommissar keine Vorwürfe machen. Sie selbst hat mit ihrer dummen Stell-dich-Aktion Benz die Flucht ja erst ermöglicht. Resigniert blickt sie auf das futuristische Zeltdach-Fragment zwischen den Terminals und späht in das frei gelassene Stück Himmel. Über sich ahnt sie dutzende Maschinen in alle Welt fliegen. Und in irgendeiner dieser Maschinen sitzt Benz. Auf seinem Weg in die Freiheit.

Ihr Handy reißt sie aus den trüben Gedanken.

»Ferdl«, antwortet sie. »Wir haben ihn nicht erwischt. Benz ist davongekommen. Wahrscheinlich sitzt er gerade …«

»Gundi! Hör mir zu«, unterbricht sie Ferdl. »Bist du noch am Flughafen?«

»Schon.«

»Bist du außer Gefahr, Gundi? Ist die Polizei bei dir?«

Gundi hat keine Ahnung, wovon ihr Freund spricht. »Ja, ich sitz hier mit Kommissar Pettenkofer und wir …«

»Ihr müsst sofort in die S-Bahnstation. Ich weiß nicht, was genau los ist, aber Sonja sagt, ihr müsst in die …«

»Was?«

»Harry hat Benz. Geh nicht allein, Gundi …«

»Schnell!«, schreit Gundi Julius Pettenkofer an. »Wir haben ihn!«

Pettenkofer springt auf, als hätte er die Knochen eines 20-Jährigen.

»Wo?«

»S-Bahn!«

Das ungleiche Ermittlerpaar läuft wie auf Startschuss Richtung Untergrundbahnsteig. An der Tür zum Terminal blockiert eine Familie mit zwei sperrigen Gepäckwagen ihren Weg, Pettenkofer schreit »Polizei! Aus dem Weg!«, aber die Familie bleibt an Ort und Stelle wie erstarrt stehen. Nach einem kurzen Gerempel ist der Engpass frei. Sofort müssen sie ihre Geschwindigkeit erneut drosseln, denn es herrscht Betrieb im Flughafengebäude. Gundi hat das Gefühl, dass Tausende von Reisenden, Flanierern und Shoppern unterwegs sind, und bahnt sich schupsend ihren Weg zu dem grünen Schild mit weißem S. Atemlos bleibt sie an der Rolltreppe nach unten stehen und sieht sich nach dem Kommissar um, der nur wenige Meter hinter ihr ist.

»Keine Panik«, sagt er. »Fokussieren!«

Gundi bemerkt, dass er, anders als sie, überhaupt nicht außer Atem ist.

Er sieht sich um und winkt zwei Uniformierte heran. Sie hat das Gefühl, es dauert eine ganze Ewigkeit, bis Pettenkofer die Sachlage erklärt. Instinktiv greift sie nach seinem Ärmel, als sie in Begleitung der zwei Polizisten wie im Gänsemarsch ins Untergeschoss fahren, und der Kommissar lässt es geschehen. Auch hier auf dem Bahnsteig ist alles voll mit Menschen. Hektisch sieht sich Gundi um. Sie läuft ein paar Schritte nach links hinter die Stufen, kann Benz aber nirgends finden. Da bemerkt sie eine ungewöhnliche Bewegung. Weiter hinten, am anderen Ende der Station, hebt ein Mann seinen Arm in die Luft. Selbst aus der Entfernung wirkt er wie ein dunkles Mahnmal unter all den bunten, wuselnden Menschen. Er trägt einen schwarzen Anzug. Es ist Harry. Pettenkofer steht mit seiner Verstärkung am Fuß der Rolltreppe und scannt die Umgebung. Sie springt hin, rammt ihren Ellbogen in seine Rippen und deutet auf Harry. Vorsichtig schiebt sich die Ermittlertruppe in seine Richtung. Als sie näher kommen, geht Harry einen Schritt zurück. Er nimmt seine Sonnenbrille ab und hebt seine Hand an die Stirn, wie zum Gruß. Gundi erhascht ein winziges Lächeln. Dann geht er zwei Schritte rückwärts und verschwindet wie ein Phantom in der Menge. Endlich kommen sie zu der Stelle, an der Harry noch vor Sekunden gestanden hat. Auf einer Bank, die hier für die Wartenden einbetoniert ist, sitzt Benz. Neben ihm auf dem Sitzplatz lehnt sein Rucksack. Er stützt einen Arm auf seine Knie und starrt den Boden an. Sein anderer Arm führt zu einem Metallrohr, das Sitz und Lehne verbindet. Dort hängt seine Hand in einer Handschelle, fest verbunden mit der Bank. Die Polizisten ziehen ihre Waffen und die Menschen stürzen mit einem einzigen spitzen Schrei wie eine Krähenschar auseinander. Innerhalb weniger Sekunden haben die Beamten Benz aus seiner sitzenden Lage in eine stehende verfrachtet, mit beiden Händen hinter dem Rücken gefesselt. Gundi sucht seine Augen, aber er hebt den Kopf nicht. Er würdigt weder sie noch Pettenkofer oder die Beamten eines Blickes und lässt sich widerstandslos abführen. Gundi möchte dem alten Kommissar um den Hals fallen, bremst aber kurz davor ab. Sein Gesicht sagt ein definitives Nein. Ein Unter-keinen-Umständen-Nein.

32. KAPITEL

»Abends wird's jetzt immer schon ganz schön zapfig.«

»Wenn das Oktoberfest vorbei ist, kommt der Herbst.«

»Mit den Biergärten ist's dann auch vorbei.«

»Heute soll es sogar noch regnen!«

»Wenn's regnet, kann man eh nicht in den Biergarten gehen.«

»Das wär viel zu nass zum Draußensitzen.«

»Jetzt geht's aber.«

»Es ist ja auch noch nicht Abend.«

»Und regnen tut's auch nicht.«

Gundi und Ferdl sitzen beim Italiener um die Ecke vom Sendlinger Tor an einem der Tische auf dem Gehsteig mit dem Rücken zur Hauswand. Sie recken ihre Gesichter in die Mittagssonne, philosophieren über die allgemeine Lage und lassen den Tag plan- und sorgenlos an sich vorbeiziehen. Mit der lukrativen Versteigerung des wertvollen Persers vor Augen können sie sich das leisten, finden sie.

Mitte Oktober sind die drei Millionen Touristen, die in den letzten aufgeregten Wochen die Straßen Münchens belagert haben, alle abgereist und im Vergleich zur hektischen Oktoberfestzeit liegt die wiedergewonnene Gemächlichkeit wie ein unsichtbarer Zeitlupenfilter über München. Es ist die Trägheit, die sich einstellt, wenn eine große Aufgabe gemeistert ist.

»Jetzt sind wir wieder unter uns«, stellt Gundi fest.

»Wer ist uns?«

»Na, mia halt.« Gundi lächelt.

Die beiden Freunde geben sich dem Müßiggang bei »Aldo« hin. Aus einem Cappuccino wurde ein Prosecco und langsam stellt sich Appetit ein. Es geht auf 13 Uhr zu und die Plätze der Straßencafés in der Münchner Innenstadt füllen sich mit Leuten aus den umliegenden Büros. Zwei Politessen schreiben die auf der Straße vor dem Lokal parkenden Autos auf. Der Verkehr wird dichter und die Nerven der Parkplatzsucher dünner. Verärgert über die Hilfspolizistinnen, deren Anwesenheit ihre Chance auf einen Stellplatz in die Distanz verlegt, hupen sie. Weil der Vordermann nicht schnell genug fährt oder sich nicht in Luft auslöst.

Gundi und Ferdl studieren abwechselnd Speisekarte und Umgebung. Auf dem leeren Nebentisch links von ihnen prangt ein Reserviert-Zeichen. 13 Uhr steht darauf. Zwei junge Mädchen mit Rucksäcken, so winzig, als wären sie aus einer Barbie-Puppenstube geklaut, schleichen um den Tisch herum. Sie sehen auf die Uhr und winken ins Lokal. Es ist inzwischen zehn nach eins geworden.

»Riservato«, winkt der Wirt ab. Aldo gibt ausschließlich italienische Sprachbrocken von sich und kommt bei seinen Gästen gut damit durch. »Prego« und »subito«, ein Notizblock in der Hand, der Rest läuft über Gesten. Auch am Tisch von Gundi und Ferdl schreibt er die Bestellung auf seinen Block, obwohl die beiden nach langem Studium der Karte das Übliche essen: Carbonara für Gundi, Tagliata für Ferdl. Natürlich trinken sie Weißbier dazu. Passt.

Die Mädchen werfen einen Blick auf die Speisekarte, sie scheint ihnen das Warten nicht wert. Gundi sieht ihnen eine Weile nach, wie sie mit hopsenden Rucksäcken davoneilen. Die Gäste des reservierten Nebentischs kommen angehetzt, ein Mann und eine schicke Frau. Sie, in Longblazer und zerrissenen Designerjeans, trägt ihre langen blonden Haare offen und kann sich das noch leisten, obwohl sie ihren Zenit überschritten hat, stellt Gundi fest. Die Frau setzt sich und tippt auf ihrem Handy herum. Er, Typ Eventmanager, wirft sein Jackett lässig über die Stuhllehne.

»Bringen Sie uns die Paccheri,« ruft er Aldo, der einen anderen Gast bedient, zu. »Aber nicht wie auf der Karte, nur mit Tomaten.«

»Pomodoro? Solo con Spaghetti«, antwortet der zum Tisch geeilte Wirt und zückt seinen Stift.

»Nein, dann nehm ich doch was anderes«, antwortet die Blonde.

»Aber zwei kleine Salate«, ordert der Manager und macht eine Geste mit den Händen, die die gewünschte Größe des Salattellers zeigt.

»Ich nehm doch Spaghetti«, sagt sie.

»Wir haben wenig Zeit«, ergänzt er und blickt drohend erst auf seine Armbanduhr und anschließend auf den Wirt. »Subito.«

»Und was machst du jetzt auf deine alten Tage?«, fragt Ferdl Gundi, als die beiden Business-Lunch-Gäste langweilig werden.

»Kommissar Pettenkofer hat mir von einer neuen Untersuchung erzählt«, antwortet Gundi. »Über den Wert von Zeugenaussagen. Man hat den Probanden Spielszenen von unterschiedlichen kriminellen Taten vorgeführt. Ein Taschendiebstahl, ein Einbruch, Raub bis hin zum Mord. Man hat festgestellt, dass die Täterbeschreibungen der Zeugen umso ungenauer wurden, je älter die Täter wurden. Am ungenausten waren die Zeugenaussagen, wenn der Verbrecher eine Frau über 65 in pastellfarbener Kleidung war.«

»Aha. Und was folgerst du daraus?«

»Na, dass eine Karriere als Bankräuberin vor mir liegt. Die Chancen davonzukommen steigen mit dem Lebensalter.«

»So ein Schmarrn.«

»Ja.«

Das Essen kommt. Während sie sich behaglich darüber hermachen, erzählt Gundi, dass Pauline Strangassinger ihre Anzeige zurückgezogen hat. »Sonja hat einen

Vaterschaftstest vorgelegt, der beweist, dass Mack vom Strangassinger ist.«

»Wie hat sie denn das geschafft?«

Gundi grinst. »Pettenkofer liegt ihr zu Füßen.«

Ferdl verschluckt sich fast. »Sonja und der Kommissar? Das ist ja wie im Film!«

»Ich schreib mit André zusammen vielleicht ein Buch«, ergänzt sie die Neuigkeiten. »Die Pettenkofer-Story.«

»Sauber.«

»Sonja macht auch mit.« Gundi hat das Gefühl, in den letzten turbulenten Wochen vom Schicksal so viel bekommen zu haben. Viel mehr noch als den erwarteten Anteil von Ferdls Teppicherlös.

»Sonja und Pettenkofer«, sinniert Ferdl. »Wird das was?«

»Glaub schon«, antwortet Gundi. »Und du? Wie läuft es mit Kone?«

»Ich seh ihn heut Abend.« Wie ein verliebter Teenager stochert Ferdl in seiner Tagliata herum. Gundi weiß, dass Ferdl seit ein paar Tagen nicht mehr im Hotel schläft. Die junge Liebe ist noch zart und Gundi verbietet sich jede weitere Neugierde.

Rechts neben Gundi hat ein einzelner Gast Platz genommen, der seine Mittagspause für Telefonate nutzt, die er aus unerfindlichen Gründen nicht im Büro führen konnte.

»Das muss prozessorientiert gedacht werden«, hören sie. Den vorangegangenen Anrufer hatte er vertagt, da er einen wichtigen anderen Anruf erwartete. Danach hat er ins Telefon gerufen, dass er einen »Slot« habe und etwas anbieten könne, was rechtlich einwandfrei fixiert wäre. Mit dem nächsten Gesprächspartner im Handy läuft der Geschäftsmann eilig ins Innere des Restaurants und Gundi fragt sich, ob er seine Telefonate während des Pinkelns weiterführt.

Gundi nutzt die plötzliche Ruhe, um laut zu denken.

»Wir glauben immer, dass uns das Leben etwas schuldet«, beginnt sie. »Dass wir irgendetwas zurückbekommen. Dass irgendeine höhere Gerechtigkeit waltet.«

»Und?«

»Nix gibt's.«

»Und was folgt daraus?«

»Dass ich aufhören muss, meine beschissene Kindheit für alles verantwortlich zu machen.«

Weiter kommen sie nicht.

»... Frage des Human-Capital-Managements.« Der Telefonierer ist wieder da und Aldo trägt ihm seine Bestellung hinterher.

»Warum wenden sich die Fondsmanager an uns, das muss er sich fragen. Was haben wir den Investoren zu bieten? Also ich bin da mit der Firmen-Policy auf Linie.«

Er spricht, während er isst, und Gundi hakt ihren Verdacht mit der Toilette als Tatsache ab.

»Gerechter ist die Welt jetzt schon, seit du die Mörder hinter Schloss und Riegel gebracht hast«, nimmt Ferdl den Faden wieder auf.

»... dass Alexandra nicht on the same page ist, das muss natürlich Gregor entscheiden, aber ich würde ihn diesbezüglich briefen.«

»Ich meine diese Raserei nach dem nächsten großen Ding«, berichtigt Gundi Ferdl. »Erfolg haben. Als ob dann alles gut wäre. Dass man es irgendwann einmal geschafft hat, ist doch eine Illusion.«

Sie hört, dass das Telefonat am Nebentisch jetzt den Rauswurf von Alexandra behandelt.

»Du meinst den Sinn und Zweck der ganzen Plackerei?«, fragt Ferdl.

»M-hm.« Gundi dreht gedankenversunken Spaghetti auf. »Keiner schafft es«, sagt sie. »Außer ein paar Leuten, die so viel Geld haben, dass sie ihre Milliarden für einen kurzen Kick durch Raketentriebwerke jagen können.« Augenzwinkernd ergänzt sie: »Und wir beiden Glückspilze.« Zufrieden schiebt sie sich eine dicke Rolle Nudeln in den Mund.

Der Geschäftsmann am Telefon legt ein paar Scheine auf den Tisch und steht auf.

»Change-Prozesse, Ergebnisverdichtung«, sagt er im Gehen in den Hörer.

Ferdl und Gundi haben ihre Teller leer gegessen und genießen die erneute Ruhe. Sie sind sich einig darüber, dass das Leben mehr zu bieten hat als Arbeit.

»Soll'n wir noch einen trinken?« Gundi stellt ihr leeres Bierglas auf den Tisch.

»Warum der Not unnötig Schwung lassen?«, fragt er rein rhetorisch zurück und winkt nach Aldo. Er zieht ein Zigarillo aus der Brusttasche, steckt es an und blinzelt durch den Rauch des ersten Zugs in die Sonne.

»Entschuldigen Sie, könnten Sie Ihre Zigarette bitte anders halten, die zieht direkt zu uns herüber«, sagt der Eventmanager von links. Ferdl blickt auf seine Rauchfahne und anschließend auf den Nebentisch, der anderthalb Meter entfernt steht.

»Na ja«, antwortet er. »Ich kann die Luftströmung nicht beeinflussen, aber ich halte sie gern von Ihnen weg.« Er wechselt die Hand, doch der Eventmanager lässt das nicht gelten. Zweifellos ist er die Übererfüllung seiner Wünsche gewohnt und hat erwartet, dass Ferdl sein Zigarillo sofort ausmacht. Und er gerät über die scheinbar gleichgültigen Widerworte in sofortige Rage.

»Ich weiß nicht, was Ihr Problem ist«, ruft er empört. »Ich habe Sie höflich um etwas gebeten. Soll ich Ihnen ins Gesicht pfurzen? Würden Sie nicht auch wollen, dass ich dieses Geschäft auf der anderen Straßenseite verrichte?«

»Gleich so ein feiner Herr«, murmelt Gundi und überlegt kurz, sich mit dem Argument von Auspuffgasen einzumischen, aber Ferdl drückt sein Zigarillo tatsächlich aus. Ein wenig ist die Stimmung an diesem vermutlich letzten sommerlichen Tag des Jahres am Boden. Immerhin kommt Aldo mit ihren Bieren. Gundi und Ferdl schauen in entgegengesetzter Richtung in die Luft und der Eventmanager und seine Begleitung am Nebentisch essen schweigend, aber voll im Recht, ihren Salat.

»Hohe Arschlochdichte hier«, flüstert Gundi, um sicherzugehen, dass niemand von den Tischnachbarn sie hört, und hebt ihr Glas.

»Jetzt regiert wieder Laptop in München«, antwortet Ferdl. »Die Lederhosen liegen im Schrank.«

Sie stoßen an, die Gläser klingen etwas zu laut und jeder nimmt für sich einen langen tiefen Schluck von dem frischen, eiskalten Weißbier.

»Apropos.« Ferdl wechselt mit Blick auf den Rechthaber nur scheinbar das Thema. »Dass Benz über Leichen geht, hätte ich nie geahnt.«

Gundi versteht den Bezug. »Er glaubte, im Recht zu sein und sich mit allen Mitteln durchsetzen zu dürfen. Die Anklageschrift lautet auf Mord. Die Staatsanwaltschaft sagt, er hat aus niedrigen Beweggründen und heimtückisch gehandelt.«

»Und Mord verjährt nicht. Auch nicht nach 40 Jahren.«

»Benz schweigt zu allen Vorwürfen. Verweigert die Aussage.«

»Das wird er mit ziemlicher Gewissheit bis zum Schluss durchziehen«, glaubt Ferdl.

»Wird ihm nix nutzen. Sie haben seine Fingerabdrücke auf der Tatwaffe und seine DNA auf der Bierflasche am Tatort.«

»War ziemlich schlau, deine Kombination mit dem Bier und der Aussage von Mack über den Bartträger. Glaubst du, Mack wird als Zeuge aussagen?«

»Möglich. Der Spinner mit seiner Verschwörungstheorie wird jede Gelegenheit nutzen, um sich zu produzieren. Er faselt immer noch vom bevorstehenden Genozid an der weißen Rasse und will den Staat wegen Folter verklagen, wusstest du das?«

»Ich hatte ihn einfach nur für dumm gehalten.«

»Mack und Benz stehen politisch zwar auf entgegengesetzten Seiten, sind aber aus demselben Holz geschnitzt«, sinniert Gundi. »Fanatiker.«

»Haben sich eigentlich deine Kollegen mit ihrer Schelte wieder beruhigt?«

»Ja. Die Tatsache, dass ich den wahren Mörder von Strangassinger doch noch gefunden habe, hat die Wogen geglättet. Ich krieg vielleicht einen Job als Gerichtsreporterin, sobald der Prozess gegen Benz beginnt.«

»Und? Machst du das?«

Gundi zuckt mit den Schultern. »Ich frage mich, ob ich unparteiisch berichten könnte.«

Am Nebentisch rechts von Ferdl steht der Eventmanager von seinem rauchfreien Tisch auf. Sein Teller ist noch halb voll, aber er hat es eilig. Im Gehen zieht er sich sein Sakko an und spurtet davon. Seine blonde Begleitung tippt noch etwas in ihr Handy und folgt ihm einen Augenblick später. Auch sie hat ihre Extrabestellung nicht aufgegessen.

Ferdl atmet aus und zündet sich ein neues Zigarillo an.

»Meine Herren, haben die's alle wichtig«, sagt er.

»Muss schwer sein«, antwortet Gundi.

»Als ob wir nicht alle irgendwie miteinander auskommen müssten.«

»Ich hab so genug von diesen Leuten, die sofort auf der Palme sind, wenn sie ihren Willen nicht bekommen. Wie unerzogene Kinder, die sich im Supermarkt auf den Boden werfen, wenn's kein Guterl gibt.«

»Als ob andere Menschen eine Zumutung wären.«

»Das ganze Leben ist eine Zumutung.«

Ferdl lacht.

Die Mittagspause ist vorbei und bei Aldo leeren sich die Tische. Es gibt wieder freie Parkplätze in der Straße vor dem Lokal. Aldo, ihr Lieblingsitaliener, trinkt einen Espresso mit Gundi und Ferdl. Tauben lassen sich auf dem kleinen Brunnen auf der gegenüberliegenden Seite nieder. Der Nachmittag verrinnt und die Freunde genießen eine Weile das Schweigen. Eine alte Frau mit einem Gehwagen kommt um die Ecke und hält den Verkehr auf, während sie die Straße überquert. Sie füttert die Tauben am Brunnen mit altem, mitgebrachtem Brot.

»Benz' Mutter ist übrigens im Heim gestorben«, fällt Ferdl bei ihrem Anblick ein. Er hat sich nach der Mutter erkundigt, die er nur von Gundis Erzählung über Benz' radikale Wohnraumbeschaffung kennt.

»Benz hatte sie gnadenlos abgeschoben«, seufzt Gundi. »Da hätten meine Warnblinklichter schon angehen müssen.«

»Also, meine Mutter … zum Schluss, da wollte sie auch immer heim«, fährt Ferdl fort. »Nicht in ihr Haus in Fürstenfeldbruck, wo sie ja war. Auch nicht in die Sendlinger Straße, wo sie aufgewachsen ist. Sondern dahin, wo ihr Herz ist. Dahin konnte sie niemand bringen.«

»Heimat«, sagt Gundi mit Blick auf den weiß-blauen Himmel über München.

»Ich gehe also davon aus, dass du einmal meinen Rollstuhl schiebst. Und mir ab und zu ein Weißbier aufmachst.« Ferdl grinst Gundi an.

»Abgemacht.«

Die Sonne verschwindet hinter den Gebäuden, es wird merklich kühler und die Gläser der beiden sind leer.

»Packen wir's dann?«, fragt Ferdl schließlich.

»Ja, jetzt packen wir's dann.«

»Aldo, noch zwei Schnitt bitte!«